かわばた
やすなり

少女的
港湾

〔日〕川端康成 / 著

孙立成 周丽玫 / 译

山西出版传媒集团 山西人民出版社

图书在版编目（CIP）数据

少女的港湾 /（日）川端康成 著；孙立成，周丽玫译 . -- 太原：山西人民出版社，2024.7
ISBN 978-7-203-13416-9

Ⅰ.①少… Ⅱ.①川…②孙…③周… Ⅲ.①中篇小说—小说集—日本—现代 Ⅳ.① I313.45

中国国家版本馆 CIP 数据核字（2024）第 102764 号

少女的港湾

著　　者：	（日）川端康成
译　　者：	孙立成　周丽玫
责任编辑：	郝文霞
复　　审：	刘小玲
终　　审：	贺　权
装帧设计：	宋双成

出 版 者：	山西出版传媒集团·山西人民出版社
地　　址：	太原市建设南路 21 号
邮　　编：	030012
发行营销：	0351-4922220　4955996　4956039　4922127（传真）
天猫官网：	https://sxrmcbs.tmall.com　电话：0351-4922159
E-mail：	sxskcb@163.com 发行部
	sxskcb@126.com 总编室
网　　址：	www.sxskcb.com

经 销 者：	山西出版传媒集团·山西人民出版社
承 印 厂：	三河市天润建兴印务有限公司

开　　本：	890mm×1240mm　1/32
印　　张：	10
字　　数：	250 千字
版　　次：	2024 年 7 月　第 1 版
印　　次：	2024 年 7 月　第 1 次印刷
书　　号：	ISBN 978-7-203-13416-9
定　　价：	48.00 元

如有印装质量问题请与本社联系调换

目录

少女的港湾

1. 选　花

隆重的开学典礼结束了。

这一天，下课铃声刚响，学生们就从四面八方的走廊中蜂拥而出。或三五成群、高谈嬉笑，或独坐于樱花树下的长椅上静静地品读书籍，或畅玩"丸鬼①"游戏，或勾肩搭背地漫步同行。

这时，刚入校的一年级新生说说笑笑地从下面的运动场走了上来。她们没有穿外衣，可能是刚刚做完体操的缘故，每个人的双颊都微微泛红。

这一张张新面孔成了老生们窥探的对象，有人躲在树后偷偷观察，有人藏于廊角暗暗张望，就是为了选出自己最心仪的那朵花。

"这届新生矮个子的好多啊。"

"同感。不过，我们刚来的时候可能还不如她们高呢。"

"个子高的新生总是给人一种高冷的感觉，小巧玲珑的才可爱嘛。"

"你莫非有目标了？"

"并没有。话说回来，选定了又能怎样？人家新生又不是任人摆布的木偶。"

---

① 丸鬼：一种抓人游戏。

（走廊中）三千子跑在最前面，她要和大家一起去教室取脱掉的上衣。这时，一个瘦瘦高高的女孩从晦暗的窗边角落里闪出并慢慢靠近她。三千子被这个不速之客吓到了，愣怔在那里不敢动弹。瘦高个递过来一个深蓝色信封，说道："您好！方便时请读一下……"之后，这个面色苍白的女孩就消失在走廊的拐角处。三千子内心波澜微泛，她轻轻地将信笺放在自己胸前。

有五六个同学从其他通道先跑回到教室，她们一边欢快地聊着天，一边穿上衣、整理头发。看到出现在门口的三千子之后，女孩们高声揶揄道："大河原，恭喜啦！""大河原，你收到幸福之花喽！"经过三千子身边时，几个人还意味深长地拍拍她的肩膀、撩撩她的头发。

女孩们离开后，教室霎时变得静寂空明。这时，三千子惊讶地发现自己书桌上摆放着一小束新鲜的紫罗兰，花香馥郁。她掀开桌斗，又看到一个白色信封静静地躺在自己的教科书上，上面写着紫色的文字……

"究竟先读哪一封呢？"

三千子放在胸前的双手像是被人扯开一般。

幽暗窗边出现的那个女孩浮现在三千子的脑海中，虽然她脸色有些苍白，但气韵非凡……

于是，三千子先打开了那个深蓝色的信封。

你一定被我的冒失吓到了吧。不过，请你原谅我的轻率之举。

我把这束鲜花送给你。

我还不知道你喜欢什么花，如果这束鲜花中有一朵是你中意的颜色，那将是我最大的幸福。

蔷薇花

我身上并无冰霜雪雨,
为何如此涕泪沾襟?
被践踏蹂躏的蔷薇花啊,
这世上多少人如你一般。

野　梅

无人欣赏的山野之间,
你顽强地生长于荆棘之中,
如今却被弃置于篱笆旁。
雨淋风吹之下,
你日渐暗淡且寂寥无助。
相望之间,悲悲切切。

娑罗树

褐色的根府川石上,
白色的花朵轰然凋落。
那被绿叶遮蔽的
无人见的
娑罗树之花。

五年级 A 班　木莲
献给我倾慕的三千子同学

004

内容言简意深，可以窥出深藏于书者内心的气质与修养——与娇艳的鲜花相比，她似乎更钟情于刻着岁月痕迹的老树、枯花。

对于刚刚入学不久的三千子来说，这封信的内容太过深奥。但是，她隐隐嗅到了那些花朵所散发出的缕缕馨香。

蔷薇花，野梅花，娑罗树。

娑罗树开什么样的花呢？

三千子从未见过这种花。不过，她觉得钟爱此花之人一定如童话中的森林精灵般剔透、美丽。

——淡淡的思慕之情已然荡漾于三千子的心怀。可是，眼前这束紫罗兰所散发出的浓郁芳香又让她另有所念。打开白色信封后，一枝紫罗兰从中滑落。三千子慌忙将其拾起，小心翼翼地夹在书本中。

三千子妹妹，你好！

开学伊始，我就被你娇小纤柔的身姿深深吸引。我多么想与你相伴相随，可始终没有勇气向你诉说这份情愫，在无数个失眠的夜晚备受煎熬。

紫罗兰是我的最爱，想必你也知道紫罗兰的花语吧。所以，你会成为我的紫罗兰吗？

你会送给我什么花呢？

我是不是太过一厢情愿？你那么可爱，彩蝶早已在你身边翩翩飞舞。

你会允许哪一只落在自己身上呢？我在静待结果。

请保密。

四年级 B 班　克子

我的紫罗兰姑娘敬启

读罢，三千子轻轻地叹了口气。学姐们都好有才啊！几天前的自己还是那个踩高跷、捉蜻蜓的疯丫头，即便现在也是头脑空空，拿什么来回复她们呢？

穿上紫绀色的上衣之后，三千子拿着紫罗兰花束伫立在教室中。

这时，又有五六个同学鱼贯而入。

"给你几张吸油纸吧？"

说话的是山田昭子，她一边说一边用吸油纸快速地擦拭那张胖脸。身材臃肿的她很能装腔作势，令人生厌。

"你竟然敢把吸油纸拿到学校来，不怕老师训你啊？"

"坂井，你也不希望身为女孩的自己脸上油兮兮的吧。"

"我脸上也出油了吗？"

"脸伸过来让我看看！哈哈，你的脸怎么会有油呢？都瘦成一道闪电了。春天这个季节，如果脸上一点都不出油的话，那可不是什么好事儿啊！"

说完，她放肆地大笑起来。

"哎呀！大河原，你怎么啦？"

经子貌似刚刚发现三千子，一边说一边绕过书桌移靠过来。

看到三千子手中的紫罗兰之后，她先递了一个眼色，然后对三千子耳语道："这花是有说道的，你知道吗？一会儿我们一起走吧，我好告诉你。"

"哦？"

三千子心里一惊，不过她还是微微点了一下头。

经子从幼儿园开始就在这里上学了，小学、初中、预科、本科，她是一路直升上来的。和从外校考进来的三千子不同，她熟悉这个校园里的一切——所有的人、事、物，高年级学生中不少都是她的好朋友。

三千子也知道经子是个校园通，所以她也正打算和经子聊聊今天的事儿。她想问问经子，收到高年级学生的信之后如何处理为好。

说起来，她们就读的这个学校是个基督教女子学校。和国立女校相比，学生间的友情更加深厚，她们经常以爱称相称。

当然，三千子也曾耳闻这里高年级与低年级学生之间的交往很是热烈，但具体什么情况，她不甚清楚。

"所谓的'S'就是sister（姐妹）的略称，用的是首字母。一旦高年级、低年级两个女孩之间的关系变得很好，就会有人以此称呼她们并传来传去的。"

"关系好很正常啊，无论谁都想朋友多多吧。"

三千子很是不解。

"哎呀，不是你想的那样。是那种彼此特别喜欢，还要互赠礼物的那种……"

哦，原来如此，怪不得那两封信读起来让人觉得……三千子似有所悟。不过，互相之间都不太了解，怎么会有这样的事情发生呢？她还是百思不得其解。

"不过，校园里竟然有两个人特别喜欢自己哦。"

春风送暖，三千子的内心也暖融融的。

她把那束紫罗兰放在书包里，又把两封信装入上衣口袋中并扣上纽扣，心中如同揣着什么小秘密似的小鹿乱撞。

"一会儿在路上经子又会和自己说什么呢？"三千子期待满满。

那天，晨朝之时虽微云蔽空，但也算和煦。可午后突然刮起了冷风，含苞待放的白色木莲花花瓣被那北风生生地扯开，摇曳于空中。

"看样子马上就要下雨了。怎么办？我没拿伞。"

"我也没拿。"

"我妈妈说她听了天气预报，告诉我不用拿雨伞。唉，她这是在害我啊！"

"被雨淋什么的对我来说都不算事儿，这头疼病可真是折磨人，一到下午就这样。"

"疑难杂症？"

"什么疑难杂症嘛，真老套，农村老大妈才这么说呢。我这是玛富丽恐惧症。"

"哎哟，那我们是同病相怜啊。怎么办呢？她冷不丁就哇啦哇啦地说一堆，还不知什么时候就大发雷霆。"

那位玛富丽小姐还没来教室，所以一年级的学生们都站在窗边看风起云涌。

树叶随风起舞，滚滚乌云升腾于海面之上。风愈来愈烈，吹得外面呼呼作响。

不一会儿，雨水从天而降，大颗大颗的雨点敲打着校园的各个角落。

噼里啪啦——

就在这时，教室里也响起了教鞭击打黑板的声音。

"你们在做什么？哪有那么多可聊的！这可不行啊！"

虽然被称为"小姐"，但从面相上看，她应该已经年过三十，经常阴沉着脸，还神经质地把手指掰得咔咔作响。

尽管发音有点怪，但她已经习惯用日语称呼班级里的每一个同学。

"石原同学！"

"Present（相当于中文的'到'）！"

"上本同学！"

"Present！"

每叫到一位同学，玛富丽都会抬头确认一下回答者是本人。

教室里一片寂静，外面的雨声变得愈发嘈杂。

在这所教会学校，每个班级下午都安排了外语课。这个时间段，日本教师们都待在教研室，而法国修女以及英国外教们则在教室中授课。

这些外籍教师实际上会说日语，但课堂上却好像是故意刁难学生们，采用的是全外语授课方式。所以，从刚入学那天起，每天下午就是一年级新生的"地狱"时间。

从预科直升上来的二十多名学生有英语和法语基础，她们被编入高级班，剩下的这些同学都要从零开始学外语。她们水平都差不多，谁也不比谁强多少。

玛富丽小姐的嘴唇薄薄的，看起来像是两个刀片。上课时，大家都一丝不苟地看着她那翕动的嘴唇，稍一溜号就会被她批得体无完肤。

棕色长裙与米色上衣是玛富丽一贯的装扮。她将自己的青春年华奉献给了宗教、科研以及教学，着装上毫无亮色，就像未绽放便枯萎的花蕾，让人唏嘘。

"大河原同学！大河原三千子同学！"

"到！（日语'到'）"

"错了！再来一遍！大河原三千子同学！"

"Present！（英语'到'）"

三千子红着脸改用英语回答了一遍。

"还有大河原爱子同学，在吗？"

"Present！"

三千子非常紧张，以为玛富丽又在点她的名。

"你答什么'到'？"

玛富丽略微扬起头看了一下三千子，然后又继续点名。

这个班一共有五十张新面孔，但玛富丽已经将每一个人的名字及相貌熟记在心。不过，让她印象最深的还是同为"大河原"姓氏的三千子和爱子。靓丽的三千子与有腿疾的爱子——玛富丽暗自用这种方式来区分这两个女孩。

"刚刚下过雨，大河原同学，'下雨'用英语怎么说？"

"It is rain."

"不对！安达同学，你来说一下。"

玛富丽也没让三千子坐下就叫了其他同学。

"Today rains."

"也不对！山田同学。"

"It rains."

如果没有人能说出正确答案，玛富丽是不会让答错者坐下的。

"rain（雨）确实是名词，可用英语说'下雨'时，主语一般用'It'，然后将'雨'活用为动词。这种名词活用为动词的现象很常见，昨天我们刚举过相关的例子。尽管还没接触到这个语法，但你们是教会学校的学生，怎么能连这种最基本的英语会话都不会呢。好，我们再就'雨'这个词做一下练习。"

就这样，玛富丽用会话练习的方式给学生们来了个下马威，然后才开始讲解课本上的内容。

玛富丽先做示范，学生们一句一句地跟着齐声朗读。有人将日语假名标注在书中的英文旁，以方便记读。

三千子始终惦记着衣兜里的那两封信，有点儿魂不守舍。

"快点下课吧，好早点听经子聊这两封信的事儿。"

正因为有这个小心思，下课铃声响起时，三千子的心脏也随之快速跳动起来。

可是，玛富丽一边整理胸饰一边说道："我今天迟到了，所以再接着讲几分钟，把一个小时的课上满。"

然后，她就心无旁骛地继续自己的讲授。

学生们恨恨地齐声跟读。

自港口开放之日起，这片山丘上就出现了外国人居住区。此时，黑云压城，教室内也变得如同日暮时分般昏暗。不久之后，狂风暴雨如期而至。

山坡下汽车的喇叭声此起彼伏，声声入耳。也许是有些家长来接孩子了。

已经放学的高年级学生在走廊里簇拥着向外走，有人扫了一眼一年级新生的教室，然后小声说道："玛富丽小姐的课，小可怜们可要遭罪了。"

"喂，你认识那个女孩吗？那个瘦瘦的，皮肤有点黑，头发浓密，眼睛大大的女孩……"

"不认识。"

"是不是大河原呢？"

"大小姐您认识她？"

"别和我扯没用的。——今天吃饭的时候，我注意到她在吃不二家的火腿面包。后来我特意到点餐处确认了一下，黑板上面写的是'大河原'。"

"哎呀，你真是个大侦探。"

心神不宁的三千子看了一下窗外，意识到窗外走廊中有人在冲着自己微笑。虽然雨水带来的湿气模糊了玻璃窗，然而淡淡的紫色还是映入她的眼帘。

一年级学生早已身在曹营心在汉了，可玛富丽小姐还是自顾自地补完十分钟的课才合上课本。

"雨很大，同学们回家时小心点。"

下课后，玛富丽才初展笑颜。只是这笑容转瞬即逝，随即她又端着肩膀一脸严肃地走出了教室。

三千子迫不及待地拿起书包跑到鞋柜旁换鞋。外面大雨倾盆，她暂时没办法离校，只能站在楼门处看着人来人往的坡道。

"经子是不是在哪儿等着我呢？"

想到这儿，她跑向办公室。途中，她发现电话室前面排起了长队，学生们在和家长联系，希望他们能来接自己。

三千子的家离学校较远，坐电车需要40分钟之久。她排队打电话的目的并不是想让家人来学校接她，只是希望他们能到她下电车的地方等她。

老生们懂得未雨绸缪，大都会在学校放一把雨伞备用。也有人跑到勤杂室向那里的工作人员借用雨伞。

大雨突至时不知所措的就是这些刚刚入学的新同学。

"哎呀，三千子你在这儿啊，我找了你半天了。"

经子不知从哪儿跑了过来。

"太好了！我刚才还想着要去找你呢。我先给家里打个电话，你稍等我一会儿。"

"让他们来接你？那你顺便说一下吧，我想让你去我家待一会儿。"

"可是我从来没去过，有点不方便吧，突然去你家……"

"哎呀，没事儿。刚才我们不是说好要一起回家的吗？而且，我还要和你聊那件事儿呢。"

"不过，你家住哪里呢？"

"弁天大道三丁目的贸易行就是我家。你和家人说一下，应该会让你去的。"

终于轮到三千子打电话了。可是，还没等她说完，电话那边的妈妈就劈头盖脸地说道："不能去啊！这么大的雨，你还想跑到别人家去？！赶快回家！以后天气好的时候再去吧。约好了就必须去吗？！听懂了吧？赶快给我回家！"

"去不了了，我妈不让。"

"唉，真是的！怎么这样！那我们一起走到马车路那儿吧。我家应该有人过来了，我去看看，然后拿把伞过来，你稍等我一会儿。"

经子说完就跑向了走廊的另一端。

雨势依旧不减。三千子百无聊赖之时，突然嗅到一缕香味，而且还听到有人在叫她的名字。

"大河原同学，此前我的冒昧可能吓到你了，对不起！没带伞，是吧？"

三千子回头一看，一位高个子女生正站在自己身后。四目相对之时，三千子默默地点了一下头。

微微发蓝的瞳孔、略泛紫光的浓密黑发、如花似玉的温润面孔——想着被这样一位女孩关爱，三千子内心顿时变得无比灼热，有如收到那封花之信时一般。

犹如平时所憧憬的童话女神，此刻这样的女神就活生生地出现在自己面前。她不仅和自己聊天，还写下花之信，将一份关怀留给自己。

"你住在哪里？我送你吧。"

"离这儿很远。"

"那更得去送你了。这么大的雨，我不忍心看着你淋雨，车一会儿就到。"

说完就很自然地将三千子的书包拿在手中，用另一只手拉着三千子走出了教学楼。

一切恍如梦境，三千子也没有拒绝。

那位女孩看似并不在意周围人的目光，牵着三千子的手走到前来迎接她的一位男人的雨伞之下。

"三千子！大河原！"

顺着走廊跑回来的经子睁大双眼，从后面盯着与那位女孩同行的三千子。

"不好意思！我刚才还在那儿等你来着。"

三千子从伞下闪出，走到经子旁边和她小声地解释。

"那个女孩，虽然我不认识，但是执意要送我回家。我觉得她人挺好的，能主动送我，我也很高兴。对不起啊！和你约好了却又这样。我实在是无法拒绝她，对不起！"

"唉，三千子你太没主见了，怎么能人家叫你就跟着走呢？那个女孩是五年级的八木洋子，咱们学校的名人。她老爸是开牧场的，她身为千金小姐，学习还特别棒。所以挺冷傲的，不太搭理低年级的学生。送你紫罗兰的女孩挺不错的，本想明天介绍你们认识呢……"

经子一边和三千子耳语，一边向站在石头路边的洋子礼貌地鞠了个躬。八木洋子没有走，一直站在雨中等着三千子。

"难道不能和送我紫罗兰的女孩，以及其他女孩都成为好朋友吗？"

三千子一脸疑惑。

"怎么说呢，你还不懂这些，明天再和你细说吧。"

"只要是优雅漂亮的好女孩，我都希望和她成为好朋友。交朋友为什么不能光明正大一点呢？"

"你快过去吧，人家等着你呢。总之，五年级的八木是个大名人，各方面的……"

留下这句意味深长的话之后，经子从另一个出口离开了学校。

三千子对女子学校女生之间的交往方式颇为不解。比如，大家每天都会相遇，可见面时却装作互不认识的样子，只是通过书信来交流。但转念一想，觉得这样也挺有意思的。

话一旦说出口，其韵味也就消失殆尽了吧。

马上就要加入她们的行列了，这种感觉实在太美妙——三千子走出校门后，看到那台迎接她与八木洋子的轿车在雨中熠熠生辉。

钻进车里之后，洋子移到三千子旁边，问道："你家住哪里？"

"弘明寺。"

"是在高等工业学校附近吗？"

"嗯，嗯，在山下。不过，我家人也许会到那边的公交站接我。"

轿车轻快地行驶在山路上，雨水仍然肆虐于天地之间。

教堂的尖屋顶高高耸立，前院铺着石板，周围的草本花卉争芳斗艳，外沿盛开着连翘花。在雨水的洗刷之下，连翘花俨然盏盏明灯，绚丽多姿。

"收到我的信了吧？"洋子问道。

三千子低下头，默默颔首。

"不过，你可能会听到一些有关我的传言。那时候，不知道你的想法是否会改变。"

"我想和每一位漂亮女孩都成为朋友，希望她们能像姐姐一样对待我。我有三个哥哥，是家里唯一的女孩。"

"多好！我家就我一个孩子。不过，我的小母牛要生崽儿了，方便的话哪天来我家吧，带你去看看。"

洋子的话听起来暖暖的，滋润着三千子的心。

"我见过一头被人牵着的小牛，走起路来非常可爱，好想养一头。"

"我给你一头吧。"

2. 牧场与红宅子

　　周日这天风和日丽，不知从什么地方隐隐传来花火腾空而起的声音。

　　藤萝架下，三千子正在用木梳梳理自己的头发。

　　"喂，领我出去玩啊。我早就把作业写完啦，我知道今天会是个好天气。"

　　"你挺会安排啊！我可去不了，还得去打棒球呢。"

　　哥哥昌三靠在摇椅上，紧盯着手里的报纸，看都不看三千子一眼。

　　三千子用手抖搂着自己一头如云的秀发，又央求道："也行啊，你领我去看棒球比赛。"

　　"你受得了吗？又热又渴，坐得屁股生疼。而且那么多人凑一块儿说不定会感染上什么疾病。"

　　"胡说！坏蛋！"

　　"说啥呢！主要是我不愿意和你们女生一起走。"

　　"为什么？因为我个子小？"

　　"同学们看到该瞎起哄了。"

　　"有什么啊，我们是兄妹，你那些顾虑不是多余吗？"

"正因为是兄妹，我才更讨厌和你一起走。"

"哎呀！"

昌三是中学三年级的学生，喜欢运动，做什么事儿都一本正经，喜欢认死理，和妹妹经常打嘴仗。因为生性腼腆，害怕别人说闲话，即便放学路上遇到三千子也不会和她一起走。有时候甚至还要红着脸快步前行，特意把妹妹甩得远远的。

当然，三千子时常会特意赶上去，一边叫着"哥哥"一边和他同行。看到昌三的窘态，三千子心里偷乐不止。

梳完头发之后，三千子拿起耙子清理庭院。

青松如青轴铅笔一样，不知不觉之间蹿高了十厘米、十五厘米。花坛中，麝香连理草、雏菊以及蔷薇花正在竞相绽放，吐露芬芳。

晨风徐徐，清爽怡人。

"吃饭了。"

保姆奶奶在后院喊道，她是过来给鸡圈铺沙子的。

三千子折了几支蔷薇花，一边嗅着花香一边跨上回廊，然后将枝条插到洗脸池的镜子前，满面春风地走进饭厅。

铺着白净桌布的饭桌中间摆着一簇麝香连理草，仿佛是五月那花团锦簇的庭院之一隅。

"我大哥呢？"

"可能有什么事儿吧。"

妈妈阴沉着脸回答道。这是一位看起来很强势的女性，相貌端庄秀美，只是发际线有些高。

"今天是星期日，我还想让他陪我出去玩呢。"

三千子噘着嘴说道。突然，她意识到大哥平常就不太让妈妈省心，自己不应该再火上浇油。于是，她默默地举箸吃饭。

这时，二哥也来吃饭了，带进来一股爽身粉味，很冲鼻子。

"洗脸池那儿的蔷薇，是三千子摆放的吧？"

"很漂亮吧。含苞待放的花蕾多可爱啊！"

"你们的爸爸就很喜欢蔷薇。"

三千子的话似乎触碰到了妈妈内心深处的记忆。

"蔷薇颜色太艳，不适合摆在佛坛上。不过，我昨天还是摘了几枝摆在那里了。"

妈妈又说道。

"很好啊！美艳的鲜花献给时尚的佛祖。佛坛繁花似锦的话，我们家也变得香气四溢、富丽堂皇喽。"

让妈妈开心对于三千子来说是一件轻而易举的事情。她是家里的老幺，四个孩子中唯一的女孩。她就像一个会发光的小天使，可以让妈妈忘忧，让家里充满欢声笑语。

大哥昨夜未归。除了他之外，家人都来吃饭了，包括那位保姆奶奶。饭毕，妈妈戴上手套走到院子里，耐心地为长出藤蔓的蔷薇除蚜虫。

三千子也来劳动了，她在拔草坪中的杂草。

昌三和二哥则在一边聊着棒球。

这时，保姆奶奶过来喊道："三千子小姐，有你的电话，一位叫八木的女孩打过来的。"

"哦，八木的电话？"

三千子立刻跑了过去，接电话时有些气喘。

"你好！是我，我是三千子。好，好的。哎呀，是吗？特别想看啊。好的，不过，请稍等一下……"

三千子从回廊那边大声喊道："妈妈！我现在想去八木同学家，

可以吗？去她家的牧场，听说生小牛啦！可以吗？我去啦？"

"中午以前能回来吧？"

"真是的，哪能那么快就回来啊！八木同学会留我吃午饭的。"

妈妈微笑着调侃道："你怎么知道人家会留你吃饭啊，傻姑娘。既然人家特意打电话来了，那就去吧。"

三千子和八木洋子约好见面地点后，雀跃地跑了回来。

"站住！你要去哪儿？"

"去看牛啊！"

"牛？"

昌三一脸讶异。

"没错！去牧场，看小牛！"

"这有什么啊，看你那兴奋劲儿。和谁一起？"

"我学姐。她家有牛。"

"是那个经常给你写信、笔迹细得跟丝线一样的人？"

"真过分！偷看我的信了吧？"

"谁稀罕看啊，你们那都是为赋新词强说愁，无病呻吟。你们女生因为一些奇奇怪怪的事儿就高兴得不得了，明明每天都见面，还写什么信！呵呵……"

"三哥你是不会明白的，因为你是个野蛮人！"

妈妈洗了洗手，到衣柜旁给三千子挑选出门的衣服。

"这件怎么样？"

妈妈取出来的是一件刚做好的法兰绒裙装，接着又帮三千子搭配了一条绉绸腰带。

三千子平时得穿海军式校服，妈妈今天竟然给她选了一件长袖装，让三千子感到很是意外。

"姐姐"看到自己这与平素相迥的模样，会是什么反应呢？三千子满怀期待的同时又有一丝忐忑。生活是如此美好！

三千子身着红色法兰绒衣裙，脚穿姨母送的皮草履，怀抱着麝香连理草与蔷薇花的花束，在妈妈温柔目光的注视之下走出家门。

"哈哈，太棒了！真想变成一头小牛。"三千子奔跑起来，衣袖在风中飞扬。

牧场绿草茵茵，在上面滚来滚去的时候，充满馨香的青草的味道惹起人的食欲，想要对其大嚼特嚼一番。

圆圆的小山丘分布在周围，幸运草花开得正盛。

三千子被像星星一样点缀于草原上的小花吸引，每见到一朵就要问一下名字。

"小牛们的早餐里就有这些可爱的小花。农夫会将沾满晨露的青草割下来喂牛，牛儿们认识他，看到他的身影便会高兴得大叫。草料里的这些鲜艳的花朵也是小牛们的最爱。"

听到洋子的解释，三千子似懂非懂地点了点头。

这时，远处传来牛儿们哞哞的叫声。

"你看，那么多的牛，在那个高坡上，看到了吧？我们过去看看吧。"

三千子眯着眼睛抬头看着那边。

"吃着吃着就爬到高处去了。都是今天挤完奶的牛。"

洋子不紧不慢地向三千子介绍着自家的牧场。和那些牛儿相比，她更关注眼前这位学妹。

"三千子你选一个你最喜欢的山坡，然后我们一起去吃饭。"

"好的。"

三千子紧紧地牵着洋子的手，走向自己选好的山坡。中途她又改变了主意，拉着洋子跑向另一处，惹得洋子哈哈大笑。

"三千子同学真讨厌！善变又贪心……交朋友也会见一个爱一个吗？"

"说什么呢！可恶！坏蛋！"

"哈哈，别在意，开玩笑的。我们去那么远的地方，搬椅子什么的比较麻烦。"

"怎么办呢？无论哪一片山坡都那么漂亮。"

"所以说你见异思迁嘛，没说错吧？遇见漂亮学姐就想叫姐姐。被我看穿了吧！"

"胡说八道！"三千子脸涨得通红，闭上眼睛不看洋子。

看到三千子含羞带怒的可爱模样，洋子颇为得意，自觉眼前这位学妹已经属于自己，没人能够从自己手中抢走她。

洋子吩咐伴随而来的女佣们去搬一下办公室的桌椅，想在蔚蓝的晴空下办一场沙龙。

女佣们从篮筐中取出各类罐头、面包、红茶、寿司，三千子也帮忙摆放着餐具。

"想起小时候玩的过家家了。"

"很怀念小时候吧？"

洋子说完之后稍微停顿了一下，若有所思。

不一会儿，她又向女佣们说道："去烧些水吧。牛奶热好后告诉我一声。还有，那边的奶酪做好之后帮我拿一些过来，还有我的草莓……"

"我可以光脚吗？草地软软的，好想踩一踩。"

三千子脱下的白色布袜与深红色草履点缀在绿色的草地上。在洋子眼中，白红两色就是三千子那可爱灵魂的点滴写照。

"三千子，你觉得这个地方怎么样？"

洋子的声音稍显疲惫。

"怎么样？当然是一个好地方，像是童话王国。"

"嗯，嗯。不过，办公室的人说如果在这里住上一段时间就知道这里并不那么美好。怎么说呢，我也很喜欢这里，毕业之后想留下来做一个牧场管理员。"

三千子正徜徉于自己的"童话世界"中，听到洋子的话，她不再哼唱，回望过去。今天的洋子穿着日式少女装，腰带恰到好处，衬托出她曼妙的身姿。洋气的妆容与天生的冰肌雪肤相得益彰。

——仙气飘飘的洋子学姐！

青青牧场中的牛儿们在仙女般的洋子学姐的守护之下会产出更醇厚香浓的奶汁吧。当然，奶酪应该也会更美味可口。不，她应该登上更耀眼的舞台，那里有鲜花簇拥，有明亮的聚光灯，那里才是最适合她的地方。

"你看，它们都站在那边呢。"

顺着洋子手指的方向，三千子看到两三头小牛从树荫处慢慢走了过来。

不一会儿，眼前突然出现了一头体型巨大的老牛。三千子有些害怕，屏住呼吸靠近洋子。

"你不害怕吗？"

"很老实的，不用怕。"

"哎呀，它的乳房怎么那么大啊，看着怪怪的。"

这头牛的乳房确实胀得很大，像一个粉色的大袋子垂在腹部，走起路来有节奏地左右摇摆。

"看到牛的乳房，我就会想到我妈妈。"

洋子的声音沉静又略带伤感。

"乍一看形状确实挺怪的，不过它十分丰满柔软，里面满是暖暖的乳汁，这不就是母亲的象征吗？"

三千子十分认同洋子的说法，更加折服于她思想的深邃。她重新审视起那头牛的乳房，并没有注意到洋子脸上掠过的丝丝忧伤。

"我也想试着挤挤牛奶。"

"很难哦。能在牧场成为挤奶能手，那就相当于出人头地了。需要练习三四年才可以的。找不到小牛犊吸食的感觉而妄自去挤的话，牛妈妈以后就不会再出奶了。"

说话间，又有两头小牛从那头老牛身后钻了出来。

"真可爱！和小鹿一样。"

三千子吧嗒吧嗒地跑过去抚摸小牛的后背，那里非常平滑，摸着热乎乎的。

"这就是姐姐所说的小牛吧？给它起名字了吗？"

"正好还没起呢，我们一起想一个吧。"

三千子沉醉其中，笑容一直洋溢在她的脸上。

两个人伸直腿坐在草地上，你一言我一语地交流着。

"叫'Rain'怎么样？"

"'雨'？还是算了吧，我讨厌下雨。因为做和雨相关的会话练习我们班才被玛富丽小姐拖堂，又因为那天下雨，我才能和洋子姐姐同乘一车……"

"总之，名字叫'雨'有点怪怪的，再想想吧。以'阿'开头的话……对啦，'阿丽莎'怎么样？《窄门》中的女主人公也叫这个名字，安德烈·纪德写的。"

"听起来像'雨莎'（注：'雨'的日语发音为'ame'）。用作人名也可以？那这样吧，公牛的话叫'保罗'，如果是母牛就叫'维吉妮'。"

"哦，哦，你在读《保尔与维吉妮》？"

"是的，我哥哥手头的什么'岩波文库'里的一部，其他几部我也在读。"

三千子把"岩波文库"中的书籍一本一本地罗列出来。

"太好了！三千子你都能读懂吗？我也特别喜欢那些动人的故事。那我们今天就说一下和'阿'有关的名字吧，下次再说'伊'。对了，那位可怜的阿拉科涅怎么样？三千子小才女应该也知道她吧。"

洋子揪着手边的绿草，目视远方，和三千子讲起阿拉科涅的故事。

——在远古时期的希腊岛上，住着一位以织布为生的美丽少女，名字叫阿拉科涅。她认为自己织出来的布非常漂亮，技术无人能及，所以非常自傲。她的自言自语透露出自负，这触怒了女神密涅瓦，于是两人之间进行了一场比赛，裁判是朱庇特大神，约定失败者永远不能再织布。

不久之后，比赛正式开始。阿拉科涅像往常一样置身于树荫之下，密涅瓦则稳坐云端，双方都拼尽全力比赛。裁判朱庇特悠闲地坐在晴空中的金色座椅之上，观望着发生在天地间的这场比拼。

最后，阿拉科涅意识到自己无法与掌握高超织布技术的女神密涅瓦相提并论，哭着向对方道歉。女神见阿拉科涅能及时自省，高兴地说道："虽然我们已经在朱庇特大神面前立下约定，但如果你愿意变身的话，还是可以永远织布的。"

随后，密涅瓦用手触碰阿拉科涅的身体，将她化为一只美丽的蜘蛛。

——就这样，阿拉科涅又开始像往常一样，趴在树荫处编织精美的蛛网。

"怎么样？这个故事不错吧。"

三千子听得痴迷，点点头说道："是的，故事太精彩了。我想用阿拉科涅这个名字。"

"好吧，那你的小牛就叫阿拉科涅吧。可我的小牛叫什么名字好呢？"

"下次再给我讲一个故事，名字自然就有啦。"

两个人把脸贴在青草地上，互相对视片刻之后笑了起来。

三千子变得神清气爽，她多么希望每天都能这么快乐，那样的话，自己真的会长出翅膀，变成飞翔于天空之中的天使。她张开双臂，像是要把五月的天空拥入怀中。

一年级学生已经完全适应了学校生活，她们都结交了好朋友，有的还拥有了自己的"姐姐"。虽说大家还是天真无邪的小女孩，但少女那与生俱来的好强心让她们之间产生了微妙的情感纠葛。

三千子成为洋子的"妹妹"之后，那位送紫罗兰花的四年级的学生克子还是数次给她写信。但三千子已经心有所属，除了洋子，她不会再认其他人为自己的"姐姐"。至于这位克子，在她心中充其量也就是一个"好朋友"。

每天晨会时，四年级的副班长克子会站在整个年级的最前排。而五年级的班长洋子就在她的旁边。克子每次都不动声色地和洋子拉开一定的距离。洋子平时不太愿意抬头，自然看不到克子时刻警惕地注视着自己的犀利的眼神。

对于两人之间的微妙关系，三千子看得一清二楚，所以内心无比纠结。

而且，这段时间学校开始盛传和洋子有关的消息。之前传说她是优等生，还备受学校嬷嬷的垂青，法语能力超群，等等。现在，学生们不再提这些好事儿，传的都是有关洋子家庭的流言蜚语。

"知道吗？你的八木姐姐没有妈妈啊。"

经子很想知道三千子是什么反应。

"是去世了吗？怪不得她挺多愁善感的。"

"不是啦，据说不是去世。"

"那肯定是因为什么特殊原因才让她们母女无法相聚吧，这会让她更难受的。"

"看来不是一般的原因。否则她应该会和你说这件事儿的。"

"我和她的家人并不熟，也不想触碰她内心的伤口。她也不是爱说爱聊的人，这样的事情自然不会随便和人提起的。"

经子刚才还是一脸轻蔑地听着三千子的话，这时突然凑了过来。

"告诉你吧，不过一定不要外传，你知我知，不能让第三个人知道。"

强调完之后，她一脸八卦地说道："八木小姐的妈妈，其实是去了一个地方，很远的地方。你知道是什么地方吗？"

三千子根本不想听这些，她想堵上自己的耳朵，也想把经子的嘴缝个严严实实。她怒不可遏地走到一边，想离经子的那张嘴远一些。她虽然不了解具体情况，但不希望有人背后传这些八卦。同悲同喜、互助互爱才是友情的真正体现，幸灾乐祸是多么可耻。

"我不听，不想听这些。"

"随便你吧。不过，连八木小姐的事情你都不知道，真是……"

"听好了！以后如果还有人传播这种谣言，请经子你不要理会，更不要跟着传谣。"

"不理会？不传谣？你以为这种事情能控制得了吗？"

三千子觉得洋子是因为自己才卷入这场风波之中的，正因为如此，她对洋子的思慕之情愈发强烈了。

就在这时，克子的模样浮现在眼前：这个女生虽然长着一张漂亮的脸蛋，可眼神犀利。作为伙伴，应该是一个值得信赖的人；但如果与她为敌，不知道会遭遇什么事情。

三千子利用课间休息的时间，独自留在教室，给洋子写了一封信。

姐姐：

　　早上，我也和你们五年级一起站在教堂那里。我当时看到你脸色不是很好，稍显苍白。不过，也许是因为外面绿叶反射的光斑落在脸上的缘故吧。希望姐姐保重身体，安然无恙。

　　下午又要上玛富丽小姐的课了，很难熬。那天姐姐帮我做了练习，今天我一定鼓起勇气举手回答问题。

　　今天放学后我在坡下的红宅子处等姐姐。一旦被班级同学看到我们在一起，我会被嘲笑的，所以约在那个地方。

　　总之，不管发生什么事情，我都希望你永远做我的好姐姐。

三千子

书于晨风之中

三千子将这一页纸从笔记本上撕下，折叠成"结文①"，然后来到校园中。

———————————

① 结文：将信纸叠成某种特殊形状的信笺。

少顷，上课铃声响起。

三千子等在走廊拐角处。洋子通常会从这里经过。

果然，单手持书的洋子和两三个同学并肩走了过来。

绿叶在阳光的照射下反射出耀眼的光斑。与外面的明亮完全不同，楼梯下的走廊拐角处很是昏暗。三千子穿的是深蓝色校服，所以从外面进来的人只能看到她微微发白的脸庞。她靠着墙壁随着大家前行，人来人往之中不动声色地将那封叠好的信笺送到了洋子手中。

随后，三千子捂着微微泛红的脸庞跑回走廊附近的教室。

三千子提到的红宅子其实是小镇人们对一座空置的西式建筑的称呼，就坐落在校门附近的坡下。以前，这个大宅院里住的是一位"洋妾"，常常成为人们街谈巷议的话题。

洋子家在这座红宅子对面的高地上，是一处雅致的居所。天气晴朗的日子里，由此可以眺望远山美妙的身姿。

从预科时代开始，那条坡道就是洋子上学的必经之路，对红宅子的传说也有所耳闻。

——那是洋子进入这个学校后不久的一天，她经过这座红宅子时，听到了从宅邸中传来的钢琴曲。洋子说不出曲名，她对那略带哀愁的轻声伴唱很是好奇。

"是什么样的一个人呢？"

洋子禁不住踮起脚尖，隔着树墙向里窥望。

盛开的鲜花掩映着一处露天休闲区，一位化着雅致淡妆的日本女士正只身一人坐在那里随乐哼唱。她身着浅色衣装，头发黑黝黝的。

洋子猛地缩回身子，像是看到了什么不应该看的东西一样。

"刚才那个人，难道就是人们口中的那个……"

洋子边走边想。

"有些人就是愿意说一些毫无根据的闲话，很可悲！"

洋子觉得那个人不像传闻中的"洋妾"。

从那之后，洋子每每经过红宅子时都想确认一下那位女士的样貌，但映入眼帘的只是宽阔的庭院，渺无人踪。

不知从什么时候开始，洋子不再关心红宅子中的人与事。有一次，很偶然地向内望了一眼，她发现庭院荒草丛生，宅子已是人去楼空了。每次风雨过后，成为空宅的红宅子，树丛叶落枝残，柴扉东倒西歪，花坛一片狼藉。每次看在眼中，洋子的心里都会泛起丝丝惆怅。

不知为什么，洋子常常深陷于这种落寞之中。

和三千子成为好友之后，她立刻就把红宅子的故事说给她听，就像讲述一个远古时期的传说一样。两个人沉浸其中，如痴如醉，品味着其中不足为外人道的美妙滋味。

看到不同年级的两个人结伴回家，或者在一起亲密地聊天，班级的同学会起哄说她们是一对儿。当然，这些玩笑和传言并不会让当事者不悦，她们嘴上说着"讨厌"，内心却希望自己的事儿尽人皆知。

瞎起哄的那些人也知道那些话完全伤害不到过从甚密的两个人，慢慢地也就不再自找没趣了。

因为洋子和三千子之间还杀出一位竞争者，旁观的人们觉得戏份很足，一直很关注事情的发展。

洋子与三千子都不是那种久经沙场、刀枪不入的女孩，生性纯真的她们不想"惹是生非"，回家的时候，一般都会约在人迹罕至的红宅子前见面。

这天，三千子出了校门后先来到荒废的庭院之前。在她蹲下来不紧不慢地系着鞋带期间，四五个女孩陆续从她身边走过。不久之后，洋子也如约而至。

两个人并肩同行时，虽不一定是笑语欢谈，但安安静静地走一会儿也是很舒心惬意的。

"三千子肯定也听到了一些有关我的传闻吧。"

洋子的话让三千子颇感意外，她摇摇头说："我不相信什么传言，坏心眼儿的人不会说什么好话的。"

"确实是这样的。不过，无法与人坦诚相待、不信赖任何人是一个人不幸的开始。"

为了不让洋子被谣言中伤，三千子不假思索地说出"不相信任何人"的话。洋子那深奥难懂的解释让她一时无言以对。洋子的话总是那么富有哲思，振聋发聩。

"我确实想和每一个人都相亲相爱，但是班级里有那种见风使舵、搬弄是非之人，我不相信她们，更不想和她们同流合污。"

"嗯，嗯，确实是。"

"和姐姐有关的传言在我看来都可笑至极。我就在姐姐身边，没有必要听别人如何评论你。所以，我不听那些鬼话，听到了也不理会。"

洋子已经感动得热泪盈眶，她紧紧攥着三千子的双手，向她诉说自己内心的歉意。

"三千子这么相信我，我还说出那样的话……"

洋子哽咽难言，快步跑到坡道上，似要快速摆脱自己午后那长长身影的纠缠。

可是，她马上又镇定下来，她要将压在自己心头已久的巨石掀起，把内心真实的想法讲给身边的三千子。

"其实，有件事，是那种让我痛彻心扉的事情。一直以来，我不想将其示人，但它好像一块压在我心头的大石头。面对三千子，我不想说假话，也无法掩饰什么。不管你怎么看我，我都要把它说出来。你的善良纯真是我的力量源泉。"

洋子稍作沉默，又接着说道："关于我的那些传言，其实都是真的。"

与经子在她耳边窃窃私语时的感觉一样，三千子不想听到任何与洋子有关的谣言。可现在她无法避而不听，毕竟这是洋子对她的真情诉说。她无法直视洋子，只是一个劲儿地点头。

"即便这样，你还愿意和我相处吗？"

洋子的追问让三千子瑟瑟发抖，可她还是坚定地点点头。

"我不知道谁是自己的妈妈，她没有留给我任何记忆。上学之后我才意识到这个事情对我的影响有多大，很奇怪为什么只有我没有妈妈。学校组织郊游以及文艺演出的时候，唯有我身边是上了年纪的奶奶。尽管这样，在奶奶和爸爸的陪伴之下，我那时候还是非常快乐的。"

"我是那么想念妈妈，但一想到她去了另一个地方，已经无法回到我身边，就慢慢地接受了这个现实。奶奶去世之后，我才知道真相并非如此。长期在家里做杂工的老爷爷的女儿和我说出真实的情况之后，我伤心不已，失魂落魄。父亲看到我憔悴的样子很是吃惊，千方百计想让我开心起来，可一直没有任何效果……直到现在，妈妈……"

三千子感知到洋子内心的悲凄，她的内心也在隐隐作痛。等待洋子再次启口之时，她的身体竟控制不住地战栗着……

3. 密闭之门

大海的上空点缀着朵朵白云。梅雨季终于过去了。

轰隆作响的雷声也是从海面上空传过来的，听起来像是在帮人捎送祝福。

于是，烟霞万顷、碧波荡漾的大海浮现在眼前。

运动场上的青草坐上去又热又潮，很不舒服。因此，学生们与自己的好友觅一处凉快的树荫来休息。崭新的汗衫散发着淡淡的汗香，让她们依偎得更近，一起品尝青春的甘美。

大家都在聊着暑假中的各项计划。有人不无自豪地说到了自己要去的避暑胜地，略显虚荣。

这是一个港口城市，市内就有海滨浴场，可是没有人提到要在那里游泳避暑。

有人说到要去镰仓度假。镰仓被称为"海滨银座"，一到夏天，报纸上的相关报道层出不穷。

"要去镰仓？说起来，我家在镰仓也有房子，可有人提醒我说暑假不适合到那里避暑，因为去的人太多，当地的民风也受到了影响。据我妈妈说，那里的男孩女孩很多都误入歧途了，说到底，那里诱惑太多啦。"

"哎哟，诱惑？"

可能是觉得这个词用得有点怪，大家一阵哄笑。

"经子，听说你曾经是自由泳选手？"

"哎呀，这事儿我第一次听说。你的游速是多少？快告诉我！"

经子一脸得意地说道："那怎么能告诉你呢。去海边度假也不错，不过，从今年开始，我想去山里了。这么说吧，小孩子才愿意去海边呢。"

"也是。你想去山里避暑啊，去哪里呢？"

"轻井泽。"

"你说什么？轻井泽是山？不是高原吗？！"

"是啊，那是高原中的低原呀！"

这种场合，经子怎么能示弱呢。她又接着说道："我家不是做贸易的吗，和一些外国人做生意。他们中有很多人都去那里，有时候还会顺便约上我们。我家隔壁是卖女装的，店老板每年都会去那里。我呢，是要在轻井泽度假，然后找时间去山里玩一玩。"

"轻井泽附近的山，那就是浅间山了？上高地还挺适合爬山的。不过想去轻井泽那边爬山，我觉得你应该是搞错了吧。"

"你不知道有火车这种交通工具吗？"

看到两个人互不相让的架势，一向喜欢做和事佬的照子发言了："居海者恋山，住山者恋海，这是人性脆弱的写照。人总是这山望着那山高，真是悲哀啊！"

一番高谈阔论之后，照子又拍了拍身边的三千子，说道："大河原，你就从来不羡慕别人吧，从来都是被人们羡慕的对象啊。"

三千子不太想和大家聊什么避暑休假的事情，她只是静静地坐在草地上。

经子这帮人最近明显是想要奚落自己，今天是不是又要开始她们的"表演"了？

照子一向以天真无邪、童叟无欺的模样示人，其实骨子里是一个非常爱挑事儿的人。她想将矛头转向被大家冷落的三千子，以缓和刚才的尴尬气氛。

三千子当然知道照子的阴谋诡计，她知道自己不能再沉默了。

"是啊。我也非常羡慕那种面不改色的作恶之人以及甘愿被人诋毁的软蛋。"

空气在一瞬间凝滞。

一向沉默寡言、不善言谈的三千子一改常态，她那以牙还牙、绝不退让的气势属实惊到了经子等人。

"哎哟，听起来好像世上只有大河原同学一个人是绝世好人了。"

"更像是说我们这帮人都是铁石心肠喽。别含沙射影了，想说就说清楚点呗。"

三千子心里暗忖："你们对自己的定位很准确啊。"

觉得自己已经泄了愤，三千子也就不想再与她们纠缠了。

可是，经子还是不肯善罢甘休，她凑到三千子身边阴阳怪气地说道："要说心肠，谁能好过你三千子啊，连'姐姐'都找了好几个了吧。"

这种恶言恶语真的伤到了三千子，她气得血往上涌，说话的声音都在抖。

"什么时候？我什么时候做那样的事了？"

经子故作镇静地回答道："不记得了？你不是也收到克子的紫罗兰花信了吗？"

"我只是觉得那位克子姐姐像紫罗兰一样温柔善良而已。"

"好吧，其他人我就不说名字了，对人家不好。四年级有两个，五年级有四个，只是确定关系的竟然就有七个哟。"

"按你的逻辑来说的话，水之江泷子啦，苇原邦子啦，她们都有一个装信件的大大的邮筒，那她们的心脏是不是也大如坦克或军舰呢？写信者遵照她自己的意愿行事，收信者无法控制。我确实收到了七封信，但不能说我接受了她们，她们也不是我的'姐姐'。"

三千子的辩驳之辞逻辑清晰，言语之间饱含自信，甚至还略带幽默诙谐。

谁能想到她那小小的身体里竟然蕴藏着如此巨大的能量。

经子只是想恶心一下三千子，没想到却遭到了猛烈的回击。事已至此，她也没有退路了。更何况她还是这一小撮人中的"女王"，她想让其他人永远臣服于自己，所以一定要给三千子点颜色看看。

"亏你能说出这样的话。女学生怎么能和人家女明星相提并论呢！明星没人喜欢就没有存在的价值了，收到粉丝的信越多，她们就越高兴啊。而我们并不是奢望'姐姐'的来信才成为学生的。尽管如此——"

经子稍作喘息，貌似在考虑如何才能给三千子"致命一击"。

"尽管如此，如果很多粉丝都给我们写信，我们能踏入娱乐圈走走秀什么的也不错嘛。"

经子瞟了一眼周围的伙伴，发现大家都一脸尴尬，沉默不语。

就在那一瞬间，三千子嗖的一下站了起来，仰头看了一眼映射在绿叶上的缕缕阳光，随之冲出运动场。

"那帮人肯定觉得自己是落荒而逃。呵呵，那种无聊的争论，赢了又有什么可高兴的呢！"

刚想去教学楼那边找洋子，上课铃声就响了。

周六这天，三千子受邀去洋子家玩儿，她想趁此机会把和经子们的口舌之争讲给洋子听。不把这件事儿告诉"姐姐"，她总是心里不清静。

见面地点还是那座红宅子的庭院。先到的三千子展开手头的一本书，陶醉其中。

请扶我起来！请扶我起来！

请医好我的病！

春天的脚步越来越近了，我听到了，听到了呀！

请一定在春樱绽放之前医好我的病，否则快乐会弃我而去。我不想再等待，亦无力等待。

你们快些，好吗？好吗？

否则，我就把那花瓶摔成碎片。

请快点医好我的病！

能快些吗？能快些吗？我想快点离开这冷冰冰的病床，马上就离开！

再不起来，还能再起来吗？

所以，请快点扶我起来！

请帮我把病魔的脏手挪开！

请快点扶我起来啊！

"让我成为好孩子吧！可是我，无法成为好孩子啊！"

抱抱我吧！我多想触摸一下妈妈那柔滑的绢衣，坐一坐妈妈那温暖柔软的双腿。

　　我只是想要触碰一下啊，妈妈的双腿，妈妈的衣袖。我想大声呼喊——啊，啊！抱抱我啊！

　　爱读书的二哥对三千子的作文赞誉有加，前几天送给她一本少女文集。三千子读后爱不释手，书的名字也很特别——《蔷薇活于世间》。

　　可是，这朵蔷薇——少女山川弥千枝已在十六岁的时候离世，为世人留下这本遗作。

　　这样看来，"活于世间"一词是多么贴切，她还活在人们身边，更活在人们心中。

　　"触碰一下美丽的蔷薇，它的枝干光滑且湿冷。蔷薇，它活于世间。"

　　这是少女的遗诗，书名即由此而来。

　　"让我成为好孩子吧！可是我，无法成为好孩子啊！"

　　——我要找地方躲一下，"姐姐"到来后，我就在藏身之处把这句诗读给她听。面对面说这些会难为情的。

　　想到这儿，三千子心中兴奋不已，她甚至在荒芜的庭院中雀跃了几下。

　　为了让洋子一进门就能看到《蔷薇活于世间》这本书，三千子特意把它放在门廊处的石头上，这样更醒目一些。

　　她又摘下一朵小花，夹在刚刚读到的那一页。

　　路上传来了脚步声。

　　"三千子，你在哪儿？"

洋子的声音清脆悦耳。

"我在这里。"

听到洋子在喊自己的名字，三千子差点跑过去。她缩了一下肩膀，蹑手蹑脚地绕到宅子后院，藏在仓库中某个幽暗的角落。

"三千子！"

洋子压低声音喊道。奇怪，明明说好先过来等我的，去哪儿了呢？

除了住宅区那边播放的舒缓的乐曲，周围寂静无声。

突然，港口那边传来了航船的汽笛声。笛声消失的一瞬间，久无人住的荒宅益发让人毛骨悚然。

在这盛夏之日，炫目的光线使得万物的阴影更加浓重。正因为如此，让人觉得有如真空般寂寥。这是与夜晚、黑暗不同的来自白昼的恐惧。这种发生在明亮世界中的恐怖故事，洋子曾经在一本书中读到过。

想到这儿，洋子的恐惧感愈发强烈了。她找遍了每一个树丛，战战兢兢地开始了自暴自弃式的搜寻。

长时间无人打理的树木枝干交错，树下杂草丛生。

蜘蛛网挂在她的帽子上，枝条抽打着她的脸庞……

"三千子！三千子！你怎么了？我们早就说好了，你不会不来的。所以，我会一直找下去的。"

她会不会中了这个荒宅的邪气？洋子抬头看了一下屋顶，那里的红色瓦片闪着诡谲之光。

"三千子！"

仓库中的三千子刚才就看到了洋子惊恐的模样，但她又不敢马上就现身。

"洋子是个非常认真的人，看到自己突然蹦出来她会很生气吧。"三千子已经把朗读那句诗文的安排忘得一干二净。

"姐姐肯定生气了，赶快向她道个歉吧，挨训也是自找的。"

想到这儿，三千子灰溜溜地走到后院。

"姐姐，对不起！"

"啊？"

洋子怔怔地站在草丛旁。

"恶作剧？"

洋子的脸色由苍白变为绯红。不过，马上又笑盈盈地说道："太好了！"

洋子并没有像自己所想的那样兴师问罪，但这更让三千子觉得羞愧难当。

"放心是放心了，可我的肚子开始抗议了。好饿呀，快去我家吧。"

"实在对不起！我本来想对姐姐说一句话的。刚才看到姐姐很担心的样子，我又说不出来了。也没敢马上出来。"

三千子被洋子的善解人意深深打动，她眨巴着大大的眼睛，非常诚恳地向洋子道歉。

"哎？要和我说什么呢？"

"藏起来才能说的一句话。"

"那你再藏一遍吧。"

"不了。"

三千子认真地摇了摇头。

"哎？你声音怎么怪怪的，怎么了？"

"我不是一个善良的人。"

"很善良啊。"

"不，不，这是书上写的。"

"一个人在那儿玩什么把戏呢？莫名其妙。"

洋子笑了笑之后用低沉的声音说道："以后可不许躲起来了。"

"好的。"

"不管发生什么事情，你都不要躲起来。我刚才找你的时候，心里非常难过。我害怕自己将来某一天也会这样拼命地寻找你。那时候，我可能找遍全世界也找不到你了。"

三千子不可思议地抬头看着洋子。

"难道不是这样吗？刚才我寻找的是和我藏猫猫的三千子的身体，也许有一天，三千子会把自己的心藏起来，那我就永远都找不到了。"

"不，绝对不会那样的。"

三千子用力摇晃着洋子的手臂。

"我只是偶尔想到这儿了。不过，如果真的那样，不管多遥远，我都会去寻找三千子的心。一定会的。"

三千子已经不想再提自己被经子她们奚落的事了，她害怕洋子被那件无聊的事情打扰。

"我一生都不会背叛洋子姐姐，洋子姐姐是我唯一的姐姐。"

三千子在心中暗暗立下誓约。

洋子的家建在一个山丘上，与学校所在的山丘只隔着一片洼地，彼此两两相望。

家里厚重的石门很有年代感，上面爬满了绿色的常春藤。铁艺格子式的门扉关得严严实实的。

"办完奶奶的葬礼之后，这扇门就没再打开过。"洋子显得有些落寞，用手猛地揪下一片常春藤的绿叶，接着说道："密闭之门，象征着不幸吧。"

三千子想到了自己家里那扇低矮的木门，与洋子家的这扇门完全不同，常年大敞四开，无人理会。

"这么富丽堂皇的大门却被封得严严实实，对于客人来说，有种被主人拒之门外的感觉。"

"是吧？幸福都进不来，太糟糕了。我每天只好从院子旁边的小门出入。"

两人顺着石墙走了一段之后，又从大路拐入一条小路。那里有一条爬满蔷薇花蔓的圆形通道，洋子每天出入的低矮院门就在通道尽头。

"啊，多可爱的小门啊。是不是特意领我去看你家那气势恢宏的大门啊，像城门似的。姐姐真讨厌。"

"你不也是在红宅子里将我一军吗？我要用蔷薇之门应战。"

"蔷薇活于世间。蔷薇活于世间。"三千子当然不会就此认输，她故弄玄虚地说道。

"对啊，蔷薇是活着呢。"

说完，洋子抬头看了一眼上方的蔷薇花。三千子扑哧一声笑了，猛地把手里的书递到洋子面前。

"非也，非也，我说的是这个。"

"这个？《蔷薇活于世间》是一本书吗？"

"本来想送给姐姐的，我还特意放到红宅子的门廊下，谁知根本就没有入姐姐的法眼啊。"

"为了找你，我可是费尽心思啊，根本就没注意到还有这样一本书。那我收下喽。"

洋子伸手将书揽入怀中。

一只小狗飞奔而来。它被主人打扮得洋气十足，活像个洋娃娃，是硬毛猎狐梗犬。

狗狗在洋子脚下拼命地打滚撒娇，可她只是看了一眼之后便阴沉着脸不再理会。

三千子想起两人在校园相遇时，洋子也是目光黯淡，一脸不悦。

"你的脸色不太好。怎么了？"三千子关切地问道。

"是吗？没什么。"

洋子将脚下的石子一脚踢开，像是为了避开三千子那满是担心的目光。

狗狗还是那么兴奋，它开始在大门和洋子之间来回奔跑。

"洋子为什么突然就不高兴了呢？"

三千子实在猜不出原因。

"刚才自己的'恶作剧'让她难以释怀，还是因为其他什么烦心事儿？"

走过潮湿的门口，一位头发半白的老婆婆跪坐在地上，手拄地面向二人低头致意。

"刚才我在电话中吩咐的都准备好了吧？"

老婆婆微笑着将洋子摘下的帽子托在手中，看起来非常关爱眼前的这位大小姐。

"您请！"老婆婆亲切地对三千子说道。

顺着长长的走廊向里走，经过两个拐角之后，两人来到了洋子的房间。

"这是最近几天做出来的。"

洋子突然指着墙壁上的人偶让三千子看。

房间里不仅挂有人偶，还有一些能够窥出洋子高雅品位的物件，比如清雅的油画和风景画、法国刺绣台布、千代纸制作的手工文卷匣，等等。另外，还有一些装饰在各个位置的泥制风俗人偶。

"姐姐的房间如此温馨雅致，怪不得学习成绩那么好。"

"好过分！照你的说法，住在茅草屋里我就会变成笨蛋吗？"

听起来像是一句玩笑话，但洋子的措辞还是让三千子觉得别有意味。

"姐姐真刁蛮。我的意思是环境会影响学习效果的，你家里氛围这么好，学习起来都有劲头儿。"

洋子没有再说什么，只是用手摸着《蔷薇活于世间》封面上的水滴图案。

"对了，有几样东西要送给三千子。"

洋子抬起头，笑着说道。然后站起身走出房间，消失在走廊尽头。

没过多久，洋子就返回了房间。她一边摸着三千子那蓬松浓密的头发，一边问道："马上就要开饭了，你猜猜，我为你准备了什么美食？"

"我可猜不到。不过，肯定非常可口，好期待！"

"呵呵，猜错喽。都是三千子讨厌的东西。为了准备这些，我可是煞费苦心啊。"

洋子微微侧着头，煞有介事地列举着各种菜肴。

"有泥鳅、鳗鱼、冬瓜、炖鱼……"

"真的？"

"其实都是我讨厌的菜，我觉得三千子应该也和我一样。当然，我希望咱们两个的爱好也一模一样。"

"嗯，嗯。"

话虽如此，三千子还是有些困惑。

这时，洋子精心准备的饭菜上桌了。

一个巨大的餐盘被放置于餐桌中央，里面装有新竹叶包裹的五目寿司、烤鸡串以及醋黄瓜、白身鱼刺身、点缀了洋芫荽与龙须菜的葱烧牛肉、火腿芹菜浓汤等。

——白色的桌布之上，夏天特有的颜色在争奇斗艳。

"可以了。需要的时候我再叫你们。把锅放这儿就行，我来给客人盛饭。"

女佣离开房间之后，两个人开始用餐。美味佳肴固然诱人，但洋子亲力亲为地招待自己，更让三千子觉得自己是世上最幸福、最尊贵的客人。

"有竹叶的清香加持，寿司更好吃了呢。"

"这是我家雇的那位老婆婆的拿手菜，不介意的话，走的时候给阿姨也拿一份回去吧。"

"当然不介意，非常愿意！"

三千子和洋子在门口告别时，洋子又邀请她去公园走走，大概是想和三千子在一起多待一段时间。

这个公园建于外国人住宅区之中，面积不大，别致典雅——既无夸张的运动场，亦无华而不实的广场和花园，就那么朴实端庄地坐落于山坡上。

公园的每一个角落都绿叶繁茂，点缀其中的是各色绣球花。

紫藤花已经凋谢，长长的藤条从棚架顶端垂下。

"三千子，你刚才说房间又脏又乱的话，住在里面的人就会变傻，是吧？"

洋子坐在白色的长椅上，把面颊贴在藤枝上，接着说道："我，很快就会变傻的。"

"为什么？"

"突然说这个，对不起！我，最近才完全了解我家的情况。了解之后，觉得自己突然就长大了。还记得吧？我和三千子第一次同行回家时，在雨中，我曾经和你说了一些奇怪的话。"

不谙世事的三千子默不作声，只是一个劲儿地点头。

"我妈妈的事儿，你应该已经听班里的同学说了吧。她在生我之后不久就精神失常了，不过，无论是我爸爸那边，还是我妈妈那边，家里都没人出现过这种情况。可以说我妈妈已经和正常人不一样了，她的模样我也完全不记得了。"

洋子的声音越来越小。

"现在还住在医院里，也不知道还能不能出来。不过，爸爸说等我毕业之后他会领着我去看望妈妈。见面时我肯定会更加伤心，但能和妈妈见面就很幸福了，所以我每天都期盼自己能早日毕业。"

三千子也希望洋子能早日与妈妈相见。可是，明年洋子毕业之后，再也不会在校园里看到她的身影，这样的学校对自己来说变得毫无吸引力。所以，她多么希望洋子能留下来陪自己到毕业那天。

"姐姐不要提什么毕业，也不要离开学校，我希望你能留下来陪我。你不是还要读专科吗？"

"是的，不过……"

洋子远眺着港口方向的海面，陷入沉默。

"我爸爸没有和我说过什么，那个在我家帮佣的婆婆非常疼爱我，她和我说了一些家里的事情。那个牧场，也是一直在赔钱。公司的人意见不一致，分成两派。一派主张成立更大的合资公司，另一派坚决主张一如既往地制造高品质的产品，公司规模不变。据说其中还有人报假账，搞贪污。"

"是吗？"

三千子一时不知道用什么话来回应为好，只能盯着洋子的眼睛，听她讲述家里的事情。

"那个给人带来快乐、像童话王国一样的牧场竟然也会发生这种事情？"

"没错。我曾和你说过干脆就做一个牧场管理者的话，还记得吧？其实，我并不是喜欢那里，而是想努力经营好自家的牧场。"

三千子被洋子的豪言壮语震撼到了，她没有想到外表如此柔弱的女孩内心竟然这么强大。

"不过，恐怕还没等我毕业呢，这个农场就转给别人了。"

"哦？为什么？"

"不只是农场，我爸爸的事业最近都不顺利。婆婆说这样下去我们家的房子估计都要赔出去了。她哭着说自己不愿意离开我家，她从我爷爷活着时起就一直在我们家帮佣。"

"真的吗？姐姐。"

三千子觉得自己眼前好像陡然出现了一个黑洞洞的坑穴。她是那么担心洋子，甚至心都在不停地颤抖。

为了安慰依偎在自己肩膀上的三千子，洋子说道："不用担心，我没那么脆弱。而且，即便住在破败的房子里，我也绝不会变成傻瓜的。我要让自己变得更聪明……"

三千子有种被洋子斥责的感觉。她憧憬美好的事物，单纯而不经事，就像一朵弱不禁风的鲜花。

洋子脸色不好应该也和家里发生的这些事情有关。想到自己当时还曾胡思乱想过，三千子更觉得愧疚了。

"三千子喜欢漂亮干净的东西，所以，我担心自己身上的光环消失不见的话，三千子还会不会和以前一样……"

洋子打算将内心的忧虑跟三千子和盘托出，话没说完便被打断。

"洋子姐姐可能误会我的意思了。只要肯花钱就可以布置出漂亮的房间，也可以入手各种精致的衣服。而我眼中的姐姐配得上任何美妙的事物，所以我才那样说的。"

三千子已经说得很得体了，可她还是觉得有些欠火候，又补充道："姐姐如果真的失去了牧场和家园，相信我们的关系会变得更加亲密。只不过，现在的姐姐太完美了，所以……"

"谢谢你！三千子。"

对面蔷薇花架下的长椅上坐着两个人，一个金发碧眼的小姑娘和一位日本女士。日本女士挽着比较随性的西式发髻，和服腰带系得又紧又低，看起来干净利落，正陪着孩子做游戏。

洋子拉着三千子的手，眼睛凝望着她们。

那位日本女士看到洋子之后，十分友善地和她打了声招呼。

"玛丽小公主，你好！出来玩啦？"洋子微笑着和小女孩聊天。

公园中矗立着一棵高大的雪松，据说是港口开放时就被栽种在此。那棵雪松舒展着层层枝叶，遮天蔽日，为休闲的人们搭建了一处天然凉棚。

"那个小女孩，就住在我家附近，是美国人，那位日本女士是保姆。"

听完洋子的介绍，三千子蓦然回首，发现小玛丽一个人欢快地在广场中跑跑跳跳，那位保姆则安静地坐在长椅上读书。

除了她们四个，附近再无他人，三千子有一种置身于某个寂静庭院的错觉。

"姐姐明年就要毕业离校了。你不在的话，我也不愿意再待在那里了。"

"总不能永远都留在那里吧。"

"只要想留下，那就能留下。"三千子反驳道。

"是啊，我也是这么想的……"

洋子埋下头。夏日照射之下，她的睫毛映在地上，成了凄凉的影子。

穿过一个封闭的球场后，两人来到了地势低洼的地区。与异国风情浓郁的靠山地带相比，这里就像贫民窟……

有的人家利用逼仄的空地养鸡，为了能有点微薄的收入，他们在门口立了块写有"新鲜鸡蛋有售"字样的木牌；有的人家大门上贴着一张小小的纸片，写着"裁缝织补"。打着赤膊做零工的人格外引人注目。

三千子意识到自己曾经的梦想是那样虚幻、脆弱，如泡沫般一触即破。时至今日，她方才知道什么是真正的"活在世间"。

两个人穿过山谷，沿着对面的坡道向上攀登。

"三千子，前方也许荆棘密布，但我们不能畏惧，要一直勇往直前，好吧？"

洋子的声音温暖且坚毅。

三千子亦点头回应。不知不觉间，她的身体中已经积蓄了巨大的能量。在洋子的感染之下，她更是心潮澎湃。

4. 银色校门

洋子的倾诉听在耳中，痛在心里。三千子多么想用什么方法来宽慰一下姐姐，可自己又能做些什么呢？一种深深的无力感袭上心头。

"问问妈妈，说不定妈妈会想出什么好的办法呢。"

从浴室出来之后，三千子径直走向客厅。她想利用睡前的一点时间和妈妈聊一聊洋子家的事情。

妈妈做活计的时候少不了收音机的陪伴，今天妈妈在做浴衣，蓝染的气味有些呛鼻子。

"嗯？作业写完了？"

"是的，八木帮我检查了英语作业，没啥事儿了。"

妈妈将漂好的布匹一一分开，自言自语地说着"垫肩""里衬"等专业术语，熟练地用剪刀剪裁。

"妈妈，一定要先做我的浴衣。"

"对了，前几天你芝姨给了件竺仙浴衣。那个你穿着有点素，关键是吧，给你穿有点浪费。"

"妈妈你太过分了！何出此言？"

"你还梳着学生头，这种蓝染衣服你穿上也显不出品质来，还是那种红色的红梅织什么的适合你——竺仙浴衣不太活泼啊。"

"那我什么时候才能穿呢？"三千子噘着嘴问道。

妈妈把裁好的布料叠好后放到针线盒旁边。

"那位八木小姐一直很照顾你，她已经上五年级了，是吧？这件浴衣适合她穿，好马配好鞍，好女配好衣嘛。"

"哎呀，我说老妈……"

三千子张开双臂跑过来。

妈妈不舍得给自己女儿穿的衣服却要送给姐姐，这实在是……

"妈妈你太伟大了！"

"一提八木小姐，三千子你就兴奋得不得了啊。"

"哪有。"

三千子也觉得自己有点失态，她怯怯地说道："她太优秀了，配得上任何华贵的华服。"

"赠人家浴衣可能不太合适，不过咱们这边没有竺仙这样的店铺。据说这家店在东京都非常有名，很多时尚人士都知道的。希望八木小姐能喜欢。"

妈妈从壁橱中拿出一个绘有青竹图的纸包，那件浴衣就被包在里面。

芝姨拿过来的时候，三千子并没有太留意它是什么花色纹理。现在，妈妈要把它送给姐姐了，她也想确认一下这件浴衣是否合适。

——蓝染应有的青色质地，盛开的红瞿麦点缀其间，与少女的纯洁相得益彰。

真的是一件适合送给洋子的浴衣。她从未感受过母爱的温暖，知道妈妈的良苦用心之后，一定会欣喜不已的。

"妈妈，你知道吗？虽然洋子家从前非常有钱，但她挺不幸的。"

妈妈正在那边收拾针线，听到三千子的这句话，她面带疑惑地问道："学习成绩不是很好吗？"

"妈妈，先别着急收拾，你要认真听我说话啊！"

还没等妈妈回答，三千子就啪的一声关掉收音机。屋子里变得寂静无声，甚至远处传来的犬吠声都听得一清二楚。

"八木她没有妈妈。"

"啊？！她几岁时候的事儿啊？"

"她说不记得妈妈长什么样，所以应该是刚出生的时候吧。"

"哎呀，真可怜！"

妈妈痛切地说道。

"单亲家庭的孩子挺不幸的，更何况她那么小就没了妈妈。其他方面再好，这个缺憾也没法弥补了。"

"妈妈，其实……她妈妈是精神失常了，据说好像还活着……"

妈妈一脸讶异。

"有机会邀请她来咱们家玩儿吧。"

三千子摇摇头。

"我和她说过，不过她听说我有三个哥哥之后就不好意思来了。"

"是个内向的姑娘，这一点三千子也学学人家。"

"我倒是希望自己能全方位地靠近她呢。"

"不过，八木小姐的伤心事尽量不要和她再提了，和人家好好相处。"

"好的，我会默默地安慰她、关心她的。"

"哦。"

"妈妈也找机会安慰安慰她，怎么样？"

三千子多么担心姐姐，多么希望她能快乐起来。

可是，如果说不幸可以让人愈挫愈勇，走向成功，那么，刚才两人告别时洋子所留下的坚毅之词不正是那些被命运眷顾的懈怠之人应该汲取的正能量吗？

和熠熠生辉的洋子相处之后，自己也会慢慢绽放光彩吧。

想到这儿，三千子心中涌起阵阵暖流。

她希望妈妈和自己一样，也能助力姐姐快乐成长，让她变得更坚强、更优秀。

"八木、八木……"

洋子正走在学校附近的坡道上，同班的山田道子出现在她身后。

"早啊！你一个人？你妹妹呢？"

"昭子啊，早跑得没影了。我收拾东西来着，她嫌我磨蹭。"

其实两个人平时关系也没那么好，因为道子的妹妹也读一年级，而且和三千子是同学，所以两姐妹比较关注洋子和三千子的事儿，也挺喜欢她们的。

不过，洋子是班级的 No.1，而道子差不多是倒数第一，再加上她老实本分，害怕别人说她溜须拍马，巴结班级最优秀的人，所以一直和洋子保持着一定的距离。

方才和洋子打过招呼之后，她发现这个女孩并非冷傲之人。

"今天有英语作文课，还要上会话课，想想就头大。"

"我也差不多，出发前对课程表的时候，很想逃课赖在家里。"

"洋子竟然也这样吗？不过，你是偶尔，而我是每天。"

道子哈哈大笑之后，又无奈地叹了口气。

"啊，让我早点获得自由吧，考试、作业，都赶快离我远点儿。我还是比较喜欢洗洗衣服、做做饭。"

道子毫不掩饰地把心中的烦恼与爱好说给洋子听。

"如果能快乐地进行自主学习还好，但现在每天好像是为了向老师证明什么而拼尽全力，这种感觉很糟糕。"

洋子感觉自己也不是因为喜欢学习而学习，只是为了让大家知道自己有这个实力才一直在争分夺秒地刻苦学习。

想到这儿，洋子突然像打了一个寒战。

"这可不行，自己的这些'歪心思'都是因为担心家事而起的。"

她坚定地仰起头，似乎希望阳光能将心中的阴云驱散。

银色校门映入眼帘。

进入校门之后，洋子发现砂石路上落着一块像白色蝴蝶一样的蕾丝边手帕。

"是哪位同学的呢？"

洋子俯身将其拾起来拿在手中，发现窄窄的花边中央清清楚楚地绣着"克子"二字。

洋子很是讶异，马上就将其对折了起来。

一般来说，学生们只会把姓名的首字母绣在手帕上，诸如 K、S 之类。毫不避讳地将全名呈现出来的"克子"应该是一个非常理性的人。

"这是谁的啊？"

道子拿过手帕，展开后看了一下。

"哎呀，竟然是克子同学的。那么靠谱的人竟然也丢三落四！"

洋子先道子一步进入门口的换鞋处。换上统一的在校内穿的鞋子之后，走向通往教室的走廊。在那里，几个四年级的学生正聚在一起找寻着什么。洋子看到克子也在其中，于是问道："是在找手帕吧？掉在校门口了。"

"哎哟，既然看到掉在那儿了，为什么不帮我捡起来啊？！"

克子向前一步质问道。

"我捡起来了啊……"

"是吗？多谢啊！请还给我吧。"

克子绷着脸，直接伸出手讨要手帕。

"什么意思嘛！知道是我的，而且也捡起来了。手帕在哪儿呢？你又给扔了吧？太过分了！"

看着克子那咄咄逼人的模样，洋子脸涨得通红，嘴唇也在发抖。

这时，道子跑了过来。

"这是克子同学的手帕。"

克子气冲冲地抢了过去。

洋子头也不回地走上楼梯。本来今天早上心里就有点空落落的，领教了克子的尖酸刻薄之后，更是悲凄满怀。

运动场沐浴在朝阳的柔光之中，随处可见学生们青春靓丽的身姿，欢声笑语回响在洋子耳畔。克子为何总是那么冷酷强势？一副伺机即对自己的软肋击上一拳的架势。

——洋子将教材装进桌斗，默默地在心中许下一个小小的心愿。

洋子拿着橘黄色封皮的法语读本，一个人走出教室。

一年级学生围成一圈，齐声演唱刚刚学过的外语歌曲。

歌声像是有什么魔力，驱散了洋子心中的愁云惨雾。她缓缓地走了过去。

少女们站在手帕树周围，有一位女孩紧闭双眼站在中央——是三千子。

她不时地微启双目，露出甜甜的笑容。

最后，三千子发出了爽朗的笑声。她与大家合唱的同时，像一根圆柱般在中间旋转舞动。

"哦，原来她在当'五月柱'。"

洋子恍然大悟。

所谓"五月柱"，是欧洲各国举办"五月朔"习俗活动时所立的花柱。人们先从少女中选出"女王"，之后安排众多女孩绕着装饰有鲜花枝叶的花柱高声歌唱。

在这个靠近港口的国际学校中，每年都会在校内的草坪上举办各国的文化节。参与者多是来自外国人聚居区的年幼的男孩女孩们。

一年级学生们快乐模仿的就是这种文化节活动。在这清晨的清风丽日中……

"我的女王三千子！"

洋子在心中默默地赞美着。

和自己成为这所学校的"女王"相比，三千子被选为"女王"更让洋子欣喜。

洋子甚至忘记了克子那张冷酷无情的面孔，她的内心澄澈无比，如那些少女们的咏唱一般……

在凝视一年级女生期间，洋子的脑海中浮现出《蔷薇活于世间》中的那句话："请扶我起来！请扶我起来！"

是的，不仅需要从病痛中站起来，而且还要挺直腰板，与家庭困境、与周围人的恶意抗争到底。

对于降临在自己身上的所有不幸，洋子已经不再畏惧。她心头一热，轻声呼唤着自己小小的女王："三千子！"

5. 高 原

火车行驶在碓冰峠之上，这里山高岭险，所以车速极慢，坐在车厢里的三千子有些耐不住性子。

这是一条爱伯特式铁道，一路上要钻二十六个小隧道。

妙义山中怪石嶙峋，三千子也有点小惊恐。

正是黄昏时分，锯齿般的险峻群山黯淡下来，阴沉沉地压过来。

转瞬之间，周围又变成一片乳白色。三千子知道，那是高原的雾霭。

到站了。月台上来了很多外国人，这对于在港口长大且就读于基督教女子学校的三千子来说也是不常见的一种景象。其中一人看打扮就知道是牧师。

"肯定也有老师。"三千子嘟囔了一声。不知道为什么，她的脸上竟然泛起一片绯红。

"应该能遇见一些熟人吧。"

"是的。而且，来这里的还有中国人、菲律宾人、印度人、南洋人以及来自远方的西洋人。"

坐在汽车上，姨母顺便和三千子聊了聊这里的情况。

“报纸上报道说这里有两千多个外国人，分别来自三十六个国家。三千子，你能列举出这三十六个国家的名称吗？”

“要说三十六个啊？”

对于这个数字，三千子有些吃惊。不过她还是一本正经地一个一个地数了起来。

“英国、法国……”

想说出三十六个国家还真不是件容易的事儿。

“那么多国家的人来这儿了？三十六岁是不是姨母你现在的年龄啊？”

“这孩子！我在你眼中真的那么年轻吗？”

姨母笑出了声。

道路笔直，两旁是成排的落叶松。不一会儿，车窗外就变成了宽阔的街市。

五颜六色的店铺在薄雾中若隐若现——三千子有种被领到一座魔幻小镇的幻觉。

“呀，姨母，辨天区的店这里也有啊，而且还不少呢。”

“是啊，横滨和神户等大城市里有的店这里也有很多，到时候你一定会缠着我要这要那的。不过，最多的还是女士服装店。”

顺着这条大街开到尽头之后，汽车来到了一个绿树葱茏的别墅区。

“好暗啊。”

“这一带是所谓的‘水车之路’。你看，从这儿到山脚下，到处都是别墅。”

“是呢，就像雾中的山居一样。”

对于三千子来说，这里的每条道路好像都有故事。

“太好了！从明天开始我也会到这边走走逛逛。”

"好的。不过，住在这里的女孩子们都骑着自行车穿梭在这条路上，这条路就是为了骑行而修的。"

姨母家的别墅大门有些歪斜，院子里长满了杂树。阳台用圆木装修，一盏中国风的灯笼挂在那里。雾气霭霭之中，可以看见被弃置的几把藤椅……

隔壁的一个孩子正在用外语演唱歌曲，歌声甜美，让三千子一时陶醉其中。

"隔壁住的是德国人吗？姨母。"

"哎呀，三千子你也在学德语吗？不愧是教会学校的学生。"

"不是的，我听着既不是英语，也不是法语，所以才猜是德语。"

"三千子你好厉害！"

晚饭很简单，就是吃了点从东京带来的特产。三千子迫不及待地想出去走走看看，催着姨母领自己出门。

做杂工的老大爷在门口把小田原灯笼递给三千子时，她觉得这个场景就是山居生活的典型片段之一。

新糊的灯笼油纸上印有西方人所喜欢的绚丽红樱，看起来要比手电筒洋气很多。

"这种灯笼，我还是第一次用。"

三千子将灯笼拎到与眉同高时，姨母提醒道："那可不行啊，三千子。灯笼不是照人脸的，而是用来照亮夜路的。"

"哦，我本以为提着它很拉风，所以才……"

"怎么会？三千子和'弥次''喜多'①一样，对啥都感兴趣。说起来，'弥次'与'喜多'可能真的来过这个地方。据说那条热闹

————————
① "弥次""喜多"：分别代表日本江户时代的畅销小说《东海道徒步旅行》中登场的"弥次郎兵卫"和"喜多八"。

的大街就是古道，'参勤交代①'的大名们曾经坐着轿子从那里经过，名字叫'中仙道'。"

刚踏进商业街入口拐角处的商店中，三千子便迈不开腿、挪不动步了。

"哎呀，这帽子太可爱了！"

三千子看上了一顶麦秸编成的草笠帽。

"这个特别受外国女士欢迎，很流行的。"

店里的一位阿姨热情地推销着。

"除了轻井泽，其他地方没有卖的。"

戴上之后，三千子发现麦秸被涂上红、蓝等华丽的颜色，帽子如花冠般漂亮可爱。

不过，皮肤白皙的外国女孩戴上应该更显气质。

"姨母，这顶帽子……用作灯罩是不是很不错啊？"

"是的，很有创意。买一顶罩在我家阳台的那盏灯上吧。"

洋子姐姐应该不会喜欢这样的帽子，毕竟戴上像个野丫头。不过，三千子还是让姨母买了三顶，其中一顶打算送给洋子。

这个店里还陈列着信州的民间工艺品以及乡土纪念品等特色商品，其中有幸运邮筒（一种用白桦树皮制成的邮筒，可以将书信投入其中再取出）、好伙伴人偶（白桦树皮制成，底座上坐着勾肩搭背的两个圆头圆身的小和尚），还有"信鸽"（白桦树皮制成的鸽子，呈展翅飞翔状，鸽子脚下放着银色的小信筒），"信鸽"上面附有货签，虽然看起来像个玩具，但贴上三十钱的邮票之后，就变成了一封书信。三千子想买下这个小物件，然后附上写给洋子的信，投

①参勤交代：日本江户时代一种控制各大名的制度。各藩的大名需要前往江户（现在的东京）代替幕府将军执行政务，一段时间之后再返回。

到洋子家门口的信筒中……

"姐姐收到之后肯定很高兴。"

想到这儿，三千子掩不住脸上的笑意。写给洋子的信，她已经在心中打好了底稿。

"不要着急买嘛，你在这儿还要待好长一段时间呢。"

听到姨母这么说，三千子才恋恋不舍地离开。

"像银座一样。"

散步的人，有的穿着简单的便装，有的身着和服盛装。对于初来乍到的三千子来说，避暑地轻井泽是一个不可思议的小镇。

这里的外国人比三千子所在的那个港口城市还要多。

一时间，她被梳着麻花辫、脚踩木屐的一位少女的背影所吸引。

"哎呀，雾呢？姨母，雾跑到哪里去啦？"三千子突然发现大雾已散。

"问我雾跑到哪里去了，我也不知道啊。"

星星在天空调皮地眨着眼睛。这是一个清凉的高原之夜。

雾气忽然就隐退得无影无踪，街市的美丽身姿清晰地显现在三千子眼前，一切都那么的新奇。

三千子突然停住脚步。

"哎呀，大河原。"

从装束靓丽的一群人中传来了呼叫三千子的声音。

原来是四年级 B 班的那位克子，她满面笑容地朝三千子走了过来。

嫩绿的麻纱打底衫上套了一件蓝色夹克——从这身时髦的打扮来看，她应该每年都到轻井泽来避暑。

"你什么时候过来的？"

克子拉着三千子，非常热情地和她攀谈。

从刚入学时收到克子的紫罗兰书信那天开始，三千子和她之间就出现了嫌隙。在学校，两人见面的时候会比较尴尬。再加上克子对姐姐洋子态度恶劣，三千子对她更是心存厌恶。所以，偶遇时克子的热情让三千子一时不知如何应对。

"我刚到，住在我姨母家。"

"是吗？那我明天去找你吧。"

克子用力甩动三千子的双臂，像是在用这种方式表达自己的迫切心情。

这热情劲儿实在让三千子没办法拒绝，她只好点头同意。

也许是受到"他乡遇故知"情绪的感染，三千子也对这次邂逅感到比较高兴。

姨母也简单地回应了一下克子："明天一定要来啊。水车路里面的拐角那儿是'雅恩'家，我家就在那里面。"

和克子告别之后，姨母对三千子说道："这么快就认识小伙伴啦，这小姑娘真漂亮。"

克子和五六个靓丽女孩热热闹闹地聊着走远了，看样子她非常熟悉这里。目送着几个人远去的背影，三千子心中暗生羡慕之情。

"克子是一个落落大方、精明干练的人，如果自己也能和她们在一起就好了……"

第二天早上，天清气朗，浅间山清晰可见。

老大爷一边望着那边，一边和三千子说道："昨天晚上那边还出现了火烧云呢，红彤彤的，小姐你看到了吗？"

"没看到。"

三千子让老大爷帮自己把藤椅和小桌子搬到庭院里，像西方人一样，坐在"自然丛林"之中开始了自己的英语学习。

楢树、厚朴树、榆树等树木的叶子青翠欲滴，灿烂的阳光洒在凤尾草上……三千子有点坐不住了。

"真想到清晨的森林中去走一走。"

三千子突然特别希望克子能早点过来，她熟悉这里，应该到哪儿都不发怵。

平时并不在意的这个人，现在却如此翘首以待。三千子对自己的善变之心有些不可理解。

"姐姐，洋子姐姐。"

轻声呼唤着的三千子快步跑回房间，拿出那个好伙伴人偶。

　

　　姐姐，你还好吗？

　　这是一座美丽的小镇，让我心动。树林中有一条笔直的小路，是一条让我想和姐姐并肩散步的林中小径。

　　小镇商店中有很多我想要的东西，我会让姨母帮我都买下来，然后拿回去送给你。

　　明天是礼拜日，我想去教堂做一下弥撒。做弥撒的人一般分成两拨，一拨主要是日本人，另一拨大多是外国人。外国人起得晚，十点才过去。我虽然不睡懒觉，但打算十点过去。为姐姐祈祷时，身边的外国人听不懂我说什么，以免尴尬。想想，这样也很罗曼蒂克。据说那里还有肃穆的忏悔室，把头伸到树洞里……

　

写到这里，外面传来了清脆的自行车铃声。

"哎呀！学习呢？"

话音未落，克子就出现在桌子旁边。

粉色的棉罩衫搭配运动短裤——克子像是一个帅气十足的运动男孩儿。

克子的"从天而降"让三千子惊慌失措，她急忙把信纸翻扣在桌子上，红着脸怔在那里。

——要是信上的内容被看到了，那多不好意思。糟糕！那个人偶都没来得及藏起来。

"哎哟！好伙伴人偶，买给谁的啊？"

克子用她那锐利而又亮晶晶的眼睛盯着三千子的瞳孔说道。

"知道了。三千子的信嘛，不用说，那肯定是写给八木同学的喽。我说得对吧？"

语气强势，让三千子无言以对。

克子把手搭在三千子的后背上，低头看着那封信。

"这么和你说吧，旅行中给人写信，一定要写得有意思一些。让我也在那张纸上写几句吧，一句也行。这样才有旅行的感觉嘛，热热闹闹的，多好啊。"

三千子心里发慌。她没有勇气直接拒绝克子轻描淡写般说出的无理要求。

再怎么有意思，也不能让克子在这封信上写什么吧。想到自己和洋子、克子之间的特殊关系，三千子愈发觉得这是一件非常棘手的事情。可是，她已经被克子的气势完全压制住了，一时间失去了主见。

"快点回答啊！让我写一句，好吧？"

克子"来势汹汹"，三千子已"无从抗拒"，只好点头默许。

"谢谢！谢谢三千子包容我的任性！从现在开始，我们就是好朋友了，永远永远！"

面对柔弱且毫无主见的三千子，克子不想让这么好的机会白白地从手中溜走。

对于三千子来说，眼前的克子活力四射，身上洋溢着高原少女特有的魅力——毫不畏惧强烈的紫外线，不戴防晒帽不着防晒服，脖颈以及腿部的皮肤闪耀着棕褐色的光泽。

三千子被克子身上那不可言状的魔力深深吸引，觉得她是那么光彩照人，让自己无法直视。站在克子身边，三千子觉出自己的黯淡、卑微以及渺小。

"写点什么好呢？也不能写太多啊，那样就喧宾夺主了。唉，这样的文字真的是很无趣啊！"

克子出声地读着三千子尚未完成的书信。

……为姐姐祈祷时，身边的外国人听不懂我说什么，以免尴尬。想想，这样也很罗曼蒂克。

"……哎哟！好让人羡慕嫉妒恨啊！"

"讨厌！怎么能读人家的信……"三千子羞得脸红到耳根。

"别这么说，我是认真的，没有取笑你的意思……'据说那里还有肃穆的忏悔室,把头伸到树洞里'……你在这儿署名吧，三千子，我好接着往下写。"

"'把头伸到树洞里'？这么写对方能明白是忏悔室吗？"

克子稍作思考后，表情轻松地开始了自己的"续写"。

（把头伸到树洞里——以上为三千子所书）

虽说是在"忏悔"，其实三千子说她并没有做什么坏事，也没必要向神灵道什么歉。

机缘巧合，我和你的三千子在此相遇。请你不要生气。

我家在北幸之谷，名字是 Happy Valley North。能在这儿遇到三千子，真是我的一大幸事啊！

克子

"我写得怎么样？"

克子看了一下自己所写的内容，然后将那个好伙伴人偶揣进衣兜，毫不在乎三千子那惊愕的表情。

"回家的路上我就去邮局把这个寄走啦。"

这时，姨母端来了柠檬苏打水。

亲自把饮品端给客人，这明显是对昨天见到的克子很有好感的一种表示。方才克子跟姨母打招呼时的落落大方也为她加分不少吧。

"三千子真的是非常高兴。而且她和你在一起我也很放心。"姨母谈笑风生。

"哎呀，您过奖了！我其实是个疯丫头，三千子可能会被我带歪，所以我自己也有点担心呢。"

"怎么可能？你就多带带她吧。三千子太腼腆了，我还发愁呢。她就应该多接触轻井泽这里的活泼的小姑娘们，向你们学学。"

见两个人相谈甚欢，三千子不禁对洋子心生愧疚。

"洋子姐姐，真的对不起！"

她如同在做祷告般在心中默默地道歉。

"三千子我做了错事，所以要向神灵以及姐姐表示深深的忏悔。

我确实遇见了克子，可是姐姐不在身边，我一点都不幸福。克子写的东西，都是假的！假的！假的！"

可是，那天下午，三千子就和过来找她玩的克子一起去逛街了。

三千子穿着淡蓝色的条纹装，手里拿着白色衬袄，头上戴着附有长长飘带的麦秸帽。

克子则身着纯蓝色的棉织套装，手工缝制的白色毛线露在外面，是流行款。

"我们去高尔夫球场那边吧，有一条挺不错的路。"

这是一条笔直的道路，落叶松整齐地排列在道路两旁，能看到骑马通行于此的外国人。

也有一些少男少女在路上快乐地骑行。

"从明天开始你也来这儿练习骑车吧，我教你。"

"嗯，嗯。"

"你学会之后，我们两个可以骑得远一点。其实这条路就是为了便于人们骑行而修建的。"

"嗯，嗯。"

"我家就在对面山上，邻居全是西方人，只有我们一家是日本人。明天来我家喝茶吧。"

不论克子说什么，三千子都点头默许。

与克子的相处刚刚开始，尽管如此，三千子已经觉得畅快的感觉光顾自己了。

两个外国人手挽手走向远处，他们鲜艳的夏装与绿叶相得益彰，看起来就像电影中一帧唯美的画面。

右边可以看到高尔夫球场的绿色草坪，顺着一条山路的坡道下去后，两人发现了一眼清泉。

"这里叫'水端',明治天皇巡幸的时候,有人曾汲取这里的泉水送给他,所以被称为'御膳水'。"

碓冰峠的下面也有御膳水。

"看着就很清凉,真想喝上几口。"

"水端"之川的源头就是这汪清泉,小河边有条小路与其相依相伴。与通往高尔夫球场的那条笔直的"阳关大道"不同,这是一条林中小径,别有情趣。

澄澈清流中的野生水芹又青又嫩,采撷后做成蔬菜沙拉,应该鲜美可口。

树根处铺满茸茸青苔,凤尾草在水中摇荡。树上莺啼鸟啭,抬头望去,叶片在空中轻轻摇曳。

"这条小路真的好美。"

三千子不忍出声,她怕自己的声音打破这片幽静。

此处渺无人烟,是享受森林浴的好地方。漫步林中,甚至能听到小草的轻声细语……

"真是一条妙趣横生的小路!"

"是吧?非常适合和自己的好伙伴安安静静地散步。没想到我竟然能和三千子一起来这里,做梦一般。"

克子在一棵栗子树下停住脚步。顺势而坐的她若有所思地仰望着青色的栗苞。

"三千子,开学之后也不要忘记我们曾经共同漫步于这条小路上啊。说起来,三千子还没有给我回信呢,忘了我给你写的那封紫罗兰书信了吗?"

"实在对不起!"

三千子低下头,嘴里轻轻说道。

虽然与洋子天各一方，但她的模样异常清晰地出现在三千子眼前，浓浓的爱意亦升腾于心中。

——自己不能再这样沉沦下去了。

克子刚刚还自娱自乐地吹着口哨，突然，她压低声音，踌躇了一会儿之后才犹犹豫豫地问道："八木她什么地方都没去吗？"

"嗯，她这个暑假应该没出门。不过，她们家的牧场非常漂亮，在那儿的话就没必要再去别的地方了。"

"是吗？那可挺可怜的啊！"

"为什么这么说？！"

三千子禁不住质问克子。她不希望有人在不了解具体情况之下就乱说什么姐姐可怜可悲的话。

可是，克子非常镇定自若地回答道："我没有别的意思，也不想惹你不开心。不过，我听说八木家里出了一些状况，她应该没有心情出来避暑吧。"

为什么克子也知道这件事儿呢？这明明是我和姐姐之间的秘密。三千子觉得不可思议。

"我们还是不要背后谈论别人的事情了，这样挺没意思的。"

三千子拍了拍粘在裤脚上的草叶，站起身来。

"我有点累，想回去了。"

克子一脸讶异，蹙了一下眉。不过，她好像又想到什么，乖乖地向三千子道歉。

"对不起，我并没有说什么坏话。想起你的洋子姐姐了吧？你的心情，我能理解。不过，既然你姨母让我照顾你，那我希望至少在轻井泽期间我们能好好相处。这也是你姨母说的吧？三千子这么可爱，可不要整天无精打采的啊。"

克子在叶绿草青的森林中绽放出如花的笑颜。

经常参加体育锻炼的她英姿勃发，气度非凡。

克子是那么有吸引力，三千子觉得自己已经慢慢地被她俘虏。

离开"水端"之后，二人来到了云场之池。"New Ground Hotel"的草坪上绿草如茵，旁边的水池中漂浮着几只小艇。

沿着水池旁边的路向里走了一会儿，两人看到了一个绿树掩映的游泳池。泳池旁也铺设有草坪，来自异国他乡的少女与日本的富家千金们正在嬉戏畅游。

看到孩子们天真的笑脸，三千子心中的愁云也消散不见了。

不知不觉之间，迈进克子领地的三千子也慢慢沉浸在轻井泽的氛围之中。

这一天，三千子收到了洋子的来信。她心存愧疚，甚至启封的指尖都在微微发抖。

三千子小姐：

　　谢谢你的来信。得知你每天过得很快乐，我也为你高兴。

　　听说你遇到了克子同学，挺好的，有个朋友就不会孤单了，希望你们能相处融洽。不过，在克子面前可不要像对我那么任性。

　　另外，不要非让姨母买什么送给我的东西，只要能采些高原的鲜花制成干花送给我就行。

　　我还好，不要担心，我也不会想那些不高兴的事情。

　　命运引领我向前走，我也不会回头。千万不要为我担心。

　　希望能再次收到你的来信。

洋子

"这不是洋子写的！不是的！不是的！和洋子姐姐写给我的信完全不一样！"

三千子禁不住喊出了声。一瞬间，她已是泪流满面。

对她的称呼已不是"我的妹妹"，而是非常客气的"三千子小姐"，这让三千子很是失落。不过，仔细通读书信之后，三千子并没有读出幽怨哀愁，有的只是洋子对自己与克子交往的认可之辞。三千子再一次被洋子的大气与大爱深深触动，她立刻就写了回信。在信中，三千子隐去了自己与克子的"水端"之行，强调自己与克子还未有过深入接触，尚有距离感。

——这是自己第一次对姐姐撒谎。

三千子为自己的龌龊无耻感到悲哀，那封信也是改了数次才定稿。

姨母在阳台安安静静地织着毛衣。

"姨母，我去邮封信。"

拿着帽子走出别墅之后，三千子在圣路加医院旁遇见了克子。

"你这是要去哪儿啊？我正要去找你呢，想教你骑自行车。"

三千子慌忙将信藏进衣兜。

这是一座屋顶以茅草覆盖的寺庙，院内垂枝樱的枝条临风摇曳，妩媚多姿，是一个非常适合练习骑行的场所。

有六七个人在里面来来回回地骑着自行车，其中既有外国儿童，也有日本女士。他们都还不熟练，经常摔倒，然后发出自嘲式的大笑。

"来，你也练一下，我帮你把着车子。对对，用脚蹬。哎呀，不要害怕呀，手上别太使劲儿。"

克子一边扶着自行车，一边帮三千子掌控方向。

双脚离地的三千子总觉得自己是在很高的地方，她战战兢兢地蹬着自行车脚踏板，每次都坚持不了多长时间就倒在地上。不过，在数次摔倒又爬起的过程中，三千子竟然喜欢上了这种感觉。她不再退缩不前，而是不停地催促克子帮自己做各种事情。

"我们去更宽敞的地方试试吧，你已经练得差不多了。"

听克子这么一说，三千子就更来劲儿了。

她们来到高尔夫球场旁边的那条大路上。尚不熟练的三千子骑得摇摇晃晃、东倒西歪，道路两边的树墙也跟着"遭殃"。不过，她练得非常投入，都没有注意到有东西从衣兜中滑落。

"三千子，这是从你兜里掉出来的东西。"

克子递过来的，正是刚刚写好的那封信，上面沾满了泥土。

三千子红了脸，又有种大梦初醒的感觉。

竟然忘了给姐姐寄信，还在这儿瞎胡闹，真是混蛋。她憎恶自己，如同讨厌那个乱施魔法的恶婆婆一般。

克子的脸上洋溢着胜利者的微笑，一直盯着惊慌失措的三千子。

就在这个当口，天地间突然闪过一道紫色光线，紧接着，一声炸雷响彻长空。

三千字惊得脸色煞白，下意识地依偎到克子身上。俄顷，豆大的雨点打在两人的肩膀上。

"雷雨来了。这算是轻井泽的'特产'了。我来骑，你坐到后面。"

三千子坐在后座上，克子载着三千子，在大雨中飒爽地骑行。

一道接一道的闪电裹挟着雷鸣在空中肆虐。三千子蜷缩在车座上，双手紧紧抓住克子的肩膀。身边的那个她多么果敢坚毅，让三千子忍不住想靠得更近一些，就连心都……

可是——

她又想大声呼叫："姐姐！"希望自己的声音能传到洋子耳边。

洋子那如湖水般沉静而又庄严的容颜一直占据着三千子的心田。

6.秋　风

牧师的那双鞋，真的好大好大。竟然会有这么大的鞋……

看着眼前这双大鞋，三千子差点扑哧一声笑出来，但还是忍住了。

牧师是个大高个，让三千子觉得自己眼前仿佛矗立着一座大黑山，有压顶之势。不由得低头之时，那双大鞋赫然入目。

"来得好早啊。真是一个美好的清晨。"

法国牧师不紧不慢地用日语打着招呼。这个大块头说话竟然如此和善温柔，让三千子觉得有些不可思议。

——三千子来到天主教堂前面时，看到牧师就站在庭院的三叶草之中。

这就是那个设有忏悔室的教堂。三千子曾经在写给洋子的那封信中提到过。

三千子之前来做弥撒的时候跪在靠后的位置，加上她个子小，被西洋人挡得严严实实，所以牧师应该对她没什么印象。可自行车丁零丁零的铃声引起了牧师的注意，一回头就看到了三千子，三千子也只好向他鞠躬致意。

牧师踩着三叶草草坪，向三千子走了过来。

三千子下车之后就看到了那双大鞋。

"那双鞋可真不好看。"

一开始三千子差点笑喷。可是，仔细看了一下之后，她觉得牧师的鞋并不那么奇怪了。

大大的黑鞋是毫无伪饰的牧师那博大胸襟的象征，又像是装满上帝慈悲之怀的结结实实的大皮袋子。

应该不是什么优质的皮子。厚厚的，看起来硬硬的皮质——被晨露打湿了的巨大皮鞋。

三千子很自然地喜欢上了这位牧师。

"刚才非常漂亮，今天早上那边喷发了。"牧师指着天空对三千子说道。

"看起来像是红色的云霞，其实是烟霭。黎明的时候颜色更红。"

"牧师先生，您刚才看到喷发了？"

"是啊，很庄严的。"

一位法国牧师竟然说出了"庄严"这么难的日语词汇，挺不可思议的。

两个人一起抬头看着浅间山。

"呀，有点吓人。"

三千子的眼神怯怯的。

"那是烟？是烟吗？"

牧师笑吟吟的。

"可不能害怕哦。日本人，是不会害怕火山的。很坚强。"

是啊，日本是火山之国。三千子想起了一部名叫《新土》的电影，那里面出现的火山就是浅间山。

烟雾像一团团的卷积云一样升腾至高空之上。

场面庄严之至，如神灵震怒般。

一时间，三千子沉醉其中。

"请问什么时候喷发的呢？"

"小鸟们刚睡醒的时候……大家……那个时间都还在睡梦中吧。我听到声音了。"

"'小鸟们刚睡醒的时候'，牧师这句话说得真好。"三千子不禁感叹道。

——虽然火山灰不至于飘到轻井泽，但应该是这个夏天比较大的一次喷发吧。

远处的巨大烟柱仍然一动不动地矗立着，带着一丝寂寥，一丝落寞。

"牧师先生也会感到寂寞吧。"

三千子蓦然想到。

因为信奉上帝而来到异国他乡，穿着黑色祭服孤零零地站在庭院之中凝视着与朝霞辉映的火山。身材高大、鞋子硕大的一位伟大的牧师。

虽然不是信徒，但作为基督教学校中的一名学生，三千子也是心怀虔诚。不知不觉间，思念满溢。

三千子非常想再和牧师多聊几句。

"牧师先生，我是一个坏女孩，我可能要辜负姐姐的一片真心了。如果再和克子这么无节制地玩下去，我就无可救药了。"

如果能把这些话说给满头金发的牧师听，然后再握紧他的手，这样心里就不会纠结了吧。

三千子想起自己在"红宅子"中搞恶作剧时洋子所说的那些话。

"我害怕自己将来的某一天也会这样拼命地寻找你。那时候，我可能找遍全世界也找不到你了……也许有一天，三千子会把自己的心藏起来，那我就永远都找不到了……不过，如果真的那样，不管多遥远，我都会去寻找三千子的心。一定会的。"

可是，自己马上就要成为克子的俘虏了，姐姐还不过来找自己。不管写多少封信……

牧师看到这个可爱的日本少女那一脸愁容，心中也觉得不可思议。他很想开导三千子，但不知从何说起。

"你长得很美，头发乌黑发亮。"

说罢，牧师温柔地俯视着三千子的头发。

"哎呀！"三千子羞红了脸。

"早上的火山、绿色森林、黑色头发，非常好！"

三千子忽然心情大好。

"我之前来参加过周日的弥撒。"

"是吗？"

牧师一脸意外。

"以后一定要再来。"

"好的。请问……有来忏悔的吗？"

"是的，有。"

三千子在犹豫自己是否也来忏悔，向姐姐道个歉。

"可是，因为女孩之间的友情来向上帝忏悔，有点难为情。忏悔应该是大人做的事情吧。"

和牧师告别之后，三千子骑上了自行车。

借着下坡之势，自行车很顺利地溜过草津电车的道口，然后开始爬坡，向着高尔夫球场驶去。

"哇哦！哇哦！"

三千子在为自己喝彩。

落叶松林中，笔直的大路向远方延伸。前方的空气中还飘着火山灰。

早早就飞出巢穴的小鸟成群地从头上飞过。

林中传出斑鸠的鸣叫声。

"我不会输的！绝对不会输给克子的！"

斗志高昂的三千子风驰电掣地骑行于林间大道上。

实际上，一大早就骑车出来的原因也在此。

克子劈头盖脸地批评过三千子。

刚开始练习的时候，每当有骑自行车、骑摩托以及骑马的从对面过来时，三千子都要下车停留一会儿。觉得没有危险之后，她才敢再次启动。

遇到这种情形，克子或者自顾自地继续前行，或者灵巧地掉转车头骑到三千子身边呵斥她。

"你干什么呢！害怕个啥啊？！人家都会躲着你的。"

"可是，每每想避开什么可怕的东西时，却偏偏会不受控制地向着那边骑啊。"

"是吗？开始的时候谁都是这样的。越是这样越要勇敢地面对它……三千子你太不适合进行体育运动了，想参与的话就要有冒险精神，否则有什么意思啊！"

"我不是刚开始学嘛。"

"谁骑自行车需要练那么长时间！骑个22还担心自己受伤？真可笑！"

"什么是22？"

"自行车的型号啊，车轮直径为22英寸，小孩子骑的啦……"

"那克子你骑什么型号的车呢？"

"26，大人骑的。三千子你至少要骑 24 的。唉，你的腿要是稍微长点就好了。"

三千子被刺激得血往上涌，面颊滚烫。

三千子比较娇小，像人偶娃娃一样可爱。从身材比例来看，她的腿并不短，体型也不难看。

听到克子说自己腿短，三千子觉得她就是在嘲笑自己个子小。

虽然她并没有恶意，但这尖酸刻薄劲儿实在让人难以接受。

话虽如此，但克子运动短裤下露出的那两条大长腿，着实让三千子羡慕不已。

不管洋子多漂亮，三千子只是沉迷其中，将她看作自己的骄傲，不会嫉恨。

可是，克子激发了三千子的斗志，她想从各方面与其一决高下。

"我绝不能输给她！"

然而，克子貌似完全不理会三千子那弱小的好胜心。

"自行车会骑之后，下一项就是马了。"

"马？骑马吗？"

"对。"

克子像个男孩子似的点了点头。

"我要利用整个暑假来锻炼三千子，按照我的想法来改变你。洋子会不会大吃一惊呢？"

"不要！不要！"

三千子很坚决地摇着头，她要誓死与之对抗。

"我不会改变自己的，请到此为止！"

"随你说什么，我主意已定。"

"可是，克子你会骑马吗？"

"虽然没有骑过，应该手到擒来吧。人就是要驾驭它们，它们生来就是被人驾驭的。"

"哇哦！"

三千子差点被克子那强大的自信心惊掉下巴。

"瞪什么眼睛，很吃惊吗？八木她不是牧场主吗？你既然是她的闺蜜，那肯定也会骑马了。"

"八木姐姐的牧场里没有马啊。"

"什么？都是老牛吗？什么嘛，真没意思。"

"不能这么说，它们可是给我们提供新鲜牛奶的奶牛呀。"

克子没有接三千子的话茬。

"没有马的牧场，一点都不罗曼蒂克。"

"怎么会，牛儿们不好吗？"三千子小声嘟囔着。

"那个牧场，八木家的那个，应该要卖给别人了吧。"

克子甩下这句话后，突然加速，一阵风似的骑着车子扬长而去。中途甚至还来了个大撒把，像跳舞一样有节奏地摇动着双手，之后还哼唱起来……

被抛弃在林荫之中的三千子听着逐渐远去的歌声，泪湿衣襟。

"回家吧，不和克子玩了。"

可是，她突然又打消了这个念头，骑着自己的22小车，向着克子离去的方向冲了过去。

小时候被"恶鬼大将"吓哭的时候，她还是想找那个顽劣的男孩子玩。现在也是一样，克子身上好像有一种魔力，让三千子与之对抗的同时，又着了迷似的想永远追随其后……

就这样，在不想输给克子这一念头的驱使之下，三千子今日一大早就起来练习骑自行车了。

——其他姑且放在一边，骑车上不能输给她。

可是，见到牧师之后，三千子却意外地平静下来，觉得自己的这份倔强很无聊很可笑。

"如果还是这样的话，三千子就会像克子所说的，变成一个陌生的三千子，就不是姐姐的那个三千子了。"

自省后的三千子向着火山烟雾腾起的方向快速地骑了过去。

"为什么每天都要和三千子吵嘴呢？"

"吵嘴？我可没有和你吵嘴。是你自己一个人在发火吧？"

这几天的偷偷练习没有白费，现在三千子已经可以平稳轻松地骑着车子和克子对话了。即便对面来车，她也不会像以前那样惊慌失措了。

"你和八木也这样吵嘴吗？"

"不呀，我们从没吵过。姐姐那么温柔，怎么会？"

"是吗？好无趣啊。我可不愿意像你们那样。"

克子扭过头来看了一眼三千子，接着说道："三千子，真正的好朋友没有不吵架的。连嘴都不拌，还是什么朋友啊，多可怜。"

"为什么这么说？我和姐姐没什么可吵的啊。"

"这样啊。可是，如果真的喜欢对方，那就应该对她要求更高吧。"

"说的也是。"三千子微微颔首。

克子可能觉得自己已经抓住了三千子的心，突然间又提高语调严厉地说道："三千子，开学之后你可不能突然就不理我了。"

"怎么会……"

"那可不一定啊。也许你见到八木之后就完全忘记暑假期间和我一起玩儿的事情了。"

"说什么呢！"

"三千子，你要记住！我并不只是你的自行车教练，我们已经成为好朋友了。"

"我想大家都成为好朋友——克子、八木，你们能够和我相处我很高兴。"

克子没想到三千子会这么"天真"。

"哎！不要整天活在童话世界里了……"

"可是，我们在同一所学校学习，互相之间都像姐妹一样相处，不好吗？"

"这也要看和谁。我和洋子之间怎么也不可能……我们也不会吵嘴，可是，怎么说呢，她不是我的竞争对手吗？"

克子一副愤愤不平的样子——让我们成为竞争对手的是谁啊？不就是三千子你嘛。这个你不自知吗？

隐隐的不安在三千子心中盘旋，她觉得自己不能再待在克子身边了，否则会像被施了魔法一样找不到回归之路，会失去洋子姐姐。

三千子和克子两人好像都要说些什么，但都没能说出口。

心生龃龉的两个人继续骑行时，听到丛林后面传来了欢叫声和拍手声。

"对了，今天是20号，泳池那边有比赛，我们去看看吧。"

"嗯。"

三千子轻轻地舒了一口气。

"呀，是不是轻井泽所有的自行车都被骑到了这里啊？"

确实，道路两侧的树荫下竟然整整齐齐地排列着二三百辆自行车。

"这些自行车怎么都脏兮兮的？"

"都是租来的吧。"

在一块开着秋花的草坪上也停放着自行车，还有大使馆的轿车。

克子与三千子一前一后进入观赛区。河水两岸的树荫下以及草坪上都是大自然为人们提供的天然"坐椅"。

竞赛项目包括常规的 50 米仰泳以及 100 米自由泳，中间还穿插有救生圈接力赛、水中抢西瓜等避暑地特设的游戏。

"下面即将开始的是吃面包大赛，请参赛选手到指定地点做准备。"一个大学生模样的日本主持人用麦克风做着提醒。之后，一位洋人老爷爷用英语说道："Next, bread eating race.Men,women,boys and girls."

"接下来是潜水比赛。依次为男子组、少年男子组、少年女子组和女子组。"

"Underwater race.Men,boys,girls,and women."

虽说只是个游泳竞赛，但从各方面来看，很像是一个快乐的国际性社交活动。

场上正在举行的是少年女子蛙泳比赛。

"哎呀，那位也是少女吗？多大岁数了啊？"

三千子对一个美国少女的高个头讶异不已。

"竟然比我高出一倍还多。"

可是，这个大高个却完败给了小个子的日本女孩。

"洋人也不行啊，没有什么拼劲儿。"

高兴地为胜利者鼓掌时，克子笑笑说："话虽如此，这个归根结底就是个游戏。日本人做什么都过于认真，不可爱哦。这种事，只要能让自己放松身心就达到目的了。"

"可是，比赛就是比赛啊，胜利者难道不值得夸赞吗？"

"当然值得。不过，我觉得三千子是在对洋人高看一眼的前提下庆祝日本人胜利的。对于你的这种想法和做法，我比较反感。"

三千子的脸唰的一下红了。她被克子戳中了痛处。

三千子的崇洋意识确实在心中暗流涌动。

看着在跳台处和金发少女们畅聊的克子，三千子很是羡慕，也很景仰。

"如果能像克子一样流利地用英语和外国人对话，那该多好！"

"没什么啦，就是闲聊，大家一起乐和乐和。"

"三千子，怎么样？这次的轻井泽之行。"

"什么'怎么样'？"

"外国女孩和日本女孩相比怎么样？日本女孩很漂亮、健康、端庄吧？三千子不这么认为吗？"

三千子像是深受震撼一样，使劲儿地点了一下头。

"是的，我是这么认为的。"

"是吧？所以，我们要成为闪耀世界的明灯。日本的女孩子一定要相信自己，我们不会输给任何人。"

"嗯，嗯。"

三千子也非常自信地抬起了头。

克子果然有过人之处。

泳池中激战正酣。

100 米自由泳结束了，获胜的日本少女稍微安慰了一下西洋少女之后，挽着她的手一起游到岸边。先上岸之后，日本少女又伸出手友好地拉了一下正要上岸的西洋少女。

场内场外的观众一起为她们鼓掌。

比赛结束之后，回到别墅的三千子发现洋子来信了。

很热哦，这边。因为一直不下雨，草都旱得发黄。真的是酷热难耐。

不过，我很好。比往年好多了。现在，我不觉得家里有什么不幸的事情，所以，三千子也不要为我担心。

重要的是，你一定要和克子好好相处，希望你每天都能快乐、幸福地度过，留下一段美好回忆。听说你那边晚上温度较低，注意别着凉。高原上紫外线比较强，你现在一定被晒成黝黑的健康色了吧。希望能早日与你相见。

我也在不屈不挠地努力守卫自己的小家。

还有，前几天邮来的高原玉米非常美味哦。那瓶浅间葡萄果酱也很好吃，早餐时，涂在面包上吃是一种享受。据说这种葡萄结紫色的粒状果实，非常可爱。

感谢三千子为我做的一切。

洋子

洋子写来的是一封平平常常的书信，显得她现在无忧无虑。不过，从中可以窥见她不畏艰难险阻的坚毅品格和对三千子浓浓的爱意。

三千子打算和姨母商量一下，让她答应自己去见姐姐。

今天已经是 8 月 20 号，避暑地的高峰期马上就要过去了。夕阳的余晖散落在落叶松上……

为了能像克子一样在外国人面前挥洒自如，为了能和异国的小女孩成为好朋友，从看完游泳比赛的第二天开始，三千子便跟着克子开始了英语会话练习。

克子老师和她说了下面的话。

——语言学得好的人会话能力不一定很高。会话有会话的独特气息，首先要习惯这个气息。

——面对外国人，要有不服输的精神。不要在意自己的发音是否准确，不要怕出丑。

——有时候，你可能没有完全理解对方的意思，那也不要怕，听懂什么你就回复什么。你也要主动去和对方沟通，即便是只言片语也可以。

——要多和外国小孩交流。小孩的发音很清楚，你也容易应对。

"简而言之，学外语就是一个慢慢习惯的过程，熟能生巧。即便是研究英国文学的学者，他们的口语水平也未必赶得上外国会馆的女佣。就像婴幼儿看不懂文字，但是他们可以比较顺畅地和周围的人交流，就是这种感觉。语法固然重要，但与人进行口语交流的时候要像孩子说话一样，自由随意即可。"

克子家是与外国人做生意的，所以使用英语的机会较多。小时候她的口语就很好，这也归功于克子从容大方的性格。

而三千子生性腼腆，虽然记忆力超群，但羞于开口，不善于表达，这让克子很为她着急。

这一天午睡之后，三千子换上木棉连衣裙，骑上自行车，像一只翩翩起舞的小蝴蝶赶往北幸之谷。

"那我们就开始吧。"

克子悠闲地躺在挂在栗子树和榆树之间的吊床上，派头十足地说道。

这让三千子有些未战先怯的感觉。

两个人开始了快乐的练习。

"今天你看起来元气满满啊,不错不错。首先,我得谢谢你的书。"

三千子有点发蒙,她不知道克子说的是哪本书。

"别客气。祝你身体健康!"

克子皱起了眉头,改用日语说道:"这可不行,你这样说咱们就没法再往下进行了啊。别人夸你元气满满,你回复句'谢谢'就可以,不要再说什么身体好不好了。另外,你要接上对方的话,和他聊书的事情。会话嘛,就像接力赛一样,要递好棒、接好棒啊。"

被批评之后,三千子的声音变得更小了。

"那本书,有意思吗?"

"是的。读完之后,我久久不能入眠,为故事中那位少女的命运担忧。少女渡海而去,我感觉自己也沉浮于惊涛骇浪之中。"

"不行,你说的太难了。"

"那我们回幼儿园吧。"

克子揪下一片榆树叶之后笑着说道。

"你多大啦?"

"十三岁零四个月。"

"哪国人啊?"

"美国人,家在洛杉矶。"

"好远啊!喜欢日本吗?"

"特别喜欢,因为有你这样的日本好朋友。"

克子听罢,高兴得摇起了吊床。

"三千子变得会说话啦。平时也多说一些,很动听,不要只是在练习会话的时候才说。"

这时,女佣为她们端来了凉麦茶和饼干。

一只成年松鸦带着五六只小松鸦从头上葱翠的枝条间飞过。四周安静得只能听得到树枝碰撞时发出的细微的声响。

"再练一会儿吧？"

"嗯，嗯。"

"天气真好！"

"会不会有阵雨？会不会起大雾？"

"下雨好啊。你看，路边的绿树都已蒙尘。不过，每下一场雨，秋天的脚步就近了一点儿。"

"我喜欢下雨天。"

回答之后，三千子忽然想起一件事来。

和洋子姐姐初次相遇就是在那个大雨滂沱的下午。从那天开始，她更加喜欢下雨的日子了……

想到这些，三千子悲从中来，一时哽咽难言。

克子没有觉察到三千子表情的变化，她看了一下手表，然后说道："哎呀，都这个点儿了。轻井泽儿童学校的音乐会一点半开始，我们去看看吧。是西洋小孩们的汇报演出。还可以顺便练习一下听力和会话。"

于是，两个人又并排骑着自行车出发了。

网球场旁边的教堂中人满为患。里面坐满了来自世界各地的小孩，其中还有黑人小孩。

独唱、合唱、钢琴演奏——登台演出的几乎都是和三千子同龄的少女。

"你看，西洋人也会害羞，不好意思放声歌唱，我们这儿都听不到。"三千子小声嘟囔着。

她喜欢那位站在祭坛中央，认真歌唱的少女。

接下来是民族舞表演。长长的木棍顶端飞舞飘扬的红色布条应该是火炬的象征吧。孩子们在舞台上翩翩起舞，有三四位日本少女也在其中。

最后一个节目是合唱。参与表演的所有少男少女都整齐地站在祭坛上，唱响《萤之光》。

少年夏令营活动今天落下了帷幕。孩子们的合唱还在继续，声声唱出不舍与留恋……

这是一首英文歌曲，三千子也跟着孩子们小声地哼唱起来。

与快乐的夏天告别——这是合唱曲《萤之光》的主题。对于三千子而言，这也是她与克子的告别之歌。或许，这也是与洋子姐姐的告别之歌吧。

参加合唱的少男少女，很多都来自遥远的异国他乡。所以，空灵的歌声更让人寂寞满怀。

瑟瑟的秋风透过窗子吹进屋内……

7. 新　居

多么希望身下的床铺能自动移出房间，滑入洋子姐姐家。

突然睁开双眼的三千子看着原木吊顶，心中思绪万千。

马上就要离开轻井泽的当口，三千子因发烧病倒了。也许是因为那几天玩过了头。

姨母按照医嘱每天都给她煮粥。粥、梅干，这是三千子现在最讨厌的两种食物。

"肯定是洋子姐姐的悲伤隔空而至，唤醒了我的心灵。无病无灾的时候，每天得过且过，看不到隐藏于生活背后的真相。得病之后，自己才读懂洋子姐姐沉静而深情满满的内心世界。所以，这是想让我在病床上好好地自省吧。"

在如此病弱之时，三千子竟然还将其当作自诫的契机与来自克子的诱惑相对抗。三千子那纤弱的心灵……

可是，每次和克子接触，三千子都会被她的野性之美所吸引。一旦她不在身边，自己好像也变得很弱小，甚至有气无力。这是为什么呢？三千子很是觉得不可思议，她陷入深深的孤寂之中不能自拔。

姨母将冰袋敷在三千子滚烫的面颊上，坐在似睡非睡的三千子旁边，和前来探视的克子聊着天。

"昨天烧到 39.3℃，整晚都没怎么睡。"

"哦。"

"应该是做什么梦了。我听到她说了两三遍'洋子姐姐，等等'之类的话，而且说得很清楚。小孩子的梦挺有意思的。梦里她们能在什么地方玩儿呢？"

克子的脸色变得有些难看。

都说梦是心中想，出现在三千子梦中的，仍旧只有洋子一个人吧？唯有洋子才能占据三千子的内心世界，即便是在梦中。

现实世界中的三千子已经被自己牢牢抓在手中了，怎么能让给洋子！梦中也绝不可以！

想到这儿，克子热血沸腾。

"阿姨,没事儿的。今天我来照顾三千子吧,我来当她的守梦者。"

"守梦者？"

三千子的姨母笑了笑，有些疑惑地看着克子。

这个女孩又懂事又机灵。

姨母完全看不到克子那颗因为嫉妒而几近发狂的心正在猛烈地跳动。

"克子小姐，我想问问……你怎么为她守梦呢？梦这种东西，你能抓到它吗？把它绑在什么地方？"

"可以的，我用魔法来击退它。"

克子眼神坚定，回答得也很干脆，看起来一副志在必得的样子。

三千子被姨母的笑声惊醒了。

"竟然要给我守梦，这也太……"

三千子更加害怕了，她轻轻地移动了一下被毛毯裹得严严实实的身体，眼睛望向庭院。

细长高挑的桃色萩萧像是受了很大委屈似的低着头，片片花瓣如同泪水般洒落在地。

"哎呀，你醒啦？"

克子马上就发现了。

"我还担心你呢。现在感觉怎么样？"

"烧好像退了。"姨母轻轻地摸了摸三千子的额头。

三千子紧紧握住姨母的手，说道："好安静啊，有点害怕。"

"你看，一下子就把心里话说出来了。是不是想妈妈啦？"

姨母半开玩笑地说道。

"克子小姐，麻烦你给她守梦吧。我去沏点茶拿过来。"

姨母离开后，克子欢快地讲起学校某位老师外号的由来，又说到西方小孩连哭的时候都用英语，用这种方式舒缓三千子的紧张情绪。

"我昨天晚上想到一个好法子，现在说给你听听。不是有那种成对的紫罗兰花吗？下学期开学之后呢，我们胸前的兜里各装上一朵，要一直放在里面，好吗？"

三千子不明就里。

"点缀在胸前？"

"不是，是我们友情的见证。"

三千子回忆起今年春天自己收到的那封信中的几句话。

　　紫罗兰是我的最爱。
　　你会成为我的紫罗兰吗？
　　你会送给我什么花呢？

是啊，三千子会送给克子什么花呢？那时候，她没有认真想过这个问题。现在，洋子姐姐远在家乡，而克子就守护在自己身边……

克子好像看出了三千子心中的疑虑。

"而且，不能是人造花，必须是那种深紫色、散发着自然香味的紫罗兰鲜花。"

"可是，鲜花不会枯萎吗？"

"所以，我们要每天更换啊。我会去元町的花店预定的。听说那里常年都出售紫罗兰花。"

"这样啊。"

"不觉得很罗曼蒂克吗？"

为了不让"爱的印记"枯萎，每天都要换成新的，这一做法听着确实没有问题。可是，枯萎的花朵怎么办呢？

为了凸显"友爱"而将枯萎的花朵弃之不顾，这与所谓保留"爱的印记"的理念相悖吧，甚至有些残酷无情。所以，三千子并不认为这是什么"好法子"。

"我要让这件事在全校引起轰动。"

这倒是符合克子的性格，她就是这样高调。

而且，克子也知道，这应该会像条皮鞭一样，狠狠地抽打得自己体无完肤。

"即便不那样，我们也是好伙伴、好朋友啊。"

"也就是说你不愿意呗。"

"那倒不是……"

"三千子你一点都不支持我，太过分了！"

"可是……对不起！"

"你不需要道歉。"

克子的脸色有点可怕。她毫不避讳地说道："我知道了，你还是在意八木的想法。"

三千子抬起眼死死盯着克子，是那种困兽犹斗的气势。可是，首先低下头的，还是她自己。

想起学校那个晦暗的走廊角落，三千子就会悲从中来。洋子姐姐，自己的洋子姐姐，她就是在那里安静地等着自己的……

"真希望早点开学。"

"是呢。希望我们的衣兜里能早日有散发芳香的紫罗兰。"

洋子摆出一副胜利者的姿态。

"我最喜欢第二学期了。因为又有运动会，又有郊游。"

那些活动确实可以让克子一展风采。

"不过，这里的秋天也别有意趣。夏天的热闹气氛一点点消退，就像盏盏明灯灭去一样。别墅也会一家家地人去楼空。这样的场景，会让每一个人诗兴大发。"

"想在秋天的时候来这里看看……"

"好啊，来吧。到时候我邀请你。西洋人会住到秋末冬初。走在落叶满地的路上，会看到荒芜的树林中有炊烟升起，让人不禁想到夏日的美妙光景。我住的那幢别墅，起风的夜晚会听到树叶落在屋顶的声音，有种冰雹从天而降的感觉。圣诞节的时候，宾馆都已经歇业，洋人们都聚到疗养院以及德国人的公寓中，在银装素裹的冬日欢度自己的节日。"

这时，姨母拿过来一些茶点。

"真是麻烦克子小姐了，真的要帮她守梦吗？"

"姨母可真是的，说什么呢！总是把我当小孩儿看待。"

"不说啦不说啦。三千子,给你看一件好东西。看,你妈妈的信。"

三千子高兴得从床上坐了起来。

　　你那边的情况姨母都和我说了,知道一切都好,我就不担

　心了。这边也刮起了秋风,变得凉爽舒适。所以,近两三天就

　过去接你。

　　……

后面又写了一些内容,三千子没有太仔细看。知道妈妈马上要来接自己,其他的已经不重要了。两三天之后就能回到洋子姐姐所在的那个港口城市了,这才是让三千子魂牵梦绕的事情。

宁静祥和的牧场中的山丘南面,坐落着一座小型住宅。它朴实无华,就像是一个山间小屋。以椎树板木为背景而铺设的红瓦屋顶明快绮丽。

洋子从出生前就已经建成的豪华住宅搬到了这个地方。这幢房子的每一个房间、每一个角落都光线充足。不过,对于洋子来说,这个房子有点过于明亮了,她觉得自己的世界好像没有了黑夜,一切都那么炫目耀眼,使得内心难以平静。

家里也没有一样多余的东西,显得整洁干净。

从今往后,洋子就要在这儿轻松、愉快地生活下去了。这个小家就像载着洋子乘风破浪的希望之舟。

这么一说,房间确实和船舱有些相像。

"三千子知道后肯定会感到吃惊的,不过,希望她能明白,我不会因为搬到这样的地方而悲伤失落……"

原来的那个豪宅正门被严严实实地封死,而且被四周的参天古

树遮蔽，所以整体显得阴森可怖。看到现在这个明净雅致的小家，三千子会为我高兴吧。

快看，这是我的新家，每一个角落都那么明亮。而且，它矗立在没有荫翳的小山之上。

不管多么微小的妖魔鬼怪都无法在我的身边隐藏。所以，我会像天国花园中的花朵一样，姿态优美而香气四溢地茁壮成长。

洋子读着森·皮埃尔嬷嬷写来的信，心中斗志昂扬。

常春藤爬满了你家那紧闭的门扉，朝阳而不沐风的叶子开始慢慢被染红。

每次在山坡处的那个公园散步时，你家的宅院都会进入我的视野，让我心生凄楚。不过，这种凄楚只关乎失去主人的那些树木花草。对于你失去那个住宅一事，我并不觉得有什么不好。因为，你就像一棵挺立于天地间的小树，需要在一片纯净的处女地上茁壮成长。那个家是你展翅飞离的旧巢，不必留恋。

按照上帝的旨意，你又回归到原本的模样。祝你早日懂得为他人服务的尊贵。

另外，前几天提交的法语作文非常精彩，获得满分。

致我喜欢的牧场公主

森·皮埃尔

多么善良、高大而又温暖的路标。

洋子展开嬷嬷的来信，用图钉将其固定在刚刚粉刷过的墙壁上。当然，这封信非常有价值，即便被人阅读也没什么。更何况它还是一封只有洋子能读懂的法语书信，那种喜悦无与伦比。

不管经历多么悲惨的遭遇，只要钻到嬷嬷那宽大的裙摆中哭一会儿，眼泪就会神奇地止住。那是多么宽阔、丰富、神秘的裙摆啊！

嬷嬷给予洋子的是超越国界的那种理解与同情。

对于家道中落的洋子来说，所在学校嬷嬷的安慰与鼓励是她强大的精神支撑。

"小姐，请您出来一下。"

屋后传来婆婆的声音。

"什么事儿？"

"您快看，晚霞多么漂亮啊！就像远处有团火焰在熊熊燃烧。"

"哎呀，婆婆自从搬来这里之后就变得非常有诗意了。"

"因为放松下来了。"

实际上，婆婆并没有那么悠闲自在，她把悲伤和担忧埋在内心深处，不外露，不声张。

家里出了那档子事之后，聪慧的洋子早就察觉到婆婆的苦心，但她从不说出口。

心意相通的两个人在无言之中体恤、温暖着对方。尽管空间逼仄、一贫如洗，但两人内心温暖的爱意让牧场之家充满阳光。

现在，两个人并肩站在椎树旁，看着被落日染红的天空，心中在虔诚地祷告，像面对上帝一样。

"再见！太阳神。请您保佑我们，即便是在暗夜之中。"

爸爸今天又要很晚才能回来。

他每天忙于业务的交接和债务的处理。

家里现在只有婆婆一个佣人，洋子与婆婆坐在餐桌旁默默地吃着晚餐。

在家中进餐时，洋子心中总是涌起莫名的悲伤。因为太安静了，也太孤单了……

如果是和爸爸妈妈共进晚餐，那么不管饭菜多么简单，都不会这么孤寂吧。

家里静得连一根针落地的声音都能听得到。

如果一直沉默不语的话，整个人就会被寂寞淹没。所以，需要说些有意思的事情让自己高兴起来。

可是，越是刻意寻找话题，越是无话可说。

这时，走廊上的电话发出了丁零丁零的响声。

像是来了救兵一样，婆婆急忙放下手中的筷子，扭动着胖胖的腰身跑去接电话。

"小姐，是一位叫大河原的找你。"

"来啦。"

洋子大声回应之后就兴奋地直奔过去，她甚至被自己的声音给吓到了。

"喂，三千子……"

"姐姐！"

"三千子！三千子！"

洋子高兴得声音都有些颤抖。

"姐姐，我是坐今天三点的高原列车回来的，现在刚刚到家。"

"是这样啊！"

说完这句话之后，洋子一时不知道该说什么好了。

"这段时间还好吧？"

"还好。姐姐怎么样？我一直担心姐姐这边发生什么事情……"

三千子总觉得洋子在那些信中写的都是一些客套话，好像有什么事情瞒着自己。所以她本来想先问问姐姐到底为什么要这样对待自己，问她为什么把自己当作一个小孩子看待，好像什么话即便和你这个小孩子说了你也不懂……

不过，听到洋子的声音之后，她的那股怨气马上就消失不见了。

"担心我什么？"

"没事儿啦，没事儿啦。"

三千子用撒娇的语气回答道。

"在那边玩得不错吧？是不是有很多高兴的事儿要和我说啊？克子小姐怎么样？"

"她倒是对我挺好的。"

说完，三千子的脸色突然变得煞白。

姐姐又不在我身边，她怎么会觉得我非常高兴呢？对洋子的那份依恋让她又想在电话中质问姐姐了。

"明天早上见到姐姐后我再……"

"好的，我等着你。一定要早点起啊，三千子。三千子是个大懒虫嘛，不愿意早起。"

"哎呀，姐姐你才是个赖床鬼呢。"

"我可不是，我每天和牛儿们一起起床的。"

"那我们比比吧，看谁起得早。"

"好啊，一言为定。加油。"

"姐姐，晚安！"

"三千子，晚安！"

洋子不再像傍晚时分那么惆怅了，突然心情大好。

她不自觉地哼起了歌曲。

让我们共卧在牧场之中

引领我们到可以饮用甘霖的岸边

那个声音

神灵之子啊，神灵之子啊

来自神灵的人们啊

山谷间的白百合，暗夜的牧者

都在低声细语

神灵知我

…………

盼天明盼得人心焦。

"我变没变呢？克子可是给我施了魔法。"

即便真的被施了魔法，即便克子真的会什么奇怪的巫术，只要和洋子姐姐相见，一切都会变得微不足道。

而且，我也会变回原来的三千子。

那天早上在教堂中和那位高大的牧师说过的话，三千子至今还铭记在心。

"牧师先生，我是一个坏女孩，我可能要辜负姐姐的一片真心了。如果再和克子这么无节制地玩下去，我就无可救药了。"

当时三千子内心的悲痛之情，姐姐至今还不知道。

姐姐，洋子姐姐，你一定要给我力量。

一定要让我还原为最初的三千子。

不安、后悔以及喜悦齐涌心头的三千子走进了牧场的大门。

洋子正在椎树下读书。

就在刚才，洋子已经多次到山下迎接三千子。望眼欲穿却始终不见她的身影。为了让自己静下心来，她拿出一本书边读边等。

洋子脸上略显疲倦，眼窝比以前更深了。

"三千子！"

还是那张笑脸，还是那个声音，还和以前一样，洋子把手放在三千子的肩膀上。

心中堆积了太多太多想和姐姐说的话，本来要一股脑儿地倾诉出来，可是，三千子突然噤口不言了。

另外，她还想就克子的事儿做一番解释。但觉得那样会更尴尬，也就没能说出口。

三千子如同真的走出迷茫一般心胸开阔起来。

啊，姐姐。世上竟然有这么魅力四射的人。三千子的心只属于姐姐一个人。

如果说克子是大地上的一朵鲜花，那洋子就是绽放于高空中永不褪色的清新脱俗的奇异之花。

"我呢，最近对周遭事物有了和以往不同的看法与感受。对过往的一切已经没有任何留恋了。"洋子说道。

"可是，三千子，唯有你，是我要珍惜的。我不想把你交给其他人。如果你也从我身边消失，那生活还有什么意义。"

这无声的思念是否能被三千子接收到呢？

两个人都不想言及克子。

"姐姐，我现在会骑自行车啦，而且骑得还不赖哦。"

"是吗？真想看看你骑行时的飒爽英姿。"

"要说那个克子……"

话刚说了一半，三千子就慌忙噤口，脸也涨得通红。

可是，如果一句不提克子，那就更不对了。

"是克子教我的。她是一个非常开朗活泼的女孩，还会骑马呢。在轻井泽人见人爱。"

"那肯定是啊。人长得漂亮，各方面都很突出，又那么聪明。"

"不过，她有点小坏。"

"哎呀，可不能这么说，人家陪你玩了那么长时间。"

"可是，她就是那样的一个人嘛。"

三千子回忆起自己与克子"交锋"的每一天。

"我想和大家都和谐相处……然而克子却不这么想。"

"也是，和大家都和谐相处没问题，但大家都各有各的想法啊。"

三千子有点不相信自己的耳朵。

那么知书达理的洋子姐姐都变得和克子一样尖酸刻薄了……

这都是因自己而起吧。

"姐姐，你讨厌克子？"

洋子一脸困惑地笑了笑。

"我倒是想和她成为好朋友，可对方不这么想啊。"

洋子一直忍耐着来自克子的满满的敌意。这样的学校日常，三千子也是看在眼中。

尽管这样，洋子还是对她温柔以待。她的胸襟就如同牧师的那双大鞋，是上帝慈悲之怀的象征。

"开学后我是不是要和克子继续相处啊？"

三千子将自己那幼稚的想法和盘托出。

"一切都按照三千子自己的想法去做吧。上帝为我们每一个人都安排了各自要走的路。"

洋子的回答有些模棱两可，听起来不像是真心话。所以，对于克子的"紫罗兰之约"，三千子最后还是隐而未谈。

洋子姐姐如果能毫不顾忌、言辞激烈地责骂自己一通……

如果能不由分说地对自己提出各种目不暇接的要求……

之所以会对洋子有这样的期待，大概也是受到克子影响所致吧。

在整洁干净的房间中，洋子用手指了指钉在墙壁上的法文书信。

"你看这封信，是嬷嬷写给我的。"

三千子读不懂信中的文字。不过，看到这封信，她眼前浮现出森·皮埃尔嬷嬷苹果般光洁的面颊以及在金色汗毛衬托下的那两道如同柔软毛线般的眉毛。

"从下学期开始，我就要进行法语的课外练习了。"

"是吗？那就不太有时间和我玩了。"

三千子有些不高兴。

"因为我决定不上专科了。"

洋子的声音中带着一丝伤感。

三千子也能听出生活给洋子带来的压力，有些心痛。

"最近，对，就是最近，还有更多的事情需要应付。不过，请放心，再忙也不会忘记三千子的。"

洋子凝视着三千子，目光坚毅有神。

"三千子，你好像长高了。这个暑假的锻炼挺有效果啊。"

"真的吗？"

"我们比比个儿吧。"

两个人来到院子里。

比个头是两个好闺蜜经常玩的游戏之一。

"找一个能留作纪念的地方……"

廊柱那儿没意思，牧场的栅栏处又不容易做标记，在新粉刷的墙壁上乱画不明智……找个什么地方画记号呢？

"姐姐，在树上画吧。"

"就是啊，我怎么没想到？画到树上多好。那我们在椎树上做记号吧。"

之后，两个人便跑向了椎树——那棵立于门边、迎接访客的高大的古椎树。

洋子和三千子的身高标记就这样被刻在坚硬的褐色树干上，旁边还留有用小刀刻上的名字和年月日，字迹小巧娟秀。

随着岁月的变迁，洋子和三千子会慢慢长高，而这棵参天大树也会永远枝繁叶茂、葱茏劲秀吧。

两个人与大树一起成长……

8. 浮 云

运动场干净无尘，如同刚刚洗涤过的白衬衫。

新学期开始了，每一位同学脸上都洋溢着青春的活力。

校园也是焕然一新，不再是大家心中的老样子。不过，很有亲切感。

假期就像一位值得尊敬的教师，会让少女们在这期间发生很大变化。

新学期，新起点。每个人都想与朋友们说些鼓励的话，也想诉说久别的思念。但是，最后还是羞于启齿。

取而代之的是这样一些不痛不痒的日常闲聊。

"哎呀，你可真是胖了啊！"

"是吧？太烦了，腿粗成这样。"

阳光有些刺眼，重逢的四五个学生站在雪松下面一边眺望着港口那边的海面，一边闲聊。比如哪个国家的船只正在入港啦，放学后一起去码头走一走啦，等等。港口城市基督教学校的少女们特有的情绪溢于言表。

"对了，你们看见五年级的八木了吗？ A班的八木。"

"没，还没见到她呢。"

"我呢，刚才在教室前差点和她撞个满怀。我看她好像瘦了好多，而且，和玛丽亚更像了。"

"哎呀，你可别这样。现在才发出这种感叹，好像太晚了。人家三千子早就……"

"说什么呢！我不是那个意思。"

见面时首先聊到的，还是学校的那几个焦点人物——毋庸置疑，洋子就是其中的一位。

不过，刚说完洋子的事儿，她们可能就扯到其他事情上面去了，在那儿笑得前仰后合。这就是一年级学生的真实写照。

"我用黑砂糖洗脸来着，有人告诉我这样可以美白皮肤，所以这段时间我偷着尝试了一下。"

"是吗？用糖洗脸啊。那应该有甜味吧，不错。"

"据说用柠檬也行，不过洗完之后脸火辣辣地疼，反而会起小疙瘩。"

"哎呀，真有你的，挺拼啊。"

"我这都不算啥，我姐姐说了，为了让自己漂漂亮亮的，就要不厌其烦地捯饬。她那妆，化得老复杂了。"

"有多复杂啊？"

看来，她们中间也有对化妆感兴趣的。

"我啊，把一整天的时间都奉献给英文书法练习了，手腕写得生疼。"旁边的一个女生插嘴道。

"那都不算啥，最难的是写日记。老师让记录每天发生的真实的事情，可是我可不想把家里的事儿都告诉大家。把我自己干的糗事儿写出来，可能会影响个人操行评分。"

"怎么会？日记中的内容和操行评价无关。就像我们在上帝面前忏悔一样。"

"不过，有些事情还是不好意思写出来。"

"我这边呢，没有什么不能写的。不过，没法像三千子那样掏心掏肺地啥都写。"有人意味深长地说道。

"嗯？三千子怎么了？"

"快看，就是那样。"

大家凑在一起顺着手指看去，亮堂堂的教学楼门口，有两个人正勾肩搭背地站在一起。不是别人，正是四年级的克子和一年级的三千子。

两个人如胶似漆的模样，就像已经结交了百年。

三千子呢，如同一只停歇在大丽花上的合上翅膀的小蝴蝶……

"哎呀，这可是要上头条的。话说大河原，不是八木玛丽亚的人吗？"

"是啊。"

"八木她不知道这事儿吗？"

"难以置信。两个人曾经那么卿卿我我……"

"应该是暑假时出的问题，看来只要离开一段时间就会出事儿。"

"就是啊，S（姐妹）们就是这样啦。"

"看我多好，没有像她们那样。一个人多好，自由自在，无牵无挂。"

几个人一边八卦，一边看着那两个人。

"不管发生什么事儿，大河原也不应该这样啊。"

"她不觉得对不起八木吗？八木肯定是因为这个才瘦成那样的。"

"我们一起去围观一下吧。"

"无视即可，那种人。"

"是啊，看克子那副德行，一定是故意在炫耀呢。给点阳光就灿烂的主儿，还是别搭理她们了。"

一开始，几个人还意见不一呢。结果，她们还是决定组团去那两人身边走一圈。

几个人都认定是三千子背叛了八木，想要过去奚落一下她。当大家不动声色地靠过去时，克子毫无惧色地盯着她们，特意抬高声音对三千子说道："我的一点心意，请你一定要收下。和我的那个正好是一对。"

递给三千子的是一个附有一段文字的白色盒子。

"那我走啦，回头见！一言为定啊！"

看起来好像在叮嘱什么事情，克子还拍了拍三千子的肩膀。之后，就消失在走廊的尽头。

孤零零的三千子目送着克子昂首挺胸离去的背影，突然有种芒刺在背的感觉——她发现几个同年级的女生站在旁边一直在看着自己。

三千子有些不好意思，连忙扭过头将身子靠到校舍的墙壁上。

空中的白色云朵分分合合、聚聚散散，向着远处的海上飘散而去。坡道下绽放着一丛秋樱，它们是那么纤弱，被风撕扯得左摇右摆。

三千子觉得校园中的每个人都在用厌恶的目光看着自己。

克子每天都在卖力地"推销"她的友情，是为了打败洋子，还是为了折磨洋子？因为太过刻意，反而让人怀疑她的真实目的。

每次感受到克子的好意之后，三千子都会郁闷心塞。所以，要用仰望晴空等方式来驱散内心的萌蘖。

刚刚还是碧空如洗，谁知瞬间就被层层薄云遮蔽。三千子低下头时，无意间看到对面校舍二楼的玻璃窗后，有一双眼睛正盯着自己。

——是洋子。

三千子的脸上突然就没有了血色。她仿佛看见了自己那张如灰土般的脸。

"啊！洋子姐姐一直在注视着自己和克子。"

每一间教室的黑板上都附有班长抄写的课程表。

周一	品德	几何	日语	音乐	译读	英语语法
周二	代数	地理	家政	译读	英语作文与会话
周三	日语	图画	体操	译读	英语语法

在五年级 A 班，洋子按照老师交给她的纸条，将课程表抄写到黑板上。她握着粉笔的手时而会抖动一下。

好几次，她把字都写错了。

刚才所看到的克子和三千子的身影已经深深地印在头脑中，自己所写的字反而看不到了。

其他同学都坐在各自的座位上抄写课程表。洋子隐约听到大家叽叽喳喳的说话声，像在梦中一样。

"想想，这是我们最后一次抄课表了吧。半年之后我们就要离开这里了。"

"是啊，大家都说毕业那年时光飞逝，应该就是这样的。"

"从现在开始我们就要忙碌起来了，想想就有些坐不住了。"

"好期待毕业旅行啊！"

班级中有十多个人五年级毕业后要升入专修科。其他人一般都要在家里接受训练，让自己成为合格的大家闺秀。

也有不少人要进入职场成为都市丽人，但她们都不会袒露自己要就业的真实想法，这让洋子觉得有些不可思议。

洋子已经做好了毕业后就业的心理准备。无论家里出现什么变故，她都不会惶惶不知所措，也不会无助地哭泣，即便是微不足道的职业，只要有自己的工作和事业，就会从中获得源源不断的能量。

"不能因为三千子和克子成为好朋友我就一蹶不振。"

洋子在心中给自己加油鼓劲。

课程表抄好之后，她听到副班长在座位上叫她的名字。

"八木，听说莱特小姐生病了。"

"是的，我也是最近才听说的。"

洋子站在讲台上回头看着大家并建议道："我们用班费买点什么去看看她吧。"

"可以啊。"

"那现在就商量一下吧。"

和洋子不同，副班长像个男孩子，性格直爽，做事雷厉风行，工作能力极强。班级如果有人吵架，她还会主动出面调解，很值得信赖。在这个班级，她很有威望，没有人跟她不和。

"那你来和大家商量商量吧。到讲台上来征求一下大家的意见。"

洋子就是这样一个人，不争不抢，恬静淡泊，让别人风光体面。

"好的，交给我吧。"

副班长爽快地答应了。洋子下去之后，她站在讲台上和同学们说了说莱特小姐住院的情况，然后提议买一盆花送给她。

莱特小姐是大家的英语语法教师，英国人，已经在山坡上的住宅中独居了二十年之久。

对于去看望她一事，班里没有人提出异议。不过，到底拿什么花为好，大家讨论得还是比较热烈的。

能为生病的老师献花，大家都非常高兴。这个班级中的每一位同学都愿意为集体奉献一份力量，非常团结友爱。她们互相帮助，互相宽慰。现在，她们都开诚布公地表达着自己的想法。

也许就因为大家都太为对方着想了，所以……

一位成绩较差、使用的日用品和学习用品都很高端且穿戴时尚、比较引人注目的女孩突然发狂似的呼叫洋子。

"八木，八木你怎么……"

"什么事儿？"

"虽然和刚才那件事无关，但这是和你有关系的一件大事儿。"

听到这句话，大家都把头转向她。

"大家听我说，那个四年级的克子也太过分了，竟然敢动你的三千子的心思，你要回击啊！"

"什么时候的事儿？"

其他人比洋子还要吃惊。

"就在刚才，我看到的，很过分。"

低年级的克子竟然敢这么造次，五年级的同学心中十分不爽。

而且，此时正是五年级同学心最齐的时候。对于这件事，大家群情激昂，不容他人"侵犯"自己团队中的任何一个人。

自己的事情被大家在这个场合提出来讨论，洋子显得很不自在。

"我不在意的，没办法。"

"正是因为你太大度了，才被那个克子冒犯。"

"就是嘛，如果你把大河原让给克子，那我也要开始采取行动了。八木，你觉得没关系吗？"

"是啊，你要保护好三千子。这样才能为我们五年级争口气。"

"可是，什么时候变成这样了？克子下手挺快啊。"

大家把主人公洋子搁在一边，都在声讨克子。

这时，一个四年级的学生从教室门口经过。

"你等等！"

有一个学生冲了出去。

"想求你一件事儿，请你在这儿稍等一下啊。"

"好的。"

四年级的学生慑于学姐的气势，老老实实地站在原地。

刚才冲出去的那个女生又回到教室，撕下一张纸片，在上面飞速地写着什么。

"怎么样？"

她拿给洋子等人看了一下。

上面写着：

何人践踏花园！

五年级某个关心此事之人

"大家适可而止吧，这会让我十分为难。"

洋子不想让事态复杂化、扩大化。

"没事儿，别担心。后面又没有署你的名字。"

那个女孩说完就甩下洋子，快活地来到走廊，把那张纸条递给四年级的女生。

"你是 B 班的吧？请帮我把这个交给你们的副班长。拜托一定要交给她！"

看着四年级学生离去的背影，有人哗哗地鼓起了掌。

在一片喧闹声中，洋子静静地坐在那里。大家的好意让她感到欣慰。可是，其中又混杂着些许落寞……

她无法直视大家，只是低着头沉默不语。

三千子站在校舍后院的树荫下等着洋子。

今天，她没有机会和洋子会面，所以没能和她商量见面的时间、地点。

而且，自从洋子搬到新家之后，回家的方向和以前不一样了，也没有办法约在"红宅子"的庭院见面了。

每一个走出校园的人三千子都确认过了，一个都没有漏掉，可是始终不见洋子姐姐的身影。

难道她先走了？三千子心神不定。

于是，三千子又返回教室前面去看了一下。走到草坪那边时，看到一群五年级的学生从二楼走了下来。

三千子心中一惊，她想逃到树荫处躲藏起来，可是已经来不及了。她呆呆地站在那里，脸涨得通红。

"找八木吧？她马上过来。"

有一个学姐友善地跟三千子打着招呼。

三千子觉得面颊有些发热。

不过，五年级的学生能猜到自己在等洋子，这是对自己的一种认同。想到这儿，三千子的兴奋与喜悦之情一时难以抑制。

"姐姐还在里面吗？"

三千子已经等不及了，她套上鞋套，跑进了教学楼。

在一个晦暗的拐角处，她差点和一个人撞在一起，那个人正是洋子。

"哎呀，三千子！"

"我刚才一直……"

"实在对不起！没和你约好时间和地点，我还以为你先回去了，所以就留下来处理了点事情。"

"可是……"

"可是什么？"

"我怎么会不见到姐姐就走呢？"

"对不起，是我不对。"

三千子终于没能忍住，她突然啜泣起来。

毫无缘由地寻求安慰的一种心理。

"哎呀，怎么了？有谁做什么不好的事情了吗？"

三千子执拗地摇着脑袋。

"姐姐，对不起！对不起！"

"怎么了？"

"姐姐是不是生气了，看到我和克子……"

洋子那白皙的面颊上泛起美丽的红晕。

"别哭啦，别哭啦。我没在意。三千子不仅被我喜欢，还被其他人关爱着，这是一件好事儿啊。我自豪还来不及呢。"

三千子知道姐姐是为了安慰自己才这么说的，想到这儿，她更想哭了。就像被妈妈安慰的小孩子一样，越哄哭得越厉害。

"我懂你的心意，所以我不会生气的。不要在意，没事儿的。走，去盥洗室洗一下脸。"

洋子牵着三千子的手向盥洗室走去。

放学后的校舍静得有些骇人。

不知从哪个教室传来了钢琴声。

"一定是嬷嬷，听这曲子就知道是她弹的。"

洋子也许是想起了嬷嬷写给她的那封有着"我喜欢的牧场公主"字眼并且给了她莫大鼓舞和安慰的信，黑黑的瞳孔中闪烁着星星般的光亮。

"三千子哭的话，太阳神都会惊讶的哦。还哭吗？"

三千子用双手捂住面颊，突然跑向盥洗室。

洗完脸的三千子对着镜子笑了笑，觉得看不出哭过的痕迹之后才放心地回到走廊中。

洋子的身边不知什么时候来了一个五年级的学生，正在和她说着什么。

"我还到处找你呢。看到门口的名牌没有翻过来，我就知道你肯定还没有走。"

"是吗？谢谢啦！"

之后，洋子走到三千子面前，以道歉的口吻向她说道："那位同学说森·皮埃尔嬷嬷叫我过去一趟，可能要和我说法语课的事儿。所以，实在抱歉，今天你先回去吧。我送你到坡道下面。"

三千子那刚刚破涕为笑的脸上又蒙上一层淡淡的阴云。不过，她还是轻轻地点了一下头。

洋子跑到五年级学生的入口处换鞋。三千子也无精打采地向那边走过去。

"哎呀，三千子，你还没走呢。是不是在等我啊？"

克子和两三个同学从迎宾室的狭窄入口处说说笑笑地走了出来。

"我们一起回去吧。"

克子自作多情地认为三千子是在等着与她同行。

"我，我还有点事儿。你先走吧。"三千子支支吾吾地说道。

这时候，洋子出现了。

克子马上绷紧了脸，双眸中像是燃起了熊熊的火焰。

"喂，八木同学，刚才的那封信，我已经拜读了……请你快用铁丝封上吧，否则你的花园会被我践踏得寸草不生。"

完全是一种讥讽和挑衅的语调。

"是吧？"

克子说完还和她身边的同学对视了一眼。

洋子的脸上没有任何表情，宛如湖水般平静。面对咄咄逼人的克子，她仍是一言不发。

"三千子，你刚才也看到有同学找我了，是吧？那我现在就去找嬷嬷了。正好三千子也有了同行的伙伴，你们一起回去吧。"

说完，洋子便转身离开了。

她的背影，看不出任何不安和愤怒。

三千子呆呆地站在原地。看样子，如果有人触碰她一下，她就会哭出来。

"那我们走吧。"

克子那自鸣得意的声音敲击着三千子的鼓膜，但是她并没有予以回应，只是抬头看了一眼克子那得意洋洋的脸。突然，三千子不知道想到了什么，转过身一溜烟儿跑走了。

从鞋底与砂石的摩擦声中可知三千子有多痛彻心扉。

秋高气爽的日子里，各个班级都在为即将召开的运动会做着准备。

平时毫不起眼的人会凭借这次盛会大出风头，而成绩以及操行方面的优等生则变成了透明人。

“真好！这次你加入了我们白队。”

“今年白队形势一片大好啊。荟萃了二年级和四年级的不少高手。”

“好高兴，克子也是白队这边的。”

参加二百米赛跑的经子上身穿着印有个人名字首字母的运动衫，下着运动短裤，正向同学们一一介绍着全校接力赛的选手阵容，有点卖弄的味道。

“红队也不可小觑啊，藏龙卧虎。比如那个大河原，别看她个子不高，速度相当了得。”

“不用怕，她耐力不行。”

“不过，她参加的是短跑啊。她起跑技术超群，反应特别快，如果不加以牵制……”

几个同学在旁边你一言我一语地议论着。

经子对刚才那位同学的说法嗤之以鼻。

“她啊，就不用担心了。你们不知道吗？三千子最近蔫得很，赛跑估计也出不了什么好成绩。”

“可是，那只是个人情感方面的问题。她如果全力以赴，说不定在比赛中会爆发呢，我们千万不能大意。”

这时，集合的哨声响了起来。

大树下、长椅上……大家从四面八方像小鹿一样飞奔过来。浓郁的止痛贴的味道直冲鼻子，脚上喷了老式碘酒之后显现出来的黄色也很刺眼。

“下面，我们再来练习一下健美操。‘波浪’那段，大家一定要跳出波浪的感觉，注意一下啊。”

提醒大家的这位年轻的体操老师毕业于二阶堂，她只身一人走进运动场旁边的体操室，坐在椅子上弹响钢琴。

微风吹过操场，一年级学生的黑发闪着缕缕金芒，她们修长的双腿划出如海浪般优美的曲线，和着钢琴奏出的旋律，忽高忽低，跳出了少女特有的青春气息。

一年级的健美操练习结束了。她们退场之后，五年级二班的学生进入操场。这些高年级的女孩每人手持一束纸扎的花朵，随着音乐翩翩起舞。

"今年是五年级了，特别想看她们跳《花之舞》，据说非常好看。"

有一个学生都跑到接水间了，可还是不住地回头观望。

大家或者擦拭脸上的汗水，或者穿上外衣，体操练习之前和之后都要忙个不停。

从三千子知道自己让五年级和四年级的同学关系变得紧张的那天开始，她每天上学都心事重重，甚至遇见洋子对她来说都是一件痛苦的事情。

尽管这样，克子还是高调地对三千子纠缠不休，每天都要递给她一封信，让她片刻不得安宁。

"没事儿的，没事儿，我懂你的心思。"

洋子姐姐安慰的话语还在耳边回荡。可是，最近没有收到一封她写给自己的蝴蝶结信笺。

在走廊里擦肩而过时，她也只是略带落寞地冲自己笑一笑，每天都在埋头读书。

因为要去嬷嬷的房间练习法语口语，洋子每天都是傍晚时分才能回家。

一切的一切都让她焦虑、烦躁……

"姐姐已经忘了还有我这样一个妹妹了吧。"

穿上外衣换上鞋，三千子和大家一起走进走廊。这时，从二楼走下两三个五年级的学生。她们手里拿着皱皱的纸花，行色匆匆。

洋子是否也和她们走在一起呢？

三千子心跳得有点快。

"大河原，五年级的八木是白队的还是红队的啊？"一个同学问道。

"呀，我不知道。"

"嗯？为什么？"

那个女孩用不可思议的眼神看着三千子。

既然是大家口口相传的"S"，那对方袜子的大小、盒饭的材料、周日的安排等信息皆应熟记于心。可是，现在的三千子对洋子姐姐的事情一无所知，对刚才那个问题无从回答。

"不知道"这句回答是多么不愿说出口。

"洋子姐姐的事儿啊，没有我不知道的。"她更想在大家面前炫耀一番。可现在……

"我知道的，八木分到了红队。"

一个女孩把自己获得的信息告诉了三千子。

"是吗？太棒了！"

三千子非常兴奋。

"可是，据说她不会参加任何比赛。她是红十字小组的。"

"哎呀，大山你知道的挺多啊。"

"那当然了，人家大山可是有五年级的姐姐的。"

两三个人在那儿取笑大山。

"哎呀，谣言，纯属谣言，你们真过分！"

大山这个大高个儿被大家说得弓着身子落荒而逃。

"八木竟然是红十字小组的，那我比赛结束后身体马上变得不舒服，让她照顾照顾我。怎么样？三千子。"

"我呢，那天肯定会摔倒。不管八木是否愿意，她都得给我的伤口擦药。"

大家又把"枪口"对准了三千子。

可是，从大家的玩笑话中三千子隐隐地读出了她们那半真半假的心里话。

羞红了脸的三千子在心里开始了自问自答：班级同学如此倾慕洋子姐姐，这让自己无比高兴、自豪。那姐姐一定也会因为自己被高年级的学姐喜欢而欣喜吧。她一定是真的不在意克子，所以才能平静如水吧。所以，应该是自己想多了，这样的自己是多么的小气、卑鄙。

胖胖的女工阿姨拖着草履从三千子面前经过。

"哎呀，钟声响了。"

再等一个小时姐姐应该就下课了。今天无论如何都要和姐姐一起回家。

白昼一天比一天短。秋天的晴空中白云朵朵……

港口附近的海面上，水天一色，金光闪闪。冬天的脚步越来越近了……

9. 红十字小组

生病的莱特小姐永远地离开了大家。那一天，晨雾缭绕，秋雨霏霏。

莱特小姐在日本无亲无故，生前一心扑在工作上。在嬷嬷们的祈祷声中，她结束了自己纯粹的一生。

遵照她的遗愿，她所教的女生们在学校礼堂为她举办了校葬仪式。她的墓地建在外国人聚居的山坡上。

大理石墓碑上刻有碑文，讲述她对异国少女们那份深沉的爱。

从墓地可以看到出入港口的英国船只。这意味着她将永远在此凝望来自故国的人与物。

伊人虽已逝去，但运动会仍将如期举行。两三天之后，这个校园盛会就要拉开帷幕。

"三千子，我们一定要加油！莱特小姐就是红队的，我们务必要取胜，然后去墓地告诉她。"

最近这段时间，就连在班级做游戏的时候，同学们也清楚地分成红白两队来对抗。以经子为首的白队明显与以三千子为首的红队有了心理上的隔阂。

"说实话，我也特别想赢下比赛。可是，并不是在竞争中获胜就很伟大。"

二千子想把这句话说给大家听。

经子她们为了能赢得比赛，竟然以同仇敌忾的态度来对待自己所属的红队，这太奇怪了。自己是不是在效仿洋子姐姐的淡泊名利？三千子觉得自己有一点点装腔作势。

"刚才我去订面包的时候，以经子为首的白队队员站在那里不动，不让我在黑板上写字。后来上课的铃声就响了，搞得我没能订上。"红队选手大山向三千子抱怨道。

"她们怎么能这样？！"

三千子希望运动会早点结束。

"更过分的是四年级 B 班的同学，据说她们商量好不给五年级 A 班的参赛选手鼓掌加油。"

"不是真的，这肯定不是真的！"

三千子脸色铁青，拼命地摇着头。

"太过分了！"

克子的这种坏心思，实在是不可理喻。这个和她争强好胜的秉性不无干系。恐惧感弥漫于三千子心中。

这种人根本不值得信赖，也不值得思慕。

三千子甚至没听到上课铃声。走向教室的其他同学一一从陷入沉思的三千子身旁经过。

着急奔向教室的几乎都是低年级的学生。升至四年级或五年级之后，即便此刻站在操场的最里面，也表现出一副镇定自若的样子。校服尽管都已经旧得不成样子，但她们会以替换一下水兵服上的白线或者将裙子上的褶皱重新折叠一下等方式来让自己不失体面。

回到教室后，三千子会先打开桌斗确认一下里面是否放着洋子姐姐的信笺。不知不觉间，这已经成为她的一个习惯。

"哎呀，我忘了带地理书，怎么办？"同桌的女孩喊道。

"我们共看一本书吧。今天老师给我们看标本，不带课本应该也没有问题。"三千子刚说完，就发现自己的课本也没带。

"哎呀，这可怎么办？我也没带。"

自从入学以来，这样的事情从没发生过。一时间，三千子不知道如何应对。

"你们看我的吧，我和同桌看一本就行。"后排的大山把自己的课本递了过来。

三千子如释重负。接过课本，她打开笔记本准备做笔记。

老师的高度近视镜片反射过来一道光。很不巧，三千子被她点名了。

"大河原同学，请读一下之前学过的内容。"

两个人都忘带课本的事情就这样露馅了。

老师面露不悦之色，抬眼打量了一下没带课本的三千子及其同桌，然后说道："上课忘带课本就相当于武士上战场忘记带刀，你们怎么还有脸坐在教室里？！首先，这是对老师的不尊重。这段时间，大家上课时都心不在焉。即便要参加运动会，也不能因为准备它而荒废学业吧？还以为自己是职业运动员呢？让我看看还有谁没带课本，所有忘带课本的人都给我站起来。"

这位老师以前不这么凶，今天不知道谁惹着她了，明显气不顺。

三千子和同桌的女生面面相觑地站在一起。后排的大山也受到牵连，这让三千子深感内疚。

"老师，大山同学没有忘记带课本。她看到我们两个都没有课本，所以才好心借给我们的。"

"哦，那好吧。"

老师的脸色稍微缓和了一些。

"好吧，三位同学都坐下。今后一定要注意！"

老师说得没错，自己就是因为运动会才变得心浮气躁，所以才忘了带课本。

刚才自己还在那儿冠冕堂皇地说什么要有一颗平常心，不要那么想赢怕输……可是，以经子为首的白队队员不是幸灾乐祸地看着被罚站的自己和大山吗？既然这样，那我们红队就要战胜你们，怎么能容忍你们这样挑衅！

三千子觉得自己内心深处有一团火焰在熊熊燃烧。

这次秋季运动会竟然让少女们如此热血沸腾、全力争胜。

天空瓦蓝瓦蓝的，像一块覆盖着大地的蓝宝石。

各个项目都在按部就班地进行着。

马上就要到四年级的"购物竞赛"了——这是一项有趣的比赛，非常受欢迎。

在距离起跑线五十米远的地方放着一些信封。再往前五十米的地方则放着叠起来的尺寸较大的便条。写在信封上的字指定了购物范围，比如蔬菜水果店、鱼店、肉店、炭店、面包店，等等。参赛者在第一个五十米处看到信封上的信息之后，需要在第二个五十米处找出与之相匹配的便条。这个挺费事儿，想要获胜，不仅要跑得快，还需要具备较高的购物能力。

观看比赛的学生们看到选手们手忙脚乱的样子，有人急得想去帮忙，有人觉得很有意思……

"快点啊……鱼店的购物者都已经跑起来啦。"

"别着急，稳住。"

大家捧腹大笑的时候也没有忘记为自己这边的运动员加油，红白两队互不相让。

信封上的内容与便条信息相符的人还需要跑到第三个五十米处寻找"实物"。炭店的购物者是寻找装有炭块的篮子，鱼店的购物者是寻找鲷鱼与鲑鱼的图片，面包店的购物者是寻找写有"面粉"二字的一袋沙子……找到相应的"实物"之后就可以向着最后的五十米冲刺了。

在这全长二百米的赛程中，共设有三个关口。而"闯关"才是观赛的同学们喜闻乐见的。

第一个冲到信封处的选手到达便条处后寻找"蔬菜水果店"，因为进展不顺利，被其他选手反超。到"实物"区时，又冲到了第三名。遗憾的是，冲刺后又落到了第四名。大家你追我赶，悬念迭起，吊足了观众的胃口。

"那个蔬菜店的选手，姿势也太逗了。没有必要非得把胡萝卜和菜叶抱在怀里跑吧？"

"炭店的倒是帅气啊，拎起筐就跑。"

学生们即便在观赛时，也不忘关注选手的动作是否漂亮潇洒。即便是冠军，如果姿势不帅、过程狼狈，那也不会入她们的"法眼"。

平时不太造访学校的家长们齐聚在亲友座位区，他们一边用目光追逐着自己的女儿，一边争相夸赞对方的"公主"有多优秀。

现在已经出发的是四年级 B 班第三组，克子也在其中。

终点旁的帐篷上飘扬着红十字旗帜。帐篷内有负责医疗保障的三个嬷嬷、一个校医、一个护士以及五年级红十字小组的五名成员。洋子的胳膊上佩戴着红十字袖章，欣赏着运动场上的比赛。

作为红十字小组的成员，洋子之前一直在忙个不停。有人因长时间在阳光下暴晒而头痛，洋子给简单地处理了一下之后将其护送到教室；还有人获胜后突发晕厥，洋子与众人一起把她抬到担架上……秋阳下的洋子额头上渗出了细密的汗珠。

"这一组有克子哦。"有人在她耳边小声说道。

"是吗？"

洋子显得不是很感兴趣。不过，她还是想知道结果如何，所以走出帐篷，和大家一起观赛。

克子不愧是运动健将，第一个五十米无人能敌。第二个五十米也是一马当先，只见她迅速选好了该买的物品，冲向了第三个五十米处。

看着赛场上克子的飒爽英姿，洋子忘记了以往的"恩恩怨怨"，暗暗地为她加油鼓劲。

果然，拿到"实物"的克子第一个从小组里"杀"了出来。可是，就在她的后面，有两个对手正在奋力追赶。距离在一点点缩短……哎呀，三个人几乎是齐头并进了。

就在这个时候，克子被面包店的"面袋"绊了一下，摔倒在地上。紧接着，一个人，又一个人，那两个选手相继摔倒并压在她的身上。

刹那间，运动场上变得鸦雀无声，一种不祥之感弥漫在整个场地之中。

在这个当儿，后面的几个选手已经夹着"货物"冲向了终点。可是，克子却倒在原地一动不动……

"我们过去看看吧。"

红十字小组的几个人对视了一眼之后，从帐篷跑向克子摔倒的地方。

快要抵达的时候，压在克子身上的那两个人已经站起来了，她们拍拍身上的灰尘，继而向终点走去。

可是，克子还是躺在那里一动不动。

"怎么了？来，抓住我。"洋子抱着克子的肩膀说道。

"哎呀，出血了，不得了。"

护士们也跑过来帮忙了。

大家一起把克子搬到担架上径直抬走了。

起点处，另一组选手已经出发。

那个沾有少许血迹的"面袋"被现场的工作人员及时换走。

因为处置得迅速而且得当，这个突发事件并没有影响后面的比赛。观众们也没太在意，仍旧兴高采烈地欣赏着其他组的竞赛。

可是，红十字帐篷中却是另外一种景象。

护士为克子拭去鼻血，又用药品对她额头上的伤口做消毒处理。这时，校医走到护士身边对她耳语道："也许伤到肋骨了，因为胸口受到了猛烈的撞击。"

医护人员对克子的检查和诊断还在继续。

嬷嬷脸色大变，一个人冲向医务室。

为了将这次突发事件的影响降到最低，大家从帐篷的后门将克子用担架抬到了医务室。

嬷嬷一直陪在克子身边。

搭在运动场上的帐篷内空无一人会让人觉得发生了什么不好的事情，为了不影响前来参加运动会的嘉宾们的兴致，校医做完紧急处置之后，让克子先安静地休息一会儿，然后就又回到了帐篷中。嬷嬷决定先把洋子一个人留下，之后再由大家替换着轮流照顾克子。

现在，医务室里只剩下受伤的克子和红十字队员洋子两个人……

这是一个墙壁为灰色且毫无装饰的房间。在运动场那边欢声笑语的衬托下，这里愈发显得冷清、空寂。

外面阳光和煦，温暖如春，这里却是冷冷的清秋。

从这个略显破旧的房间墙壁的裂缝中，甚至都有可能跳出一只蟋蟀……

洋子回忆了一下刚才发生的一幕，事情发生得过于突然，让她觉得像是一场噩梦。

"怎么样了？还疼吗？稍微睡一会儿吧。"

洋子柔声细语地安抚着克子。不过，克子并没有回应她。

克子的额头上缠着绷带，胸口敷着冰块。她的面部肤色微黑，但很有光泽。可能是因为受伤的缘故，脸色变得煞白。

虽然脸部轮廓显得硬朗刚强，但以往丰润的嘴唇现在却像一张纸似的层层干裂开来。

"不用担心，没事儿的。闭上眼休息一会儿吧，睡一会儿就有精神了。不要再睁着眼睛了。"

不管怎么劝，克子还是睁着毫无神采的眼睛紧紧盯着天花板。

"好胜的克子在受了这么重的伤之后仍在敌视我吗？不愿意被我照顾？"

洋子心里思忖着，然后轻轻地坐在椅子上。

风吹树叶的声音让人觉得是阵阵冷雨来袭，偶尔也会有落叶轻轻敲打一下窗棂。

"闭上眼睛！"

这次，克子终于慢慢地合上眼睑，似睡非睡地躺在那里。

也许是有点发烧，她的两颊微微泛红。这个样子和以往的克子判若两人。此刻的她面容姣好，文雅柔弱。

嬷嬷和班主任走了进来。

"家里应该也来人了吧？八木，你到亲友座位区看看，如果她家里有人在，你就领过来吧。"

洋子跑出医务室之后，立刻到一年级座位区找三千子。

三千子貌似刚刚参加完比赛，她身披夹克衫，一边揉着腿，一边坐在那里休息。

"姐姐，我输得有点不甘心，第二名。我本来还想着好好摔一跤，好让你照顾我。注意力不集中，起跑时就落后了。比赛时太投入了，也就没再想什么摔倒的事儿。遗憾啊，既没得到姐姐的照顾，又只得了个第二名。我是不是输得有点窝囊？"

三千子明显是在用撒娇的方式寻求洋子的安慰。

"哎呀，姐姐的手怎么这么凉，怎么了？找我有事儿吗？"

"你知道吗？刚才克子参加购物竞赛的时候受伤了。你和我一起去找找看，看她的家人是不是来了。找到后我们就带他们去医务室。三千子，你在轻井泽的时候应该见过她的家人吧？"

三千子已经从洋子的表情看出来事情可能蛮严重的，所以也就没多问，默默地点了点头。

"另外，我希望你也能去看看她。她见到你可能会心情好一些。"

"嗯，嗯。"

洋子的体贴周到深深地打动了三千子。

"她伤得重吗？"

"伤得倒不是很重。但是，如果引发胸膜炎就不好办了，毕竟胸口被撞到了。"

两个人带着隐隐的不安到观众席寻找克子的家人。

她们还担心克子的病情会突然恶化，死在那个阴森森的房间里。

"看到了，看到了。她妈妈在缝纫室前面。我过去叫一下。"

三千子穿过人群，向那边奔跑过去。

周围非常嘈杂，洋子呆呆地站在那里陷入沉思。她仿佛听到了自己内心发出来的声音。

之前，对于能结交到三千子这样的妹妹，洋子感到无比快乐。其中有独占之后获得的满足感，也有战胜克子之后的自豪感。

洋子并不想与克子为敌。可站在克子的立场想一想，输给别人对她来说是多么遗憾的一件事，所以她想赢回来。越是这样想，她就越滑向罪恶的深渊……

从这个春天开始，克子就事事都针对自己，可是，认真地想想，始作俑者难道不是自己吗？

"姐姐。"

三千子领着克子的妈妈走了进来。

运动会已经接近尾声，几个红色的气球慢慢地飞向高空。

"三千子？三千子也来了？"

克子静静地睁开双眼。

大家决定让克子先休息一会儿，然后再用救护车送她去医院。几位老师都离开了医务室，只剩下克子妈妈和洋子两个人。

嬷嬷的助理送来了插在花瓶中的菊花和围毯。

"三千子在吗？"克子轻声问旁边的妈妈。

三千子去教室取外衣和便当盒了。洋子也出去打电话了，此刻不在医务室。

"三千子刚才还在，刚出去……不过她说马上就回来。对了，还有一位姑娘刚才也在，是五年级的，挺文静的一个女孩。她非常担心你，还跑过去找我了，然后领着三千子一起过来的。还让嬷嬷给你拿花过来。你摔倒的时候我正好去喝了杯茶，所以就没有看到。

那些老师啦同学啦都在积极地帮忙。"

"是吗？"

克子紧闭着双眼，但是有几滴泪水从她的眼角滑落。

"虽然身体受了伤，可心情却舒爽得很。我甚至觉得自己受伤也挺好的，妈妈。"克子轻声细语地说道。

就在这个时候，洋子和护士来接克子了。

"车来了。"

被抱着马上要进到汽车中时，克子一直看着洋子那扶着自己腰身的纤长的手指。

"你也陪着她一起去吧。"洋子对三千子耳语了几句，把她轻轻推到车里。

然后，洋子又往返于校门口和克子的班级几次，把克子的书包等物品都取了过来。

"多保重！"

汽车已经开动了，洋子却还是一脸担心地站在那儿目送着大家。

到了医院之后，克子首先需要接受 X 光透视检查。

"这次三千子来做我的守梦者吧。"克子回过头微笑着说道。

她是为了宽慰三千子才这样说的。不过，三千子听后心头猛地抽动了一下。

自己在轻井泽发烧时，克子曾在身边陪护。她那甚至对梦中出现的洋子都万般嫉妒的浓烈爱意……总觉得克子摔倒受伤与自己有很大干系。

详细的检查结果出来了：右肺挫伤，不排除诱发急性胸膜炎的可能。

额头的伤口缝了两针。

傍晚时分，克子又开始发烧，白色绷带缠绕的脸庞明显消瘦了下去。

　　"三千子在吗？"

　　克子被烧得说胡话的时候经常会呼唤三千子的名字，三千子也就一直陪在病床边没有回家。但是，三千子毕竟还是个孩子，不知道如何安慰克子，只是缩着身体坐在椅子上看着面无血色的克子。她自己都有种要哭出来的感觉。

　　晚饭的时候，克子妈妈回到了医院。

　　翌日清晨，早早来医院探望的三千子发现克子的气色已有所好转。

　　"给你带了人偶和花。"

　　"谢谢！我看看。"

　　克子接过三千子手上的花篮。

　　"好可爱！是干花吗？"

　　"对，我希望它永不凋谢，一直到你痊愈时。"

　　"永不凋谢的花朵，是吧？"

　　克子点点头，露出清澈的笑容。

　　"我想起过往的很多事情，觉得非常后悔。实在对不起！三千子。"

　　三千子慌得涨红了脸。

　　"怎么这么客气？为什么？"

　　"不用我说三千子你也明白吧？我以前那么任性。"

　　"是不是因为生病才变得不那么强势的？"克子变化太大了，让三千子不敢相信自己的耳朵。

　　可是，克子的言辞之间确实多了很多和以前不一样的东西。

　　"我呢，如果是我，看到洋子像我这样受了伤，我会幸灾乐祸的。

可是，洋子是那么细心周到地照顾我，还立刻把你叫过来……要是我，我不会告诉三千子的，我会瞒着你。"

"别说这样的话，你的身体还没有完全恢复呢。"

三千子想用手捂住克子的嘴。

听到克子的真情告白，三千子反而心生恐惧。

克子对洋子的敌意已经冰消雪融，这是一件值得高兴的事情。可是，高兴之余，三千子又觉得有些不好意思再去听克子那些掏心掏肺的话了。

不愧是克子，她敢于正视自己的内心，敢于将内心最阴暗的部分曝晒在阳光下。毫不留情地鞭笞丑陋的自己，深刻地解剖自我，这才是真正的强者。

三千子不由得对克子大加赞叹："太伟大了！实在是太伟大了！"

"我想向洋子道歉，我对她做了很多过分的事情，而且是明知故犯。她会原谅我吗？"

"她肯定会非常高兴的。要是觉得你不好，姐姐昨天就不会那么……"

三千子觉得自己失言了，在克子面前称呼洋子为"姐姐"会让她很反感吧。可是，已经这样叫惯了，就顺口说了出来。

"没关系的，她就是你的姐姐啊。我也想叫她姐姐呢，当然，我得先问问她是否同意。"

克子眼睛里闪烁着迷人的光芒。

"洋子和三千子之间的事儿，我都知道。尽管这样……"

"我去叫姐姐过来。"

三千子已经兴奋得坐不住了，她蹦蹦跳跳地消失在走廊尽头。

运动会的善后工作由三年级以上的同学来做，一、二年级的学生休息。

三千子在医院前面那一站上了电车。到了学校，她发现高年级的学姐们已经把校园收拾得非常整洁干净。和往年一样，装饰用的小旗、各色丝缎、纸花以及仿照教堂的大钟制成的"铃割"要送给附近的孤儿院，所以都被捆在一起。

三千子从旁边经过，然后来到了教学楼。五年级的同学正用墩布认真地擦着地板。

嬷嬷抱着一捧刚剪的鲜花走进自己的办公室。

"请问，您知道八木在哪儿吗？"

走到一位五年级同学身边，三千子非常客气地问道。

"哎呀，这不是三千子吗？"

她正是昨天参与红十字医务工作的成员之一。

"是的，克子今天早上看起来很有精神。不过，她要请一段时间的病假。"

"哎呀，那还挺严重的……八木很可能在二楼的教室。"

说完之后，这位学姐就去二楼帮三千子找洋子了。

听说三千子过来找自己，洋子非常惊讶。她连围裙都没脱就跑了出来。

"姐姐，有个特别重大的好消息要告诉你。"

"什么消息？"

"克子她说要给你道歉呢。"

"啊？！"

洋子讶异得睁大双眼，黑黑的瞳孔像两粒黑葡萄。她一动不动地站在那里，扑闪着长长的睫毛。

"她特别感谢你，说你昨天帮了大忙……她又提到了她自己的任性刁蛮，担心你是否会原谅她。还说想见你……所以，我就来找你了。"

"三千子，太好了，谢谢你！"

洋子没再多说什么。眨眨眼之后，她慢慢地低下头。

三千子很是激动，喜悦之情自不必说，更有些许伤感。

虽默默无言，但内心炽热滚烫，仿佛要将两人融为一体……

两个人牵着手漫步于走廊之中。而这里，正是三千子第一次收到洋子信笺的那条走廊……

互相背叛的少女之心、你争我夺的那一枚花瓣、互伤互折的爱慕之情，这些负面的点滴慢慢汇成一片阴云，笼罩了这个校园几个月之久。不过，就在今天，这一切都消失殆尽，头上晴空复现。

"扫除结束啦！"

一声欢呼之后，脱掉围裙的学生们快乐地跑向校园。

10. 启航之春

　　山坡上的小公园里，树木慢慢瘦了下来。曾经幽暗的林中小径现身于明亮的阳光之下；树木早已落光了叶子，只剩下光秃秃的枝条，透过缝隙可见远处的街市。

　　这是临近元旦假期的一个午后。洋子与三千子徜徉其中，享受着冬日的暖阳。

　　"三千子，我最近真的是神清气爽，以前从来没有过这种感觉……而且，马上就要到圣诞节了，真好啊！"

　　"是啊，我也一样。不过，圣诞节之后就是元旦，元旦之后就要眼睁睁地看着姐姐离开校园。谁走都可以，唯独不想让姐姐走。所以，不知能不能撒下魔法之网，把姐姐拦在校园里。说真的，三千子想把那扇银色的大门紧紧地关闭。"

　　"不要再说这样的傻话了，难道你还不明白吗？我们是不可能一辈子都在一起生活的。"

　　"可是，我不相信那种虚幻的心心相通。"

　　"是吗？最重要的难道不是内心的感受吗？"

　　"那倒是。可是，我想一直在你身边……"

　　"那是因为三千子不了解人的信仰。"

洋子像学校里的嬷嬷一样温柔地注视着三千子，眼神深邃。当然，她并没有解释何为信仰。她相信三千子只要看着自己的眼睛，就能感悟到什么是信仰。

"送克子什么圣诞礼物好呢？你帮我想想吧。"

"让我帮你想？"

三千子两只大眼睛在滴溜溜地转。

"只要是姐姐的想法，我都赞同。不过，买圣诞礼物嘛，最好不要和人商量，圣诞节那天再揭晓答案。"

"这样啊。"

三千子好像想起了什么。

"姐姐和克子能成为好朋友，都是因为姐姐心胸宽广。当然，克子也很了不起。而且……"

话还没说完，三千子突然就不好意思说下去了。

"怎么了？'而且'什么呢？"洋子催促道。

"如果我说出来，会被人觉得自大，所以有点不好意思。"

"没关系，没关系，你再自大，也不会自大过头的。三千子是一个可以自大的人。"

"哎呀，那我更不好意思说了——说起来，让你们两个'水火不容'的是我三千子，是吧？"

洋子笑着点了一下头。

"让你们成为金兰之交的也是我，是吧？……所以呀，所以，我想送给克子和姐姐一份精美的圣诞礼物。究竟是什么呢，暂时保密。"

"很期待！三千子会送我什么礼物呢？还得坚持到圣诞节的早上。不过，这样的坚持，不管多少次，我都心甘情愿。"

顺着坡道再往下走一会儿，就来到洋子以前住的大宅院附近，在路边就可以看到那幢房子的屋顶。

两个人都发现了，可是谁都不想提及这件事情。

洋子搬到牧场的那个新居之后，每天过得快乐、充实。可是，这个大宅子毕竟留下了她悲伤的印记……

"克子马上就要痊愈了，这下我们再也不用担心了。休息的时候我们一起去看看她吧。"

"好的，圣诞节那天我约姐姐。"

"好的。不过，圣诞节我有自己的计划。我准备的圣诞礼物，一定会让三千子吃惊的——收到后一定要高兴啊！如若还是以前的那个大小姐，我是不能送三千子这么好的礼物的。那份礼物饱含着我最近的所思所想以及我的希望。等着吧，三千子。"

洋子满脸认真的样子让三千子突然担心起她要送给自己的那份礼物了。

好像不是一般意义上的礼物。既不是丝带，也不是巧克力、人偶，究竟是什么呢？

圣诞节这天，三千子在阳光下擦着皮鞋。

刚才收到了洋子姐姐寄来的快递。读完信笺上的文字，三千子想独自安静地思考一会儿。擦鞋倒是其次，她只是想晒晒冬日的暖阳，同时思考一下姐姐的用意。

爱捣蛋的昌三哥哥也放寒假了，家里实在没法长待，他肯定会嘲笑自己，还可能会胡思乱想。

三千子装出擦皮鞋的样子，其实是在默默地回味姐姐写在信笺上的文字。

三千子，向你致以圣诞节最诚挚的祝福。

请和我一起来接受我送给你的礼物。

今晚六点之前，我们在圣安德烈教堂不见不散。

补充：请穿上校服。一定！

接到信后这半天，三千子都是在心绪不宁中度过的。

圣安德烈教堂，在那里等着我的姐姐将赠予我礼物。三千子心想。

为了参加圣诞节庆祝集会而特意新作的礼服、丝带、手提包等都放在家里，穿上洋子姐姐指定的校服……不过，鞋子她还是选择了已经擦拭好的崭新皮鞋。

看着三千子的这套行头，妈妈疑惑地问道："还是穿校服？八木不是邀请你过去玩吗？"

"洋子姐姐确实邀请我了。不过，她特意叮嘱我要穿校服过去。我想这总是有原因的。"

"是吗？煞费苦心的感觉。不过，你自己精心准备的衣服说放弃就放弃，还真是听她的话啊。"

"妈妈，别这么说。洋子姐姐是金点子大王，这次肯定也做了精心的安排。"

就这样，三千子拿着礼物走出了家门。送给洋子姐姐的这份礼物是自己千挑万选的，可是，只怕难以与姐姐的那份神秘礼物相媲美吧。

圣安德烈教堂离洋子家的牧场不远，是一个老教堂。牧师是一位上了年纪的法国人。教会还办有附属幼儿园。

不过，三千子对这些一无所知。她只知道那里有一个教堂，而且这还是洋子姐姐告诉她的。

正因为如此，三千子一路上都在憧憬着教堂中美轮美奂的喜迎圣诞的场景。

从大路拐进一条幽深的小巷之后，教堂里的灯光清晰可见。

画有十字架的一对灯笼高悬在大门两边。

走进大门，可以看见两侧的蔷薇花坛。寒冬时节，几乎所有的蔷薇花都已开败，只剩下光秃秃的枝干。可是，有一枝上面残留着未开放的花蕾，经过霜冻，已经枯萎。

三千子借着教堂投射下来的微弱光线打量了一下庭院之后，走进了教堂。

里面寂静无声，让人很难相信这是圣诞前夜。

值守教堂的是一盏光线昏暗的灯，既没有接待人员，也毫无热闹的节日气氛，只能听到一阵阵悠扬的风琴声。

姐姐在哪里呢？三千子伫立在入口处向里面张望。

少顷，琴声止，人声起。

一群小孩子从里面咚咚咚地跑了出来。他们一个个衣衫褴褛、面有菜色。在孩子们后面，一众朴实且贫苦模样的妈妈们鱼贯而行。

"什么呀，这就是圣诞节？和我想象的完全不一样。"

三千子张皇失措，想要逃离这里，却又无路可逃……

"三千子，你来了。快进来啊！"

洋子从里面走了出来。

神父们也和大家一起走向集会地点。

三千子满腹狐疑，似乎想和面前的洋子说点什么，但又没能说出口。

"三千子，让你吃惊了，对不起！这是一个有慈善传统的教堂。这次庆祝活动主要是为托儿所的孩子们举办的，而且'星期日学校'

的学生们也会过来一起庆祝。我现在还没有能力照顾托儿所的孩子，所以暂时只是在陪'星期日学校'的学生练习会话。"

听了洋子的一席话，三千子心中感慨万千，她似乎又一次感知到了洋子的纯粹与美丽。

发挥自己的禀赋优势、不求回报地去做一些对他人有益的事情，这是多么有意义的工作。为他人造福也会让自己幸福满溢——"奉献"一词已经深深地根植于洋子心中。

"圣诞节并不意味着盛装华服、莺歌燕舞，以及琳琅满目的礼物。与人分享快乐与喜悦，和他们一起欢度节日；与贫苦的人们共享美好的东西，让他们体会生活的甘美，这才是圣诞节真正的意义所在……"

洋子靠在傍晚冰冷的墙壁上，声音如同天国少女般澄澈。在三千子眼中，姐姐是家境优渥、养尊处优的千金小姐，而她体现在言行中的求真务实的精神亦在熠熠生辉。

姐姐的思想境界已经升到高空仰望众生，而自己却平凡得一无是处。想到这儿，三千子满怀惆怅。

可是，虔敬之情也在三千子心中慢慢升腾。

明白了！这就是姐姐送给我的圣诞礼物。姐姐正在高处召唤我……

能称呼赠送自己如此精美礼物的洋子为姐姐，这是多么幸运的一件事情。而幼稚地期待姐姐能赠送华美"实物"礼品的自己，又是多么可笑。

"姐姐，我明白了，你送给我的礼物是……"

那就是一双全新的心灵之眼。

微风与树木于冬夜之中一唱一和。在这个夜晚，身着红装的圣诞老人会乘坐雪橇来给孩子们馈赠神秘礼物。

"当——当——"浑厚的钟声响起,宣告圣诞演艺活动正式开始。

"我们快去观看吧。"

"参加演艺活动的都是些什么人?"

"大多是教徒。不过,安德烈教堂的'降诞祭'五点半就结束了,有的教徒早已回家。还有一些是托儿所孩子们的家人,他们是来观看演出的。今天的演出主要是为贫穷人家的孩子举办的,因此大家都着装朴素。"

原来如此。三千子终于知道姐姐让自己穿校服的缘由了。这让她对圣诞节的意义有了更深的理解。

这是属于托儿所孩子们的圣诞节,是让三千子有了意外发现的圣诞节。

集会场所的入口处,鲜花装饰的十字架已经降下,用来摆成巨大图案的蜡烛的光焰在风中摇曳。

室内中央安装有暖炉。围坐在各处煤油炉周围的人们都在焦急地等待着。

孩子们耐不住性子,跑到舞台上掀起幕布。被保育员厉声训斥之后,他们就叽叽喳喳地跑开了。洋子和三千子坐在靠后的位置,周围是坐得整整齐齐的"星期日学校"的学生。

钟声再次敲响,大幕拉开。观众席的彩灯尽熄,场地中央圣诞树上的彩灯仍在闪烁。

"看那边,树上的小灯开花了。"

一位怀抱婴儿的女士对旁边的小女孩耳语道。

舞台的背景是黑色的,闪闪发亮的小星星镶嵌其间。

这时候,神父出现了。他用流畅自然的日语做了个简短的发言。

"大家好！感谢大家的到来，谢谢各位！祝愿你们度过一个愉快的夜晚！下面，请欣赏节目。"

神父身着饰有刺绣图案的法衣，显得和蔼可亲。

三千子回忆起高原上那位穿着大鞋的牧师。在那个夏日里，被克子"刺激"后的自己是那么的偏激、焦躁。不过，那颗曾经躁动的心已经平和。现在那里是否已经大雪纷飞？自己多想把这个消息亲口告诉牧师啊！

舞台上打出一行字幕，预告即将表演的节目：

一、伊甸园（对话，A 班）

不久之后，铃声响起，传来了轻柔的钢琴声。

舞台被蓝光笼罩。

中间立着一棵大树，上面长满了苹果。慢慢地，舞台越来越亮。这时候，从幕后传来孩子们的歌声。

花朵啊，花朵啊，请睁开双眼，

小鸟已经开始鸣叫，天亮了。

……

孩子们歌唱着从幕后走了出来。有人扮成花朵，有人扮成小鸟，有人扮成果实。

我们是上帝的鸟儿，唱着上帝之歌。

我们是上帝的树木，结出上帝所赐予的果实。

洋子在三千子耳边说道："就是这个，我教他们的——"

孩子们欢快地摇动着小小的身体。

歌声仍在继续，烘托出伊甸园的氛围。

亚当与夏娃出现了。在邪恶之蛇的诱惑下，他们偷吃了禁果。这时，上帝出现了，他伤心地看着眼前违背禁令的两人。亚当与夏娃羞愧难当，伏地认罪。

"你们自食苦果，那就离开这里去承受更大的苦难吧。然后，请自己去寻找幸福。"

灯忽然熄灭了。花、鸟、果实以及舞台也都消失不见。大幕落下。

托儿所的孩子们不可思议地看着舞台。

其中一个孩子向妈妈解释道："知道啦，知道啦。偷了别人的东西，那两个人。所以，受到了上帝的训斥和惩罚。"

"三千子，现在说话的那个孩子，听说九岁了。可是，腰椎患了病，站不起来。她妈妈出去工作了，就把这个孩子长期寄养在这里。"洋子说道。

三千子不由得探起身向那边看了一眼。

这时，一位"星期日学校"的老师站在幕布前说道："大家知道吗，今天来了稀客。对于我们来说，这是一个大大的惊喜。他们就是正在慈善医院疗养的孩子们。听说他们的身体正在慢慢恢复，希望能早日痊愈。下面，让我们静静地聆听他们带来的歌曲。"

观众们齐刷刷地抬起头，等待着幕布开启。

大幕缓缓升起。

——啊！太让人痛心了，他们太可怜了！

舞台上并排站着五个孩子。有的腿上缠着厚厚的绷带，有的瘦骨嶙峋、面如土色，有的双眼蒙着纱布……看样子也就五六岁，最多不超过八岁。

面向观众鞠了一躬之后，几个孩子开始了他们的演唱。

　　每一个安睡的夜晚，都有金光闪闪的星辰守护相伴。

　　每一个黑暗的夜晚，金色星辰守护天空，也为我们指引前进的方向……

三千子沉浸在孩子们的歌声之中，不禁热泪盈眶。

一扭头，她发现洋子也已泪流满面。

舞台上的孩子们仿佛在向全世界的儿童诉说着内心的感动。观众席寂静无声，大家都被孩子们演唱时那专注的神情与可爱的童音深深打动……

也许，天上的星星真的能听到这些不幸的孩子们的心声吧。

三千子紧紧握着洋子的手。

"姐姐，谢谢你赠予我这么好的圣诞礼物！"

"三千子，明白了吧？这世上并非只有外表华丽的事物。所以，你要珍惜自己的幸福生活。"

三千子诚恳地点点头。

"我都不好意思把礼物拿出来了，那个给你准备的圣诞礼物。"

"哎呀，你怎么这样，我可是一直期待着你的礼物呢……"

"不要取笑我了。我准备的这个太幼稚了。"

三千子拭去眼角的泪水，然后把一个白色的盒子递给洋子。

"谢谢！我可以现在打开它吗？"

洋子一脸兴奋地打开盒子。只见里面装着一个带有银色细链的纪念盒，旁边是一个用巧克力制成的圣诞屋。

"实在是太感谢了！我都激动得不知说什么好了。这个纪念盒一定会成为我的守护神。"

三千子也是欢喜满怀。

第三学期已经接近尾声，学校笼罩在一片躁动不安的气氛之中，就像万千船只即将启航的港口……

离愁别绪萦绕在少女们心头。

在校园的角落里，几对姐妹在依依惜别。

克子前几天已经出院了。不过，她还没有来上学。洋子与三千子还是一如既往地亲密无间。只是，洋子不想伤害克子，所以刻意与三千子保持着一定的距离。

或许克子与洋子持有相同的想法，所以才特意推迟返校日期吧。

即将步入社会的毕业生们像是突然长大了，言行变得成熟稳重，互相交流着自己的人生梦想。

春天的气息从海港慢慢扩散开来。

这是一个微风拂面的午后。

"终于要毕业了，还剩一周喽。发现没？最近老师们不太发火了。"

"不止如此，她们还抚慰我们说'我是爱之深责之切啊'什么的。"

"那位教礼仪课的老师真的是来了个180度大转弯啊。"

"唉，没有人比她更能唠叨了。不过，一想到进入社会后就没有人苦口婆心地给我们讲道理了，还真有点怀念呢。"

"是啊，想想就发愁。以后老妈会对我更严苛，这不行那不行的。另外，我们还会遭受社会的毒打。"

"等你嫁人了，是不是天天被你家那口子横眉冷对啊？"

"讨厌，看我不收拾你。"

女孩子们相互追逐着嬉笑打闹。毕业离校就像坐船远赴异国他乡，让这个年龄的少女们更添愁绪。

"听说 A 班一半以上的人都要升入专修科，找工作的人也不少。反观我们 B 班，都是些得过且过的主儿。你看，多少人报了新娘培训学校。"

"说这个可就是装傻了吧，听起来像是和别人说'山田已经订婚了这事儿完全是谣言哟'。"

"假的，就是假的。"

被奚落之后，山田红着脸逃走了。

山田跑到校园尽头时遇见了洋子。在洋子身后，侍奉嬷嬷的一个戴着白色帽子的修女拿着个大袋子跟在后面。

"八木，你这是——"

"有点事儿。"

洋子领着修女走进勤杂工的房间。

山田觉得洋子有点怪怪的，歪着头在那边站了片刻。不一会儿，铃声响起。

这个时期的老师大致分为两类：一类老师对学生们的浮躁视而不见，想着为了交差也应该把教材中剩下的内容讲完。另一类老师则对学生们吊儿郎当的样子很是光火，动不动就要吼上几句。

"你们是不是觉得毕业就意味着成就自我了？如果是这样的话那就太荒唐、太肤浅了。实际上，你们还稚嫩得很。你们学到的只是皮毛，是处事的权宜之计而已。最重要的是将来你们如何将自己学到的东西运用于现实生活中。期待毕业是人之常情，我也不例外。可是，越是这个时候越应该重视学习，否则将一事无成。一生中我们要经历无数次考试，每次都是历练自己的好机会。所以，今天我就来考一次。"

——好不容易熬到这个时候了，这位喜欢考试的老师又来添堵。班级里一片哗然。

"好吧，等你退休或者升职的时候，我们就当不知道，可不参加你的什么庆祝宴会。"

有的学生对这位喜欢考试的老师心生恨意。

"反正分数高分数低都不影响毕业成绩了，愿意做啥就做啥吧。在学生快毕业的时候搞点事情，这也是某些老师的怪癖吧。"

也有学生这样想。

可是，讲台上那位喜欢考试的老师一点都不在乎学生们的想法，看着学生们慌张的样子，说不定还乐在其中呢。这可能真的就是老师们"最后的疯狂"吧。

"那，我就开始出题了，考试时间 40 分钟。"

1. 简述佛教在日本的传播情况。

2. 简述法国革命的历史原因与现实原因。

3. 请写出以下几部作品作者的名字：《土佐日记》《源氏物语》《徒然草》《弓张月》以及《仲夏夜之梦》《浮士德》《战争与和平》《罪与罚》。

"老师，只写第二题的答案就得 40 分钟啊。"

再生气、再有怨气也无济于事了。老师写完考题之后就离开了教室。

教室里响起铅笔在纸上滑动的沙沙声。

"八木、八木，给我看看。"有人小声叫着洋子。

"像这样在考场上'互帮互助'应该是最后一次了，女孩间的感情是多么浅薄且易变啊。"洋子苦笑了一下。

"可是，我和三千子之间的友情将永不褪色。"在即将与三千子分别之际，洋子暗下决心。

就在刚刚，三千子还在催八木给她纪念照。

"洋子小姐，快点把照片给我啊。"

"明天就能出来了。我肯定会在第一时间给你的。你看，咱俩最近拍的照片……"

洋子摘下颈上的银链，递给三千子。是那个圣诞夜三千子送给洋子的小银盒。

打开盒盖，三千子看到了里面那张两人微笑着的亲密贴面照。

"这是能够在悠悠岁月中慰藉我的一剂良药。"

"姐姐，以后每个周六的晚上都要给我写信啊。"

"想写的时候就会写的，不用非要定在周六。"

"那不行，我是希望你一定要在周六的晚上想着我。其他的日子就忘记我吧，你还有很多事情需要处理。"

"好体贴，处处为我着想。我永远都不会忘记你的。那天，我在'红宅子'中遍寻不到你的时候，我就已经暗下决心，找到你之后一定不再让你消失不见……"

"我躲藏的时候也非常伤心。姐姐如果找不到我，那我可能就会永远消失了。"

"过去的那些岁月，是多么快乐幸福。"

洋子和三千子并肩漫步之时，轻声聊着过去的美好时光。

"这一年，要和克子好好相处哦。"

洋子的声音澄澈悦耳。

"克子是个争强好胜的人，希望你能理解她。否则她可能又要逞强了。明白吧？"

三千子深深地点了一下头。

这时，一曲悠扬婉转的离别之歌在耳边回响。

> 上帝与你同在，
>
> 守护着灿烂前程。
>
> 上天赐予食粮，
>
> 给我以力量。
>
> 待重逢之日，
>
> 待重逢之日，
>
> 陪伴我身边。

"每每唱响这首歌，大家都会泪流满面。孩提时代我也曾因《萤之光》而热泪涟涟。现如今，这种离愁别绪更是涌上心头。"

"姐姐，我要代表一年级学生读送别辞。"

三千子心中满怀期待，她已经朗读了无数次那首献给姐姐的离别之辞。

"太好了！我也要代表毕业生致辞。让我们一起加油。我会真诚地回应你。不过，也许我会因为太激动而一时语塞……"

"好的，一起加油！"

草木萌芽的大地，碧蓝的大海与天空……两个人凝视着眼前的一切，悲喜犹如含苞待放的花蕾，即将在心中绽放。

那一天，两个人的祝词也会如花朵般绽放，馥郁了整个校园吧。

十六岁的日记 ①

---

① 本部作品括号中的文字是作者在二十七岁时所做的补充说明。

五月四日

　　放学到家的时候，大约是傍晚五点半。家门紧闭，以避人来访。只有卧病在床的爷爷在家，来人也无法接待。（那时爷爷已失明）

　　"我回来了！"

　　无人应答，家里一片寂静。落寞与悲伤之情顿时涌上心头。

　　"我回来了！"

　　走到离爷爷枕边不到两米的地方，我提高声音又喊了一声："爷爷，我回来了！"

　　还是没回应。

　　于是，我将头凑到离他耳朵大约二十厘米的地方，大声说道："爷爷，我回来啦！"

　　"哦哦，你回来啦。早上没帮我尿尿，憋得我难受啊，就等你回来呢。先帮我翻个身吧，我想头向西躺着。快点哟！快点！"

　　"来，使点劲儿，抬起身子！"

　　"啊啊，就这样吧。帮我盖好被子。"

　　"还是差点意思，再加把劲儿！"

　　"真是……（此处所说的七个字没听明白）。"

　　"哎呀，还是不行。再动动身子。"

"好啦好啦，这回舒服多了。大孙子真有用！茶泡好了吗？一会儿我还要尿尿哈。"

"别急别急，我得一件一件来。"

"好，知道啦。我就是先说一声。"

刚过一会儿，爷爷又嘟囔上了："宝贝孙子！我的丰正宝贝孙子，你在哪儿呢？"

气若游丝，毫无生气。

"我要尿尿，帮我弄一下！听到没有啊？"

想要小便自己却一动不动，我也不知道如何是好。

"你想让我做啥？"

"把尿壶拿过来，帮我接一下。"

没办法，只好动手帮他小解。

"放进去了吧？那我可要尿了。"

自己的私处就碰着尿壶，是否放进去了自己毫无感觉吗？

"哎呀，哎呀，疼死了！疼啊疼啊！"

爷爷每次排尿都显得很痛苦——一阵痛苦的嘶吼之后，尿壶底部传来了小便声，一如溪涧清泉的潺潺之音。

"好疼啊！哎呀呀呀……"

爷爷的嘶喊和呻吟让我泪目。

茶沏好了，是番茶①。端过去之后，又要照顾着他喝下。眼前的爷爷面容枯瘦，几乎全秃的脑壳上残留着些许白发。他用枯枝般的双手颤颤巍巍地端着茶杯，咕嘟咕嘟地连喝三杯。可以清楚地看到他那瘦长的脖子上的喉结随着茶水的饮入在不停地上下移动。

"啊，好喝！好喝！"

---

① 番茶：日本茶的一种。是大叶茶，所含咖啡因较少，不会影响睡眠。

爷爷满足地咂嘴咂舌。

"这样我就有劲儿啦。你虽然给我买了好茶，但喝多了对身体不好，所以我只喝番茶。"

过了一会儿，爷爷问我："写给津江（爷爷妹妹家所在的村名）那边的明信片你寄走了吗？"

"寄走了，今天早上寄的。"

"哦，是吗？"

爷爷是不是预感到了什么，难道是觉得自己时日不多了？（明信片上写着让姑奶过来一趟。其实爷爷和姑奶很少联系，所以我担心他是不是有了什么不祥的预感。）我久久地盯着爷爷那苍白的面庞，直到双眼模糊。

我正在读书的时候，感觉有人来了。

"是美代吧？"

"是我。"

"怎么样？"

坐在桌边的我一阵不安突然袭上心头，转过身来问道。（那时候，我把一张大桌子放置在这个和式房间里。至于美代，她是一位五十岁左右的农妇，每天过来帮忙做早晚两顿饭，而且还帮着料理一下其他家事。）

"今天我去了，和人家说了一下这边的情况。我说老人七十五岁了，卧床不起，三十天都没通便，但还挺能吃。人家说：'年龄毕竟摆在这儿呢，这种情况应该不是突发的，就是老年病引起的。'"

我们两个都无奈地叹了口气。美代又接着说道："人家说他能吃但不通便是因为食物都被肚子里的怪兽给吃了。倒是没说'他现在肯定比以前能吃吧''食欲很好吧'什么的，只是说那怪兽喜欢喝酒。我说那怎么办呢，人家告诉我把妙见菩萨的簿书①盖在病人头上，然后点上显形香②熏房间。又告诉我他就是被怪物附体，所以搞错时间什么的也不用奇怪，没什么大事儿。不过最近确实太能吃了，以前连木松鱼薄片都咽不下去，你看现在，寿司啦饭团啦，这些东西一口就吞下去了。啊，他吃东西的时候喉结一动一动的，还发出咕噜咕噜的声音，让人受不了。"

"怎么说呢……"

我实在没有勇气断言那是迷信，并深深陷入不安、困惑之中。

"然后我就回来了，跟老人说我去了趟五日市（村名），让那边的人来给瞧瞧病。"

我来到爷爷枕边，开口问道："爷爷，小野原（村名）那边有一个叫狩野的人来信了。您向这个人借钱了？"

"借了。"

"什么时候？"

"七八年前。"

"哦。"

——又来了一份账单。（那段时间，爷爷借的外债一单一单地浮出水面。）

"是啊，我也挺受不了的。"美代说道。（爷爷也想向美代借钱来着。）

爷爷的晚饭是紫菜寿司卷。

"啊啊，那个，是怪物正在吃吗？他的喉结真的在动。……瞎

---

① 簿书：妙见菩萨手中所持物件之一。妙见菩萨像通常左手持簿，右手持笔，是司人寿命的象征。

② 显形香：燃尽后香灰矗立，并显现特定的图像和文字。

想什么呢！明明是被人吃到了嘴里，真是胡思乱想。"

可是，"食物都被肚子里的怪物吃了"的说法一直盘旋在我的脑海里，挥之不去。于是，我从仓库里拿出一把剑，在爷爷睡卧的上方挥斩一番后塞到被褥之下。后来，想起这番举动自己都觉得可笑。不过，当时美代可是一直在旁边一脸认真地给我"助威"。这要是被其他人看到，还不得被看成疯子啊。

长夜缓缓地拉开大幕。

"美代呀——美代呀——"

爷爷那微弱的呼叫声在夜色中回荡。

当时我正在读书，美代听到爷爷的喊声后忙走到床边照料他。不久，美代离开了。

我倒茶给爷爷喝的时候，又看到了他那动个不停的喉结。

"嗯，是吧。好嘞，好嘞。咕嘟，嗯，咕嘟……"

是怪物在喝吧——胡说八道！怎么可能有这么离谱的事情！都中学三年级了，还相信这些奇奇怪怪的说法，太不应该了！

"太好喝啦！好茶啊！入口清淡，太浓郁的受不了。好喝好喝！可是，我的烟呢？"

将煤油灯移到爷爷的脸旁时，他慢慢地睁开双眼。

"什么事儿？"爷爷问道。

———我还以为爷爷再也不能睁开双眼了。这仿佛是一道穿破暗夜的亮光，让我欣喜不已。（是的，当时我并不认为爷爷的眼病能够完全治愈。在此之前他都是紧闭双眼的，我一直担心他会以这种状态辞世。）

落笔之际，各种思绪涌上心头——刚才挥剑斩魔的行为很可笑，傻乎乎的。可是，"食物都被肚子里的怪物吃了"的说法又在耳畔

156

响起，并且钻到了我的身体里。

快九点了。

慢慢地，我意识到所谓"魔怪附身"纯属子虚乌有。我醒悟了，头脑像被清洗过了似的。

十点左右，美代过来给爷爷通便。

"我想翻个身。现在脸朝着哪边呢？哦，是东边吧。"

"来，使点劲儿！"美代对爷爷说道。

"哦——哦——"

"再来！"

"哦——哦——"

爷爷发出痛苦的呻吟声。

"这回脸朝着西边啦。"

"你也早点睡吧。我回家啦，这里也没啥事儿了。"

言毕，美代便归去了。

五月五日

天亮了。鸟雀啁啾。

美代也来了。

"是吗，竟然尿了两次？太不容易了，十二点接一次，三点接一次，你还是个孩子啊！行啊，就当给你爷爷尽孝了。唉，我家里也是小孩儿刚出生，没法住在这里帮着照顾。阿菊她会生还不会养。"（阿菊是美代的儿媳，当时生的是头胎。）

被人说在给爷爷尽孝，这让我无限满足。

到学校了。学校是我的乐园。

"学校是我的乐园"，这句话是此时我的家庭生活状况的真实写照。

傍晚六点左右，美代来了。

"我去参拜了。狐仙说的仍和昨天一样，挺不可思议的。这次没有说是怪兽，说是受灾了（魔怪附体），还说不是不懂道理的家伙，不会那么折腾人的，迟早会走。后来又说是这个年龄的人常犯的病，不会突然就不行了，只不过身体会慢慢地衰弱下去。"

"身体会慢慢地衰弱下去。"我在心里念叨了无数遍。

"是吗？唉。"

我深深地叹了口气。

"还有，狐仙的话还真是挺准，说他最近会好一些，不会再胡吃海喝了。少爷你也看到了吧，他今天还真的挺老实的。"

狐仙什么的能说中病人的状况，这实在是不可思议。所谓的中邪究竟是真是假呢？我实在找不到答案。

用家里剩下的一点钱买来了显形香，烟雾缭绕在爷爷枕边，塞在被褥下的宝剑寒光闪闪。

"到了夏天就更难熬了。"美代说道。

"为什么？"

"到了农民的夏忙时节了啊，所以我也没办法过来了。看老爷子这状态，能不能坚持到烤火盆的季节都两说啊。"

这一百张纸用完的时候，或者说用这一百张纸写日记期间，不幸的爷爷会不会离开人世？（我准备了一百张稿纸，也就是说，一开始我就打算用这些纸写日记。我担心一百张纸没用完爷爷就会归天。如果这些纸能用完，那爷爷应该可以逃过一劫。也正因为我觉得爷爷时日不多了，所以才打算将他的音容笑貌记录在自己的日记中。）

病人变得不那么胡言乱语了。可是，魔障作怪一说究竟是实有其事还是迷信呢？

五月六日

"我孙子上学去了？"爷爷问美代。

"没有啊，现在都已经是晚上六点啦。"

"哦哦，这样啊。哈哈哈哈哈。"笑声背后是幽幽的落寞。

晚饭爷爷吃了两个小小的紫菜饭团。美代给放到嘴里之后，他直接吞到肚子里了。

"我吃多了吧？"

今天他竟然能这样问，平时可不说这话的。当时我正在泡澡。

不久之后，爷爷又说道："怎么这么早我肚子就饿得受不了了？要不先喂我饭吧，不等我孙子了。"

"您不是刚吃过吗？"

"哦，是吗？"

后面又说了什么我没听清，只是又听到了和之前一样的笑声。泡澡的我也陷入孤寂之中。

"难受啊！难受啊！啊……太难受啦！"爷爷不时地呻吟几声，就像在向老天哭诉。

俄而，爷爷不再呻吟，房间里恢复了寂静。可是，不久之后，又传来了他那短促而痛苦的哀号声。每天睡前都会听到爷爷时断时续的哀号声。每当这时，我心中就会想："虽然不会突然出现什么不好的状况，但爷爷的身体每况愈下了吧。"不过，那之后爷爷的头脑稍微变得清醒了些，他不再那么糊里糊涂，吃东西知道节制了。

可是，他的身体确实是一天不如一天了。

五月七日

"昨晚接了一次尿，然后又被叫起来两三次，帮他翻身给他倒茶啥的。就这样还怪我起得慢了，说喊我累得他喘不上气儿。本来我就是十二点多才睡，所以睡得死，哪能那么快就起来呢。"

美代早上过来之后，我忙不迭地把内心的委屈说给她听。

"哎呀，真是苦了你了。等我头痛好了之后，就会晚点走的，可以照顾他到十二点。白天我也是每两个小时就要来一次，否则他就念叨自己活得人不像人鬼不像鬼，还让我每个小时来一次。"

昨晚就是这样，把我从睡梦中叫起来之后，每次都说些强人所难的话，非常不讲理。所以，我有时候也会气得吼上他几句。可是，过后又觉得受病痛折磨的爷爷确实很可怜，禁不住潸然泪下。

在我将要出门上学的时候，爷爷问我："我的病什么时候能好呢？"——他还怀有一丝希望。

"天气转好的话，身体也会慢慢好起来的。"

"你遭罪了，照顾我这个老头子。"声音还是那么有气无力，有种乞怜的感觉。

"我梦见大神宫们来咱们家了。"

"那就信大神宫神吧。"

"我听见他们的声音了。我没有被神灵佛祖抛弃，太难得了！"——听起来非常满足。

放学到家之后，我发现房门竟然开着。可是，家里寂静无声。

"我回来了。"我说了三次。

"哦，你回来啦，那一会儿帮我接尿吧。"

"知道了。"

没有比干这个更让我讨厌的事情了。吃完饭之后，我卷起他身上的被子，拿着尿壶接尿。都过了十分钟了，他还是没能尿出来。看来腹部真的是没有力量了。我开始发牢骚，发泄内心的不满。那些话很自然地从我嘴里说了出来。于是，爷爷又是不停地道歉。他的面容日渐憔悴，呈现出那种濒死的苍白色。想起自己刚才的恶言恶语，我不禁满怀愧疚。

"啊！好痛！痛！痛！哦——"爷爷那尖细的嘶吼声会让人紧张得肩膀发硬。不一会儿，从尿壶中传来了泠泠的流水声。

晚上，我从桌斗中翻出一本书的草稿，封皮上写着《构宅安危论》。这是一部由爷爷口述、自乐（邻村的一个男子，曾跟随爷爷学习占卜学以及风水学等。《构宅安危论》就和风水有关）笔录而成的书稿。本来想要出版，而且还和丰川（大阪的一个有钱人）商谈过，无果。以至于现在完全被遗忘，静静地躺在我的书斗里。唉，爷爷这辈子劳而无功，一事无成。他自己是怎么看待这件事的呢？不过，身处逆境却能活到 75 岁，内心一定是很强大的。（爷爷遭遇各种不幸还能长寿，我认为这是因为他有一颗大心脏。）几个子孙相继过世，悲喜无人倾诉，既看不到也听不到（爷爷目盲耳聋），因此他一定非常孤独寂寞。孤独之哀说的就是爷爷现在的状态吧。爷爷总说他活得人不像人鬼不像鬼，这是他的真实感受。（爷爷在八卦算命和看风水方面都比较准，十里八村范围内比较出名。甚至还有人从大老远的地方过来找他帮忙。所以，爷爷肯定会认为如果自己那本《构宅安危论》出版的话，会让"天下寒士俱欢颜"吧。那时候，我对爷爷的占卜和看风水能力半信半疑。回头想想，那时爷爷都便秘三十多天了，竟然还不请医生诊治，信什么"稻荷"大仙，怀疑爷爷被恶魔上身什么的，真是荒唐。）

爷爷之所以能和那位丰川富豪结识完全是因为那座寺庙。我们村子里有座尼姑庵，好像是我家某位先人建的，连同周围的山林田地都在我们家族名下，尼姑们也都是入籍在我家。宗名为黄檗宗，供奉的主佛为虚空藏菩萨。每年十三参拜节的时候，近处十里八乡十三岁的少男少女们会聚集于此，十分热闹。后来，有一位隐居名寺（距离我们村子大约四公里）的圣僧要迁居于此，所以爷爷把尼姑们打发走了。易主后的寺庙被改建得十分气派，名字也变了。施工时，虚空藏菩萨等五六座佛像暂存于我家，还在我家那旧藤席上铺上了崭新的榻榻米。还不错，因为当时我家也没钱置办新的。（操办这一切的不是别人，正是那位丰川富豪。）

爷爷的慈悲之怀体现在日常的点点滴滴之中。

今天早上，美代说道："添子年糕我准备了三十家的，估计还会有人送贺礼，看来还得多备一些。"

于是，爷爷回应道："有三十户人家给你们送贺礼啊！而且后续还会有人给？咱们村子的住户不足五十家，你家那种状况，竟然还有这么多户人家祝贺你们添子添孙，真是太好了！"

也许是替美代高兴吧，爷爷喜极而泣。（美代家比较贫困，所以爷爷没想到村里的人们会这么看重她家生孩子这件事情，几乎家家都去送贺礼。）

美代比较体恤我，觉得我每天照顾爷爷很辛苦。

晚上八点多，她要回家了。

"您还需要接尿吗？"

回家之前她会和爷爷确认一下。

"需要啊。"

"那我一会儿再来一趟吧。"

听到他们两人之间的交谈，我特别想跟美代说我也能为爷爷接尿，但终究还是没说出口。

五月八日

早上，美代刚来，爷爷就唠唠叨叨地跟她数落我的不好，说我不耐心照顾他。我确实做得不太对，可大半夜的被叫起来也是窝火，尤其是还要给他接尿。

"病人就是这样，只想着自己，牢骚满腹，从不为侍候他的人着想，挺让人受不了的。你就当作这是报恩吧，别和他计较了，毕竟他是你爷爷。"

今天早上，我甚至想不再照顾爷爷了。之前每天上学的时候，我都要问爷爷是否有什么事儿需我顺便做的，今天却一言不发地离开了。可是，放学时，我还是为自己的任性愧疚不已。

美代见到我之后说道："今天和他提了之前找人占卜的事儿。他说：'做得好，那时候我隐隐约约记得自己什么都是两口就吃掉了，能吃能喝。'"

听到这些，我又想起那句"肚子里有怪物在吃喝"。

晚饭后，爷爷说道："和你们说说心里话吧，这样我就放心了。"

说什么"放心了"，有些奇怪。

"都这样了还说什么放心？！"美代笑着说道。

"该给我喂饭了吧？"

"不是刚吃完吗？"

"是吗？不知道，我忘了。"

爷爷又糊涂了，这让我十分吃惊，同时又黯然神伤。他说话时的声音日渐细微无力，含混不清，一件事儿要重复说上十几次。

我坐在桌前，展开稿纸。（当时我打算把爷爷说的话都记下来。）

美代也坐了下来，准备听爷爷说他的心里话。

"趁我还没咽气，要办好你那个银行印章。（不知道他到底要说什么。）唉，我这辈子事事都不顺，败光了祖先的财产。不过，没有功劳也有苦劳啊。早就应该去见大隈（大隈重信侯）的，结果每天就这么坐在家里，搞得身体一天不如一天了。十七町松尾的地，我原想趁我活着的时候把它变更到你的名下。不过，看样子多半实现不了了。（爷爷是个很有想法的人，从年轻时起就做各种尝试，比如栽培茶树、制造琼脂，但悉数失败。他相信风水，不断地建房、拆房、重建，把田地和山地都低价卖出去了，那块松尾的地就是其中之一。爷爷一直想把那块地重新收回来。）让我孙子重新拥有十二三町的地，那就完全没问题啦，也不用大学毕业后再东奔西跑，忙着挣钱了。你自己也不想麻烦岛木（我舅家）和池田（我姨家）吧，那块地要是能归你，我即便死掉了也可以让你守着这个家自己过日子，只要和圣僧（之前提到的那位移居到新寺院的圣僧）商量一下就可以。如果能像鸿池（富翁的代称）那么有钱的话，就不用去当小职员了。我一直就是这么打算的，本想去东京办这件事情，现在看来是去不成了。虽说如此，我不能就这样算了。不管怎么样，我也要让你早日独当一面，成为一家之主，别一辈子都乞求别人照顾。我这眼睛要是能看到东西，就去找大隈，那事儿肯定能办成。我一定要去东京！你们去和慈光、瑞圆（那位迁居过来的圣僧和弟子）、西方寺（村子里的檀家寺）商量一下吧。"

"这么做的话，您会被人家叫做东村疯子的。"

（爷爷之所以想到东京去见大隈重信，是有他自己的打算的。爷爷本身懂得一些中医，而我爸爸是毕业于东京一个医学院的医生，所以爷爷从我爸爸那儿学到了一些西医治疗方法并将其运用到自己的中医治疗之中，长时间靠这个给村民们开药治病。说起来，爷爷对他自成一家的治疗方法很是自信。有段时间村里流行痢疾，从那之后他更是自信心爆棚。从何说起呢？前面不是提到了尼姑庵改建的事儿吗，当时，有几座佛像暂时寄存在我家。就是那个夏天，村子里闹起了痢疾，五十户人家中几乎每家都会有一个人罹患此病，而且严重到临时搭建了两个诊疗所，消毒水的味道甚至飘散到野外。村里人都说这是拆毁尼姑庵惊动了佛祖，所以遭了天谴。不过，爷爷所研制的药对这次痢疾比较有效，有的人把患者隐匿起来，然后偷偷地让他们吃爷爷的药，结果痊愈了。也有一些被隔离在医院的病人扔掉医生开的药，就吃爷爷的药。有些人被医生"判了死刑"，吃了爷爷的药之后竟然奇迹般的痊愈了。总之，我也不知道爷爷研发的药是否真有医学价值，但它确实是当时的"灵丹妙药"。正因为如此，爷爷一直想把自己的药方推广于世，于是就让自乐——前面提到的那个爷爷的弟子写了申请书。后来还真的从内务省那儿获批了三四种药的生产许可证。可是，制药一事最后还是泡了汤，空留印有"东村山竜①堂"字样的包装纸五六千张。自那之后，爷爷一直想要东山再起，而且天真地认为只要去东京找自己尊敬的大隈重信，他就能对自己施以援手。除此之外，爷爷应该还惦记着《构宅安危论》出版的事儿吧。）

---

① 竜："龙"的异体字。

"我们家族从北条泰时那一代开始已经延续了七百多年，我要让这个家族的血脉永远传承下去，重铸辉煌。"

"可别说大话了，好像真能做到一样。"美代笑着说道。

"只要我活着，就不会麻烦岛木家和池田家。唉，没想到这个家会破败成这个样子。想起这些，美代啊，我就难受。你在听着吗？你要知道我内心真实的想法。"

美代已经笑翻。我呢，则在旁边一五一十地记录着爷爷的话。

"再坚持一下应该就能办到了，可是我的身体不允许啊，现在是一天不如一天了。如果只是需要两三千也还好办，然而这得十二三万呢。要是大隈能来那该多好啊。我的想法很可笑吗？你笑成那样。可不要小瞧我啊，什么事儿都难不倒我的。是吧？美代。如果我要是办不到的话，那这延续了七百多年的家业就完蛋了。"

"怎么会，您孙子不是还在吗？不要说那些不切实际的话了，想这些只会让您伤身伤气，会加重病情的。"

"看不起我，是吧？"爷爷好像生气了，竟然激动起来。

"只要我还有一口气，我就要去见大隈，见他一面也行，绝不能退缩不前。即便去见了佛祖，我也不会改变这想法的。你是不是觉得我傻？先帮我接小便吧。这个都办不到的话，我还不如淹死在池子里。啊——啊——"

悲戚暗涌心头。

我将爷爷的话一一记录于纸上。美代也不再取笑爷爷，一脸严肃地拄腮聆听。

"想去趟东京，可病成这样，我是心有余而力不足啊。南无阿弥陀佛，南无阿弥陀佛。这个都做不到的话，还不如掉到池子里淹死呢。我真是个没出息的废物啊！南无阿弥陀佛，南无阿弥陀佛。唉，说几句意气风发的话还会被嘲笑。唉，我不想生活在这样的社会里。南无阿弥陀佛，南无阿弥陀佛。"

面前的煤油灯变暗了。

"哎哟——哎哟——"爷爷的哀号一声高过一声。

"人活在世上，如果总是畏首畏尾，即便长命百岁也没啥意思。五十年如一日，奋斗不止，这才称得上是真正的总理大臣（当时的大隈就是总理大臣）。唉，想去见他可身子不听使唤啊，真是太遗憾了，遗憾啊！"

"这是大家的不幸。不过，您孙子以后会出人头地的。"美代安慰道。

爷爷死死地盯着我，高声说道："我看出息不到哪儿去。"

我不禁在心里嘀咕："这个老糊涂。"

"这么说也是啊，也不用羡慕什么有钱人。你们看松尾，再看看片山。不管怎么样，要看本人的秉性如何。"（松尾是造酒厂老板，和片山一样，都是我的亲戚，当时，他们的家业正趋于衰败。）

"南无阿弥陀佛。"

爷爷那长长的胡须在煤油灯的照射下银光闪闪，让人愈发悲伤寂寥。

"对于这个世界，我一点都不留恋，我啊，更向往来世。而且我不想堂堂正正地去极乐世界。"

"前几天就说想见一下西方寺的和尚，听我们总说这和尚不在，他有点生气。"美代见缝插针地和我解释爷爷为什么心情不好。说实话，我也很气恼。我同情爷爷，觉得不应该这样骗他。

"活在这人世间，现在连个中学都没毕业呢……"

爷爷今天很看不起我。

不久，爷爷翻过身去，背对着我。

明天还有英语考试，我翻开课本开始复习。我像是被紧实地塞进一寸四四方方的牢固空间之中。爷爷今晚说话的声音已不复往常。美代离开之后，我想着是不是该和爷爷聊聊自己的未来，以消除他的忧虑。

夜已深。

突然，我耳边传来爷爷那微弱的声音："人啊，总是很难确定自己的奋斗目标。"

是啊，是挺难的。

五月十日

夜去，朝来。

"和尚没来吗？"

"是的。"

"最近自乐一次都没来过啊，之前不是每天都来的吗？想让他给我看看面相啊。"

"你的面相和以前一样啊，不会说变就变的。"

"找人看完面相我才能跟和尚聊啊，不遂心愿死不休。"

语气坚定，决心显现。

"我想让自乐来一趟。"

"自乐这样的人，来了能有什么用呢！"我小声嘟囔道。

五月十四日

"美代！美代！美代！"爷爷的呼叫声把我惊醒。

"怎么啦？"我起身问道。

"美代来了吗？"

"没来呢，大半夜的，刚两点啊！"

"是吗？"

之后，我迷迷糊糊地听到爷爷不到五分钟就呼叫一遍美代。凌晨五点的时候美代过来了。

放学到家后，美代和我说道："今天一直让我干这干那的，不让我离开他半步。一会儿说要撒尿，一会儿又要翻身，一会儿又要喝茶抽烟的。搞得我一天都没回家。"

"要不让医生来看看吧。"

我一直想请医生来给爷爷彻底诊治一下。可是，请名医需要不菲的诊费。而且爷爷对请医生这件事儿比较抵触，轻则闹脾气，重则对医生一通乱骂，让人非常尴尬。这不，今天早上他还说医生连一把指甲刀都不如呢。

已入夜。

"美代！美代！美代！"

我并没有立刻回答，而是走到爷爷身边之后才趴在他耳边问道："什么事啊？"

　　"美代已经回去了？早饭都没给我吃呢。"

　　"不是刚刚吃过晚饭嘛。还没过一个小时呢。"

　　爷爷表情呆滞，不知道是否听明白了。

　　"是要翻身吗？"

　　爷爷嘴里嘟囔着什么，我完全听不懂。我又问了一遍，他还是含混不清地说着什么，也不回答我。

　　"要喝茶吗？"

　　"哎呀，这茶怎么不热啊！哎呀，太凉了！给我这种茶，我怎么喝啊！"

　　令人生厌的声音。

　　"真难伺候，不管了。"我默默地从他的床边走开。

　　"美代！美代！"没过多久，爷爷又喊了起来。

　　最近，他已经不再叫我了。

　　"什么事啊？"

　　"今天去见池田家（我姨家，离我家大概二十四公里）的荣吉了吗？"

　　"没去什么池田家。"

　　"是吗？那你去哪儿了？"

　　"哪儿也没去。"

　　"不可思议啊。"

　　爷爷有什么不可思议的呢？我才觉得非常不可思议。

　　就在我写作业的时候，爷爷又"美代！美代！美代"地高喊起来，听起来很痛苦。

"什么事啊？"

"我要撒尿。"

"来了来了。美代回家啦，现在都已经晚上十点多了。"

"我要吃饭啊。"

我真是又惊又气。

爷爷的腿部以及脸上布满了如破旧丝绸单衣褶皱般的皱纹。皮肤松垮得揪一把之后都无法复原，健康每况愈下。今天说了很多让我恼火的话，每次回应时都能看到他愈来愈凶恶的面相。总之，每天入眠前传到耳中的爷爷那断断续续的呻吟声让我烦恼不已。

五月十五日

从今天开始的四五天内美代因为有事儿不能过来，所以由阿常婆（经常来我家的一个老太太）替代她几天。

从学校回来后，我问道："常婆婆，我爷爷是不是很难伺候啊？"

"一点都不难伺候。问他是否需要我帮忙，他只是说想小便，其他的没说什么，一直老老实实地躺着。"

爷爷在阿常婆面前竟然一改常态，想想他的凄楚境地，心中顿生怜意。

今天爷爷好像特别难受，我尽力安抚他，可收效甚微。他一直在哼哼，也不知道是对我的答词还是喘息。他的哀号声洞穿我的头脑，我的灵魂也好像一点点地从躯壳中抽离，整个人痛苦不堪。

"哎哟——哎哟——美代！美代！美代！美代！美代！美代！哎哟——啊——啊——"

"什么事啊？"

"我要尿尿，快点帮我接尿！"

"好啦，给你接着呢。"

我拿着尿壶接了有五分钟了，可他还是喊着"快点给我接尿"。

爷爷的身体机能退化得厉害，这方面已经完全没有感觉了，实在是可怜。

今天爷爷发烧了，身上散发着微微的异臭。

入夜，梅雨绵绵。我坐在书桌旁读书，爷爷则依旧在床上高声哀鸣。

五月十六日

　　傍晚五点左右，四郎兵卫（同族的一位老者。虽说是同族，其实只是名义上的，和我们并没有血缘关系，与爷爷也没有什么过深的交往）来看望爷爷了。他和爷爷聊天的时候，爷爷也只是"嗯——嗯——"地发出呻吟声。接下来，四郎兵卫又提醒了我几句，并在离开之前对我说道："这么小就要经历这些，真是不容易，苦了你了。"

　　时间已经过了七点。

　　"我出去玩一会儿。"和爷爷交代了一句后我就冲出了家门。

　　十点左右，我回来了。

　　刚走到家门口，我就听到了爷爷的叫喊声。

　　"阿常！阿常！"

　　"什么事啊？"我赶忙问道。

　　"阿常呢？"

　　"已经回去啦，都十点多了。"

　　"阿常喂我饭了吗？"

　　"想吃饭，是吧？"

　　"饿了，喂我吧。"

　　"已经没饭啦。"

"是吗？快饿死我了。"

我们之间的交流无头无尾。

爷爷一直重复着他想说的话，对我的回答置若罔闻。他也许是已经痴呆了吧。

日记到此为止。

十年后，我在岛木的舅舅家发现了写着以上内容的日记。当时，中学作文纸大概用了三十张，是否有遗失不得而知，也许就只有这些了吧。爷爷于当年五月二十四日晚离世，在那之后我应该不会再写这种文字了。记得从八天前的五月十六日开始，爷爷的病情就急转直下，家里变得混乱不堪，我应该没心思再写日记了。

发现日记的时候，我对其中所记载的过往十分陌生。如果真的是被我遗忘，那么这些日子都去了哪里、消失到何处？我眺望着远方，怅然若失——人也会消失于过去吧。

不过，这消失的过往就静静地躺在舅舅家仓库一隅的皮包里，日记中的文字将我的记忆唤醒。那个皮包是爸爸的，记得他出诊时经常背着它。舅舅最近投机倒把出了问题导致家业破败，连家产都没了。仓库转手之前，我去那儿看了一下，结果真的发现了属于自己的物件——爸爸的皮包。包上着锁，我拿起旁边一把锈迹斑斑的小刀将它割破，发现里面装满了自己少年时写的日记，而这篇十六岁时的日记也在其中。

我真诚地面对逝去的过往。可是，日记中的爷爷与我记忆中的慈祥模样略有不同，稍显"狰狞"。

虽说日记中所记录的日日夜夜已经消逝于我的脑海中，但医生的初访日与爷爷的临终日竟然还历历在目。爷爷是那么蔑视医生、那么不相信他们，可真正面对医生时却又那么谦恭，甚至感激涕零。他的善变让我惊愕万分，而他的病态、他的离世又让我痛心不已。爷爷病逝于昭宪皇太后大葬之夜。那天，我一直为是否去参加学校的遥拜仪式而纠结——学校离我们村子大约八公里远，不知道为什么，那天我特别想去参加遥拜仪式，但又担心爷爷会在那段时间有个三长两短。美代知道后，帮我问了一下爷爷。

"去吧，这是日本国民应尽的义务。"

"能活到我回来的时候吗？"

"能活到。你去吧。"

遥拜仪式八点开始，我害怕来不及，急急忙忙地奔向学校。途中，我的木屐带突然断了（那时候去学校要穿和服）。无奈，我又折返回家换木屐。当时我就觉得这是一种不祥之兆，可美代安慰我说那是迷信。

遥拜仪式结束之后，我突然心慌得厉害。记得那天晚上外面黑魆魆的，每家每户都挂上了亮堂堂的悼念灯笼。因为担心爷爷，我脱掉木屐打着赤足跑回家。爷爷于凌晨十二点左右驾鹤西去。

爷爷去世那年的八月份，我离开与爷爷相依为命的老房子，住到了舅舅家。想到爷爷在世时那么在意这个宅子，离开时我依依不舍，卖掉它的时候更是纠结、痛苦。从那以后，我或寄居在亲戚家里，或与同学合租宿舍，或独居于出租屋。因此，房子以及家庭的观念在我头脑中慢慢地淡化，而放浪人间之念却愈加强烈。爷爷将家谱存放到他最信赖的美代家里，因为他不想让亲戚们看到里面的内容。那个家谱至今还锁在美代家佛坛的抽屉里，我也没想过要看它。对于这一点，我并不怪罪爷爷，我隐隐地感知到了他的睿智，感受到了他对我的慈爱之心。

温泉旅馆

夏　逝

一

　　女人们犹如一群动物，裸露着雪白的胴体在那里蠕动——赤条条的身躯丰腴圆润，显得臃肿不堪，像极了膝行于氤氲温泉之中的湿身野兽。爬行时臂膀肌肉线条尽显，有如双手执锄劳作于田间。而云鬟的乌黑油亮彰显出她们身为人类的特殊身份，渗透出丝丝缕缕高贵的凄怆。

　　阿泷扔掉手中的毛刷，噌的一下跨过高高的窗台，一低身便跨蹲在水沟上——水声哗哗……

　　"秋天来喽！"她感叹道。

　　"秋风起，秋意浓。避暑胜地这初秋的寂寥，堪比舟出海港般悲凉啊！"刚走出浴室的阿雪妩媚妖娆，说话的腔调听起来像是一位伴着情人出行的都市女子。

　　"真是人小鬼大！"阿芳用毛刷在她的腰上敲了一下。

　　"东京人从八月初就开始咏秋悲秋，以为这大山里一整年都在刮秋风呢。"

　　"要是我啊，阿芳你听我说，我要是那位名媛，我会说得更有诗意，譬如'怨女伤悲泪涟涟'之类。"

"别那么惨兮兮的。就我这样的都正式出嫁三次了。像你们这么大的时候，我已经名花有主喽。"

"那就换个词儿。避暑胜地这初秋的寂寥，就像那三嫁三离败走娘家的女子般悲凉啊！怎么样？"阿雪边说边跑向河边。

阿泷直了直腰，跨在水沟上欣赏眼前这属于都市人的秋色。

阿芳从窗口探出头来，说道："阿泷，你怎么老毛病又犯了，大家可是要在这河里涮洗餐具的。"

"什么餐具？"

"还有香鱼笼，而且大家都用这河水淘米呢。"

"马上就被冲走了，没事儿。"

"这个二货！"

阿泷根本不在意这个说法，她连头都没回一下。

"雪儿你会游泳吗？"她握着小姑娘的手腕沿着河上的小桥向对面走去。阿雪尚赤身裸体，她羞涩地缩着身子。阿泷见状狠狠地推了一下她的后脖颈，大声喊道："快点！"

"人家脚疼嘛！光着脚呢！"

看着二人离去的背影，浴池中的女人们嚼起了舌根——两个人的发丝格外粗，头发很是浓密，被水打湿之后又黑又亮，让周围的其他女性觉得她们天生就具有一种妖娆性感之魅。大家还谈论着她们二人整个夏天都同床共寝的事儿。当然，今晚发的薪水孰多孰少才是众人最关心的。

"那两个人肯定多得了一些。你看她们那高兴劲儿，肯定觉得自己占了便宜，这还不知道要去哪儿偷着乐呢。"

"而且还说均分不公平什么的。"

实际上，这七个女人也对所谓的"平均分配"颇为光火。就连农家少女阿时都觉得自己拿的是最少的一份。她抬起头，酸溜溜地说道："那两个人啊，本来就不是什么好人家出来的，一个是肉铺的女佣，一个是艺伎馆的小保姆……"

阿泷抱起阿雪，走过桥对面的踏脚石。这座桥通往溪涧中的沙洲，那里是温泉旅馆的庭院，里面建有一个小亭子。月光洒在水面上，微波荡漾，浮游在此的银色候鸟像要被淹没了一般。灰白色的岩石与对岸杉树林中秋虫的鸣声融为一体，使得阿雪裸露的胴体更为立体光鲜。

浴池的刷洗工作貌似已经结束，那边传来了水桶砸在水泥地上的声音。阿泷在亭柱旁边发现了一束烟花。阿雪把客人挂在百日红枝头的泳衣摘下来套在自己身上。

"你看，多长啊，都到我的膝盖了。"

"那是男人穿的。"

其他的女子们穿着睡衣渡桥而来。要是平时，她们肯定早累得倒头就睡了。可是，今晚她们七人一起连浴室都打扫了，这个活儿本来应该以每晚两人负责的方式轮流来干的。手里有钱了，这个夜晚就像点燃她们欲望的节日前夜一样，让她们躁动不安——嘲笑阿雪的肥大泳衣以及裂桃式发髻；回忆起夏日男客许给自己的各种承诺；肚子饿得咕咕叫，所以对客人的磨磨蹭蹭疯狂吐槽……

"阿时、阿谷，你们明天就不干了吧？那我放束烟火给你们送行。"

烟花熄灭了。

"阿雪，我觉得秋天就像这熄灭的烟花……"

说完之后，又用火柴点燃了十五六根。烟花砰砰作响，将火焰喷射得足有叶樱树梢那么高。

女人们大声欢呼着抬头欣赏烟花之时，看到晾台处悬挂着一个穿着浴衣的男人。旅馆建在溪流岸边的斜坡上，后院的晾台与正门一样高，很容易翻越过去。悬在那里的男人用腿钩住圆木柱，笨拙地用力往上爬。

"哎呀，是鹤屋。"

"又耍酒疯了，不过他还挺厉害啊。"

女人们肆无忌惮地高声大笑着，阿芳做了个让大家安静的手势，然后对众人说："走廊的门我给锁上了，所以他才绕到后面来。"

男人像疯了一样扒拉着雨窗，想要打开它。结果，他和雨窗一起跌落到女佣的房间。屋里一片漆黑。阿芳飞一般的跑向小桥，大家也慌慌张张地站起身。

阿泷对着正在脱泳衣的阿雪说道："别管他们，那帮人担心的是自己那点钱。"然后扳着阿雪的肩膀让她继续躺在那里。

"还有一些烟花呢。"

这时，她看到两个娼女扭动着身体从上游快步走过来想偷偷泡澡，她们身后还跟着几个男人。阿泷也顾不上管躺在自己腿上的阿雪了，腾的一下子站起来说道："畜生。看我不给那两个女人点颜色看看。"

二

阿泷家的院子里辟有一块秋樱花圃，里面还有一个用竹篱笆围成的鸡圈。长长的花枝东倒西歪地倒伏在那里，上面沾满了泥土。

这一片只有她们一家，建在从墓山到河谷的一块梯田之中，光线足，通风好。屋后的竹林郁郁葱葱，将房顶遮得严严实实。风吹叶动时，就像一条条沙丁鱼在水中畅游。不过，阿泷和她的妈妈从来没听到过竹叶的摩挲声。

阿泷刚刚十三四岁的时候就骑在光光的马背上东奔西跑。那时候，她经常背着装满绿色山葵叶的背篓从山上驱马而下。朝阳中，那是一抹飞速而过的绿光。

从十五六岁时起，她就在旅馆人手不够的正月和夏天最忙的那两个月过来帮忙。阿泷裸身出现在浴室时，浸泡在温泉中的男客们就会霎时安静下来。那是妙龄少女才会有的诱人身材。雾气氤氲之中，那是一道炫目的白光。

阿泷与妈妈的肚子呈现出全然不同的形态——妈妈裸露着圆滚滚的肚子睡在那里，肚皮松松垮垮。阿泷坐在旁边盯着看了一会儿，突然"呸"地吐出一口浓痰，然后很快就睡着了。自从她爸爸抛弃她们母女二人之后，妈妈的这副肚皮让阿泷觉得更扎眼了。

阿泷的爸爸讨了小老婆，也住在这个村子里。

有一天，她在路上遇见了自己的老爹。

"你妈怎么样？"

"每天睡得香着呢。"

她没做任何停留。

水田中，十六岁的阿泷正在驱使着马儿和妈妈干农活。马上要插秧了，水田中已经蓄好了水，妈妈正在赶着马犁地。突然，阿泷从田畦处跳入水中，扑腾扑腾地奔跑到妈妈身边，狂扇了她几个耳光。

"老混蛋，那犁都浮在水面上呢，你看看！"

握着犁柄的妈妈被打得趔趄了好几下。

阿泷猛地用胳膊肘把她顶到一边，抢过犁柄。

"你给我好好看着，活儿是这么干的。"

跪倒在水田中的妈妈抬头看着阿泷，向旁边那块水田中的人哭诉道："那个死鬼走了，这又来了一个。还不如前面那个对我好呢。"

说着说着，她竟然像个大姑娘似的红了脸。

这天晚上，阿泷背对着妈妈睡着了。一旁的妈妈则望着她的后背躺在那里。

白天农活儿结束之后，妈妈是跟在骑着马的阿泷后面回来的。当时她扛着犁，一路小跑。洗衣做饭也是妈妈每天要干的活儿。妈妈在给女儿当牛做马的过程中，慢慢地忘了前夫。而且，能让她内心悸动的东西也和以前不一样了。每次坐在那儿呆呆地想着前夫的时候，女儿就会对她一顿拳打脚踢。看她哭丧着脸，女儿还会夺门而去。

"等等啊，阿泷，你穿着那破草鞋就出门，多丢人啊。"

此后，妈妈还是会拼命地干活儿，而且眼神变得像只听话的小猫，每天一脸温情地看着女儿。女儿则瞪着黑溜溜的眼珠，总是露出一脸嫌弃的样子。

阿泷穿着和服参加旅馆的酒宴时，那些男客都被她那柔媚的大眼睛深深吸引。

十六岁那年年末，阿泷正在旅馆刷洗温泉浴室的时候，几个娼妓领着三个醉醺醺的男人从后门走了进来。

"阿泷？真是阿泷啊。我们想泡一会儿温泉。哎呀，没水了啊。"

"那边有水。"

阿泷握着刷子，站在浴室的角落里拘谨地看着来客。

浴室用石头砌成，建在地下。三个浴槽之间用板子隔开。第一个水槽溢出的热水会依次流入后面两个水槽中。所以，三个水槽的水温会依次降低。

两个娼妓在水中扑腾扑腾地洗着身上涂抹的"白粉"，还毫无顾忌地大声聊着阿泷的身体。旁边的几个男人迷醉于阿泷那出水芙蓉般的裸体，一动不动地坐在那里垂涎不已。娼妓们在那儿更露骨地争论起阿泷是否还是贞洁之身，把旁边的几个男人挑逗得眼光更加肆无忌惮。

后来，娼妓们半蹲半跪在男人们身后帮他们搓背。一个女人喊道："阿泷，还有一个人没人给搓背，你过来帮帮忙啊。"

起身走过去之后，她也半跪在男人身后。这几个男人好像是山那边银山矿场的矿工头子。抚摸着他们肩部那结实的肌肉，阿泷的双手不禁微微颤抖。不一会儿，她的另一只膝盖也哧溜一下跪了下去，同时，一股寒意从她的颈部流向全身。阿泷赶忙将身体浸泡在温泉中。

阿泷的"不专业"让两个娼妇更起劲儿了，她们用恶毒的语言不停地刺激着阿泷，就像自己当了娼妓有多自豪一样。阿泷瞪着乌溜溜的大眼睛看着她们。

一个男人起身后穿上棉袍并轻轻地拍了拍阿泷的肩膀。

"小姑娘，和我玩去吧？"

"好。"

话音刚落，她就被男人紧紧地拥在怀中。

夜空被微云笼罩，河边刮起了瑟瑟的秋风。刚刚从温泉中走出来的阿泷披着法兰绒睡衣，打着赤脚。双脚冻得发僵的她每走一步都感觉脚板要粘在冰冷的岩石上。

"畜生！畜生！"她在心里狂喊着。对岸杉树上的雪片随风飘零，像是起了一团雾。

起初，阿泷双手掩面。之后，她把右手拇指放进嘴里拼命地啃咬。

起床之后，她看到手指上出现多处牙印，伤口处还流着血。

她飞快地把右手藏在怀中，摇摇晃晃地站了起来——她想要打开那个隔扇门。她知道那三个女人和客人正屏住呼吸待在门后面。阿泷只是把手搭在门上，心里面重复着那句骂人的话："畜生！畜生！"然后看也不看那个夺走她贞操的男人，就从娼妓馆的后门跑到山谷边的小路上。

跑了大约一百米，她就听到了咚咚的脚步声。两个男人疯了一样从后面追了上来。接着她就听到了女人尖厉的叫骂声。

——她胜利了！

阿泷像饿虎扑食一样趴在岸边大口大口地喝着凉水。她回头瞟了一眼吞吐白气的男人们，继续大口喝水。

当晚，回到家中的阿泷像恶汉一样抱着妈妈睡去。

三四个月之后，春天来了。有一天晚上，阿泷从山崖处往街道上跳时，脚脖子崴了一下。住院的第二天，她流产了。十天之后，顺利出院的她到家后发现爸爸竟然在家里。于是，她踢倒妈妈，和爸爸扭打在一起。

"我不在家的时候你们做了这么肮脏的事情，我怎么还能住在这里！"

当天，她就坐上公共汽车来到街市，在那个卖肉的店里做起了杂活儿。

那个夏天——七月末肉店活计不多，她回到村里，在旅馆帮忙。因为两年前发生了那件事情，所以现在看到那些娼妓，她还会怒从心头起，恶向胆边生，想去讥笑她们一番。

三

为了能让室内的热气随时散发出去，浴室的后门以及窗户常年敞开着。娼妓们领着客人顺着河道走过来之后，会从后门偷偷钻到温泉旅馆的浴室里。两年前的冬天就经常发生这样的事儿，当然，今年也不例外。

"干什么呢？放完的烟火你还攥着呢。"两个人走在板桥上时，阿泷对阿雪说道。

"我们两个过去臊臊那帮女人。她们和你阿雪相比，那真是一个天上一个地下。真的，阿雪。那帮男人看到你这漂亮脸蛋还不被迷得神魂颠倒，肯定不会再搭理那几个丑女人了。"

"可不能毁了旅馆的买卖。"

"哎哟，真不愧是艺伎馆的女佣啊。偷穿男人的浴衣和干这个有啥不一样吗？好吧，我一个人去就可以让她们灰头土脸。你是想先回去睡觉吗？"

"鹤屋先生在那儿呢。"

鹤屋是这一带的杂货批发商，每月会在月中和月末过来收账。他剃着光头，蓄着络腮胡子，整个人看起来圆滚滚的。这个人一喝醉就耍酒疯，用筷子敲碗敲碟，接着再睡上两三个小时。醒来之后，他就会辛苦地爬到晾台上。总之，他不钻进女佣房间就无法入睡。用"钻"这个词再合适不过了，十年来每个月都要要上这么两回。

阿雪还是一个比较羞怯的姑娘。

"醉成那样，肯定早就见周公去了。"

"我还是先不回去了，在'河边温泉'那儿等你。"

溪涧的旁边另建有一个原木浴室，像是一个防火室，她们都叫它"河边温泉"。

阿泷从后门走进浴室，噔噔噔地跑下石阶。

"河水太凉了！"她一边说着，一边冲进温泉之中。

娟妓们慌忙躲开阿泷溅起的水花。

"你来啦。"

"来啦。"

阿泷蹲下身去，暖暖的泉水发出的声音向四周荡漾。

"来借你家温泉一用。"

"哦，我还以为是我家的客人。"

两个男客都像是大学生。阿泷闪现在他们面前时，二人感觉一股暖风吹拂过来，走出浴池后，他们坐在池边，头压得很低。

"本来想打个招呼的，觉得你们可能已经下班了，所以……"

"没事儿，我也想向阿咲借点东西呢。"

和阿泷说要打招呼的是外号叫黄瓜的娟妇。她叫阿清，瘦得像根黄瓜，弓腰驼背，面色苍白，经常卧病在床。她喜欢小孩儿，经常帮忙照顾邻家的婴儿，还带着三四个幼童到浴场洗过澡。和孩子厮守玩乐应该是她的乐趣所在。她们村里有条不成文的规矩，娟妓不能服务本村男性，可只有阿清严守这个规矩。她虽然是一个四处漂泊的人，因为在这个村子搞垮了身子，自然而然地想长眠于此。每次病倒在床上时，她都会幻想着曾经照顾过的孩子能跟在她的棺椁后面为她送葬。

对于阿泷来说，阿清就像冬日的阳光，温暖而不炙热，是一个能让自己感动的人。每次遇见她，都会和她聊聊心里话。

可是，另外一个女人却对阿泷不屑一顾，她只是问了个好，然后就像睡着了一样一言不发。她那长长的睫毛在眼睑处投下美丽的弧线，裂桃式发髻像打过油一样黑亮黑亮的，饶有情趣地歪向一边。

这个村子里有十来个娼妇，唯有阿咲经常被举报有伤风化，所以驻地警所的警察屡次给她下了逐客令。据说她与村子里议员的儿子频繁幽会，被人议论说她生来就是做这一行的，而且太过于招摇和肆无忌惮。

阿泷狠狠地盯着阿咲。

阿咲一脸沉醉地从水中出来，赤裸着身体坐在浴池边沿。刚出水的她就像一条白色蛞蝓，全身润泽、细嫩、光滑，全然感知不到肌骨，非常洁净无瑕。但在阿泷眼中，她却像一匹伏地蠕动的野兽，浑身堆积着蜗牛般伸缩自如的脂肪。

阿泷突然想去践踏她那白白的肚子。在一股男人般情欲的驱使下，她猛地将手伸向阿咲的膝盖。

"手巾借我用下。"

阿咲像蛞蝓一样迅疾地蜷缩了一下身子，试图用前胸掩住下腹。可是失去手巾的遮掩之后，她身上的点点伤痕在白皙皮肤的衬托下赫然可见，而且是一大片疤痕。

阿咲羞得两耳通红，那红色甚至一直延伸到腹部。看着阿咲异于常人的美艳肤色，阿泷深感嫉妒。同时，一种无法抑制的快感涌上心头。

"这手巾也不能瞎借，说不定有毒呢。"

阿泷来到河边，高声喊道："小雪，来了两个乖乖的小帅哥，是大学生哦，不过去看看吗？"

阿雪坐在浴池边的水泥板上，两臂交叉，面颊贴在水面上。

"哎呀，睡着了啊。保护好你的身子哟。"

树干与河滩已隐约可见，天蒙蒙亮的时候，阿泷才回去，阿雪还在"河边温泉"中熟睡,两臂交叉,像是紧紧地守护着自己的贞洁。

四

阿雪一直将《修身手册》带在身边。时而觉得这本书很可爱,如同雏鸡屁股上粘着的碎蛋壳;时而又觉得这本书很可憎,就像一块丑陋的蛇蜕。

因为曾在海边温泉小镇的艺伎馆打过杂工,虽然和别人一样都是梳着桃裂式发髻,可阿雪的脖颈显得格外迷人。见习艺伎身上的早熟与海边姑娘的活力同时显现在她身上,脸蛋红扑扑的像个红苹果,一对桃花眼顾盼生辉,让人真切地体会到什么是"小镇美娇娘"。所以,在这个温泉旅馆中,很多男人半真半假地向她求爱,她也半真半假地应对。而且,她并不像其他女人那样炫耀自己多受追捧。

有一次,一个大学生当着阿雪的面说她"少年老成"。听到这句话,她脸色大变,厉声说道:"大学生还说这种狂妄无知的话!尽管我在艺伎馆里打过工,但你也不能看不起我。"她把手里的盆子扔了过去,然后扭头就走。之后,她一个月都没有和那个大学生说过话。

可是,这阿雪有时候还会和女人们要要赖皮。和阿芳两个人当班打扫浴池时,她装出一副打瞌睡的样子偷懒。阿芳用刷子"敲醒"她之后,她迷迷糊糊地说:"我怎么看着你有三张脸。还是让我先去睡觉吧,我给你暖床还不行吗?"就像娼妇在和男客撒娇一样。

阿雪不知道从哪里收集了一些五颜六色的小布片,将它们拼成三角形并缝合在一起,制作成一个漂亮的围裙。

"哎呀,你的围裙真漂亮啊!"一位女客赞叹道。

阿雪是那一年的夏末来到这个温泉旅馆的。那时候，旅馆找人缝了二十套棉和服，剩下的边角料被阿雪拣去做了一套男式的和服送给她弟弟了。

旅馆老板娘没有想到这个姑娘如此心灵手巧，对她的手艺赞不绝口。老板则告诫老婆说："得防着点这个丫头。"

阿雪还收集客人的烟头。她把过滤嘴揪掉之后，将里面剩余的烟丝揉到报纸上，包起来送给住在港镇那边的爷爷。

其实，阿雪没来之前，旅馆的老奶奶经常收集客人的烟头。她也和阿雪一样，把人家吸剩下的烟丝包好。村里的老年人聚过来之后，将这些烟丝放到烟袋里享用。有些老人过来的目的就是为了能吸口老奶奶送给他的烟丝。

可是，阿雪到来之后，那位老奶奶的爱好戛然而止。

阿雪的继母原本是港镇的一位娼妇，她每隔五六天就会领着阿雪的弟弟过来向继女要零花钱。每次来的时候都浓妆艳抹，见到旅馆的人极尽诌媚之态。

阿雪的爸爸也出来打工了，在邻村当临时搬运工，住在那边的一个农家仓库里。

阿雪的爷爷仍然住在港镇那边的渔港中，每天都等着孙女阿雪给自己送烟丝和山葵腌菜。

公共汽车绕过一个海角之后，眼前的一切都变成了暖色调——海岸边的山茶花开得正盛，山中的橘林硕果累累。道路在这山海之间径直向下面的海湾延伸过去。码头整整齐齐地躺着被拖拽上来的三四十艘渔船。从树木的枝条间隐隐约约地看到了宽瓦铺成的屋顶以及防火土仓的白色墙壁。很难想象阿雪那穷困潦倒的家竟然位于这么色彩丰富的港镇中，而且是一个不用交税的模范村。

阿雪的生母在生弟弟时突发高烧，虽然暂时性命无虞，但人疯了。爸爸和爷爷都出去劳作的时候，阿雪留守在家。疯母发作时，她找准机会抱走弟弟，以防被妈妈伤害。爸爸在早上出门之前会用绳子把妈妈的手脚捆住，阿雪觉得妈妈太可怜了，就帮她解开。四十天之后，妈妈离开了人世。

从那时候起，十岁的阿雪就不得不背着弟弟去上学。三年级的她放学回家之后还要洗衣做饭，缝缝补补。家里还养着一只从外面捡来的小狗。半夜时分，小狗会陪伴着阿雪去别人家给弟弟要奶喝。

"我讨厌和小保姆坐在一起。"

阿雪的同桌在教室里哭了起来。

弟弟每次哭闹时，阿雪都得离开教室。还要利用课间十分钟换尿布，出去讨要母乳。

生活重压之下的阿雪竟然在三年级期末考了头名，这让全校师生震惊不已。同学们的家长看着背负弟弟的阿雪从校长手中领取奖品时的瘦小身姿，禁不住泪流满面。后来，阿雪听说校长曾去求县里的知事给予她表彰。

尽管这样，阿雪还是受不了学校孩子们满满的恶意，最终在四年级的那个暑假辍学。

阿雪把弟弟拉扯到三岁的时候，爸爸娶了个媳妇，就是阿雪那个继母。可是，她每天还是要忙着洗衣做饭。继母心地不好，邻居们几乎每天都能看到她在水田中殴打背着弟弟除杂草的阿雪，又是揪头发，又是狠狠地拉扯身体。

"这个这个这个，还有这个，都是那时候被打后留下的。"阿雪曾经给温泉旅馆的女人们看过她胳膊、前胸的伤痕。每每这个时候，她脸上都会带着妩媚的微笑，就像把自己的裸体袒露给男客们看，以此来引诱他们一般。

阿雪的姑姑终于看不下去阿雪被继母这么欺负，把她领到了这个温泉小镇。当时，小学校长不是多次催促县里表彰阿雪吗，表彰下来的时候，阿雪已经身在艺伎馆了。她的父亲也到山中打工去了。

姑姑家一楼卖绢花，二楼开着艺伎馆。

"虽然住在艺伎馆，但我每天也就是扎扎花，照顾照顾小孩。"

她在温泉旅馆说的这些谎言，就像写在《修身手册》中的话。其实，那时候她也在艺伎馆见习，每天抱着三味弦和表演服。

正因为如此，县里撤销了给予她的表彰。

她的面颊逐渐变得红润而有光泽，圆圆的眼睛滴溜溜地转，活泼善谈，脖颈处很性感，心中也像燃起了一团火。

她感觉自己快要被逼着去接客的时候，毅然决然地离开了姑姑家。也许是因为她不能忘记县里曾经要表彰自己的事儿吧。

去爸爸打工的地方时，继母一反常态地对她谄媚奉承。

"我现在到哪儿都能安身立命了，这个家没有任何让我留恋的了。"

这是阿雪在艺伎馆时培养起来的坚定自信。她本人可能并没有意识到什么，可这种自信从她与继母对视的眼神中便可一览无余。继母也时常被她从容不迫的模样骇到。阿雪的自信让她仿佛装备了新的武器，她大胆地蔑视这世界、这人生。这是她迈向娼妇之门的重要一步。

可是，这种"蔑视人生"最终与"嫁入豪门"之梦重合在一起。为了能让自己钓到金龟婿，她变得愈发聪明伶俐、妖媚多情。

所以，阿泷对睡在"河边温泉"中的阿雪说了那句意味深长的话："保护好你的身子。"言外之意是她将自己的身体贴上价签加以保护。将"明码标价"与"修身手册"集于一身的危险性也是她身上那让人嫉妒的魅力之一。

对于继母在旅馆说给自己听的那些奉承话，阿雪也是巧妙地恭维回去。看到阿泷也泡在温泉中，阿雪便悄悄地凑过去，然后对老板娘说道："可不能相信她的话，她还是那么狠毒，经常打我弟弟，打得身上青一块紫一块的。"

在十六岁的阿雪看来，男客们的油嘴滑舌也足以让人"头破血流"，一如继母对弟弟的伤害。

五

这一年立春后的第二百一十天 ① 是一个响晴的日子，烧炭的烟雾缭绕在蔚蓝的天空中，溪涧处飞满了红蜻蜓。

到了第二百一十三天，在暴风雨的肆虐之下，温泉旅馆停电了。大家趁着天还没黑去关雨窗，之后回到宿舍躺在床上闲谈。这时，身披蓑衣的领班拿着蜡烛进来了。阿泷接过蜡烛，对正在那儿向外观望的阿时说道："阿时，不用看了，这么大的雨你是回不去的。快点把这个蜡烛拿到二十六号房去。"

话音刚落，屋里的女人们都起哄鼓掌。

阿时接过蜡烛之后一口将其吹灭，然后坐在那里一动不动。

原来这里有七个女佣，九月二号开始剩下了四人。那三个离开的女孩只是夏天高峰期才来打工的。旅馆老板的侄女高子就是其中的一个，她从女校毕业了，准备去学助产术，眼睛有些近视。还有一个是阿谷，十七岁的她从三年前就开始来打工。因为她家离这儿

---

① 第二百一十天：日本人认为这一天台风来袭的可能性很大，所以称之为"厄日"。

不远，所以每当旅馆客人多的时候就会把她叫过来。阿谷是个靠谱的姑娘，熟悉这里的情况，颇得旅馆老奶奶的喜爱。在这儿干了几年之后，她已经赚够了置办嫁妆的钱。第三个就是这个阿时，她是一个农家姑娘，今天是过来玩的，没想到被大雨阻隔在旅馆里。

躺在床上的女人们听到了石头轰然滚落的声音。阿时大半夜的时候打开了板门离开了。后来，女人们听到了阿时在走廊划火柴的声音。

"哇！万岁！"

阿雪大喊了一声。然后从阿芳的肚子上滚了过去，抱住墙边的阿绢。

"痒死了，小矮子。都是狐狸精，坏蛋。"

"我早看透了，是我让阿时睡在门旁的。"阿芳说道。

阿雪摇晃着屈起的膝盖，又笑着说道："那么纯真的一个女孩，我真的挺可怜她的。"

"她可是本地人啊，阿雪。你别说了，否则让她怎么嫁人啊。"阿绢一本正经地说道。

"这也没什么吧，不影响她当农民就行了。你不是也收人家钱了吗？"阿泷毫不留情地回怼了一句。

"我，我什么时候收钱了？"黑暗中，阿绢爬过来想要抓住阿泷。阿泷反手就扭住她的双手，将她掀翻在床。

"哼，你是不是凭那个把他给迷住了啊？我看你就是想吊人家的胃口。"

阿绢曾经在东京的艺伎街梳头屋做过活，她总念叨说先在旅馆这边赚点钱，然后再去艺伎街当梳头屋的学徒。她把自己的头发梳成艺伎的样式，客人一旦夸她梳得好，就得意洋洋地向大家吹嘘。

她的皮肤有点黑，个子也小小的。看到有来自大城市的男客，她就会把出席宴会的机会抢到自己手里。

这个夏天，旅馆来了一位神经衰弱的大学生，大约住了半个月。阿绢全然不顾账房的训斥和嘲笑，一直窝在那个大学生的房间里。

在客人蜂拥而至、客房爆满的夏日温泉旅馆中，女佣们与客人之间的风流韵事也就这么两桩，而且都发生在模样并不俊俏的阿绢和阿时身上。

和阿时暧昧的那个男客是江湖画师，行走于各个旅馆之间。阿时眼窝深，人也不是那么机灵，不过她那如雪般的肌肤在浴池中最吸引男客的眼球。

一夜暴风雨过后，晾台上堆满了翠绿的落叶，"河边温泉"的浴池中满是泥沙。红色的泥浆顺着岩石流到河边。在那里，一群小孩子站成一列，全神贯注地用网捞着被水流撞晕的小鱼。旁边还有一对江湖艺人母子在看热闹。

搭建在岩石间的板桥都被吹得七零八落。幸好桥板的边缘都打着洞穿着铁丝并被固定在河岸上，所以并没有被冲走。

洪水退去之后，也没见有人过来钓香鱼。女佣们聚在测量技师的房间嬉笑玩乐。那位江湖画师待在空着的房间——没有住客人的房间里给隔扇门作画。

在这个萧条寂寥的季节，村子里却热闹非凡，人们的欢声笑语不时地从远处传来。

在村子里最好的那家温泉旅馆中做工的女佣们都请假了。阿泷等人做工的这个温泉旅馆聚集了大量的村民，大家在一起畅谈村子中最高级的温泉旅馆经营者的各种传言。

"他用矿山技师采来的矿石冒充金矿，所以吃了官司。"

"是啊，你们知道那个官司是什么结局吗？技师被炒了鱿鱼，而那个老板却赚了几万日元定金。"

"这样的事情他可没少干。之前，有一些来狩鹿的大臣、高级将领不是住在他们那儿吗，这个家伙模仿那些名人的笔迹写了十几二十张书法赝品。不了解情况的人真的以为是他求人写的呢。就这样，他可是赚得盆满钵满。如果只靠在深山里开温泉旅馆，怎么可能发家呢。你看，咱们待的这个旅馆不就是个活生生的例子吗？"

有人借着酒劲儿嚷道："把他们家的温泉给堵上吧。"

"现在就过去把那个老头子给活埋在河滩吧。"

这条山谷边的小路扩建成车道之后，最受益的就是温泉旅馆了，可是，那个人经营着旅馆却不向村里交任何赞助费。

有十个警官长期住在那边，每天出去打猎。他们离开之前，村子里的人都很老实，不会像现在一样聚在一起"高谈阔论"。

阿泷把走廊的雨窗都关上了。

"哎呀——"她突然跳了起来。原来是踩到了一片硕大的青桐树叶。

不知为什么，她并不想回肉店去，根本没有这样的想法。

老板娘挺着七个月身孕的大肚子在打扫卫生间。尽管这样，她还是不想雇女佣来干，看得让人心疼。

一个赌徒模样的男客还没有离开，他每天都要到上游去做监工，那里有人正在给一个空房子做装修。

一伙来自朝鲜的建筑工人住了进来。

"他们还带着锅呢。"阿绢跑进来说道。

朝鲜女人们穿着皱巴巴的白色裙裤，穿着布鞋，背着装满锅碗瓢盆的大包袱弓着腰走在路上。

下游传来了炸药爆破的声音。

上游那个破旧的空屋子后来成为焕然一新的妓院。阿绢就搬到那儿去了，这让其他女佣颇为惊诧。那个赌徒模样的包工头子曾撩骚过她们每一个人，最后阿绢成了他的猎物。想着当时他承诺给自己的那一大笔钱，女人们都用恶毒的话骂起阿绢来。

秋　深

一

　　女佣们的房间里有十四五把扇子，都是夏季来温泉宾馆游玩的客人们忘记带走的。

　　阿雪两只手上各持着一把，呼啦甩开之后，像艺伎那样一本正经地跳起舞来。

　　"阿雪要不是来这儿，可能就成了艺伎啦。"仓吉坐靠在一个老式衣柜边，抱着双膝欣赏着阿雪的舞姿。

　　"如果真的那样，我们就看不到阿雪跳舞喽。"

　　"我不会做艺伎的，我只是个小保姆。"阿雪唱着说道。

　　仓吉好像被阿雪感染了，他用双手拍打着自己裸露的大腿给她打拍子助兴。之后，阿雪竟然开始和着仓吉胡乱拍打出来的节奏扭动身躯。不一会儿，她的腿肚子开始发热，脚步越来越乱。正要转身的时候，腰部顶到了摞起来的坐垫上，整个人倒向了衣柜。

　　"我们就这样配合着唱《法界节》①吧，阿仓。"

　　"就你还唱什么《法界节》！"

　　"什么意思啊！"阿雪把右手的扇子甩向仓吉。

———————

① 《法界节》：十九世纪末流行于日本的歌曲。

"我就是不愿意做什么艺伎才逃出来的。"

阿雪的言外之意应该是"你这样的浪荡公子我是看不上的"。她蔑视别人的时候，圆圆的眼睛中也是媚态尽显。

阿雪又开始跳了起来，用扇子半遮住自己的脸庞。仓吉笑嘻嘻地在旁边用阿雪刚抛过来的扇子击打大腿为她伴奏。他的两条腿和四旬女性的差不多，白胖白胖的；嘴唇较厚，面颊赤红；一身腱子肉把他那印着商号的短袖上衣撑得快要爆裂。

从三四年前开始，每年夏冬温泉旅馆最忙的两个季节，仓吉都会飘然而归。因为是来客高峰期，旅馆人手不够，店老板就让他帮厨，或者帮着做些迎送客人的事情。所以，一到这个时候，旅馆的人们就会念叨："今年阿仓也要来了吧。"

那年夏天，旅馆老板的远房亲戚加代姑娘也过来帮忙了。初秋时节，空房间日渐多了起来。仓吉每晚和加代一起逐屋关闭雨窗，有时候大半夜的两个人还去"河边温泉"泡澡。

就这样，仓吉被下了逐客令。可是，过年的时候，他又悄然而至，旅馆里的人一不注意又会给他安排些活计。

三个月之后的某个春日，身在镇里一家寿司店的仓吉给十六岁的阿雪写来一封信，把他在那里被女人传染上疾病的事情像报告天气预报一样一五一十地讲述出来。

夏天，他回到了温泉旅馆。从这个秋天开始，他就像跟屁虫一样追随着阿雪，陪着她关雨窗、冲洗浴池、收拾客人用过的床铺。因此，他也就顺理成章地成为欣赏阿雪跳舞的人了。

阿雪正跳着舞，阿泷闯了进来。

"哎，小雪，你可悠着点吧，别把榻榻米给踩塌了。"

"阿仓想吸点灰嘛，他说要体验一下都市的气息。"

"是呢。记得有一个令人生厌的学生，让人家打扫房间的时候，他站在一边直勾勾地盯着看。让他让一让，他却说想吸一点这里的灰尘，说山里的空气太干净了，借这个机会回味一下城市的感觉。阿雪那时候正在走廊擦地板，这个坏姑娘就问那学生，'这桶脏水也能勾起你的思乡之情吗？那你喝点吧'。阿仓，看你那一脸陶醉的样子，你说说，你体会到什么了？"

"这个人，天天煽风点火，讨厌！"阿雪把剩下的那把扇子砸向仓吉的膝盖。

"最近都说了十五遍了，说阿雪你这舞跳得越来越好了。"

"喂，阿雪，女人可不能第一次就被这样的人骗到，否则是一辈子的耻辱。你要等到第十五次。"

仓吉苍白的脸上挤出一丝笑容，他站起身说道："老板娘让打扫一下晾台呢。"

"晾台？"

阿雪打开窗户看了一下。

"哎哟喂，落了那么多树叶啊。"

昨晚一场强劲的秋风将片片绿叶从母体剥离，厚厚地堆积在晾台上。

女佣们的宿舍中有一个黑色大衣柜，桐树图案的家徽十分醒目。手环像是铁壶把，已是锈迹斑斑。这个陈旧的家什主要用来装换洗的衣物，比如为客人提供的浴衣、坐垫等。只有十叠① 大的房间各个角落都堆放着客人用的铺盖、坐垫，女佣们的包袱、碎布、空箱子一起被塞到抽屉里。破旧的梳妆台、化妆盒、旧三味弦、破洋伞等，都凌乱地放置于衣柜上面的一个壁橱上，看不出都是谁的东西。

① 十叠：即十块榻榻米那么大的面积。

204

旅馆里又开始缝制冬天穿的棉和服了，线头和奶糖糖纸散落在陈旧的榻榻米上，几把剪刀在闪闪发光。

扫完晾台的落叶之后，她们又从那儿跳进房间。厨师吾八盘腿坐着，用右手一张张地发着左手的花牌。

"还有闲心玩这个，大家都这么忙。"阿泷坐下后拿起针线。

"不是啦，我不干了。"

"要自己开店了吗？"

"不是啦，我干砸了，干砸了。"

"干砸了？意思是你被炒鱿鱼了？"

"也不是，我干腻了。其实我本不想说这件事，不过，就是因为这个……"

"怎么回事儿？这不是干松鱼的尾巴吗？"

"是啊。今天早上我打开置物箱，发现有人用这个把新的换走了。"

"然后说是你偷偷换的？我知道是谁干的了，肯定是阿芳那个贱货。那个婆娘，手脚不干净，经常翻动箱子。"

"阿芳看到新的就拿到她奶奶那儿去了。阿芳说奶奶当时正在削干松鱼，接过新的之后，给了阿芳一根旧的。我听说之后，觉得自己不能在这儿干了。"

"就因为这个？"

阿雪轻轻地拍了拍吾八的肩膀。

"关键这事儿账房和阿芳都没跟我说。"

"这点小事儿，别在意啦。她们不说，那你也装不知道吧。别不干了啊。"

阿雪摇着吾八的肩膀。

"可别那么脆弱，否则以后你怎么在这个社会上生存啊。"

"说什么呢，年纪轻轻的，口气倒不小啊。吾八怎么能什么都不说呢。"

说着，阿泷便冲出房间。

跑到厨房找到阿芳之后，阿泷上前一把拽住她的衣领，把她从走廊一直拽到吾八面前。

"交给你了。"她对吾八说。

看吾八在那儿没啥反应，阿泷又把阿芳拖到门外，两只手掐住她的脖子用力推搡了几下。

"畜生，你这个畜生，给我滚出去。"

阿泷又抬起穿着布袜的脚对着阿芳的肚子用力踢了几下。

"喂，你在干什么？"

仓吉过来顶了阿泷一下，把她撞得趔趄了几下后倒在鞋柜旁边。

"你干什么？两个臭虫，是不是要合起伙来抢吾八的饭碗？"

阿泷死死地盯了一会儿仓吉的脸。

"畜生！"

骂了一句之后，她突然低头撞向仓吉的前胸，和仓吉扭打在一起。

二

大约在朝鲜人来到此地一周之后，一批日本的建筑工人也过来参与施工。包工头租了温泉旅馆的一间厢房。

隔壁的娼妓馆新来了两个女人，据说是为镇里的士兵提供服务的。而那个阿咲则被挖到上流新建的那家娼妓馆去了，她的身价一下子涨到了原来的三倍。阿清呢，没过五天就病得卧床不起了。

村里的人们立刻就感知到阿清是一个拖着病躯之人——从娼妓馆出来，背着尚在襁褓中的婴儿，拉着四岁幼儿的手，从山谷沿着攀升的街道走向村中。从那个夏天开始，阿清在日复一日地重复着这件事情。

来到街道上，三四个小孩聚集到她身旁。看到左提右挈的阿清，路过的每一个村民都会主动和她打声招呼。她不向生活低头的坚韧劲儿以及干净利落的银杏返发髻让人怜悯。尽管她因为生病而长期卧床，也许正因为经常平躺的原因，她的头发梳理得整整齐齐。阿清是个极其沉默寡言的人，但她却很讨孩子们喜欢，所以村里的人们都很好奇她到底在和孩子们聊些什么。

阿清之所以生病了还能继续在那里工作，全托这些孩子们的福。男人们蜂拥而至的时候，犹如狂风呼啸，让她心神不宁。

"道路竣工之前，自己也许就会死掉吧。"

阿清每天都被这种想法折磨着。可是，她时而又像期待着欢庆活动的少女，活泼开朗。她最大的梦想仍是将来村里的孩子们能列队为她送葬，为她祭拜、扫墓，每天她都会在头脑中描绘这些美好的画面。

阿清已经深深扎根于这个山间温泉之中，而上流那个新馆的主人则像是游走于各地的"老鸨"。当温泉旅馆的客人们还穿着夏季浴衣的时候，她就穿上了棉和服。

村里的姑娘都对她避而远之，就像遇到了以前的"人贩子"。

可是，那些土木建筑工人只能透过树枝缝隙瞟一眼温泉旅馆的二楼，那里如同高岭之花，可望而不可即。

江湖画师画完隔扇门之后，坐着马车翻山越岭而去。他对来马车店送自己的阿泷等人说道："帮我告诉阿时，想见我的话就把隔扇门都捅破吧。"

看来，画师应该是瞒着阿时离开的。

回到旅馆之后，她们好像完全忘记了刚才画师的嘱托，在房间里稳稳当当地缝制冬天的棉和服。旅馆里几乎没有什么客人了，她们把客厅的旧杂志都收集过来了，可是没人读。周六、周日会有观光团过来赏红叶，在这之前，女佣们甚至都没有注意到红叶已经染红了这里的山野。

吾八离开之后，还没到第四天，女佣们就已经不再谈起他了。

村里的鱼店老板曾经为他过来道歉。

"我并没有撺他走……"老板娘支支吾吾地说道。

"不过，他也太不上心了，正忙的时候他却跑到客人房间聊个不停。虽说在这儿干的时间比较长，我们彼此之间也已经熟悉了，可是……"

吾八在这个温泉旅馆已经干了八年，年龄接近五十。前半生凭借一把菜刀安身立命于海边的各个城市。其间，左手的中指指尖被切断，好像也结了几次婚。之所以说"好像"，是因为他想忘记过去。在这儿这么多年，他不想和任何人说起过去。当然，他并不是刻意隐瞒什么，而是完全没有兴趣去回忆过往。

他原本漂泊于各个海港之间，居无定所，靠剖鱼做菜为生。可是，来到山里之后，与一个带着孩子的女人结婚，并将那个孩子视如己出。安家之后，他决定在此度过余生。

就像阿清对自己的葬礼有所期待一样，吾八也有自己的创业梦想。可是，他在有生之年很难圆梦了——他是那么看重温泉旅馆的这份工作，有时候还会心血来潮地去挖挖山芋，钓钓鱼，自由自在地回一趟邻村的家。说起来，这些都好像是他后半辈子的乐趣所在，当初的那股锐气几乎荡然无存，唯余每天在旅馆起早贪黑地上班了。

他一年到头都穿着木棉衬衫、印着商号的和服短褂以及短裤，其他衣服在他的生活中几乎不需要。因为年轻时曾在军队待过，他身姿挺拔，皮肤为古铜色。晚上小酌之后，他会去相识的客人那里坐坐，不到十分钟就会在那儿打起盹儿。

这样的一个人却因为一块松鱼干受到了重创。

厨房中铺着木板，仓吉在这里手脚麻利地劳作着。他长着一双与吾八一样粗壮的大手。曾几何时，女佣们是那么看不起仓吉，可现在不一样了，她们跟在仓吉的屁股后面讨要刺身的边角料。

观光团离开之后，女佣们会将剩在餐桌上的生鸡蛋藏匿在客厅的架子上，然后趁擦拭走廊时用铁壶煮熟。

有时候，她们也会吃自己所喜欢的长客剩下的饭菜。当然，一定是男客剩下的才入她们的法眼，女客的食物她们本能地抗拒。

"知根知底，肯定没有什么传染病，而且还无脏秽。"其中一个女佣对大家说道。

在她们之间有这样一个不成文的规矩，那就是每一个人只能碰某个男人剩下的饭菜，其他人不能分食。这可能与她们骨子里的那种家庭意识有关吧。这是女佣们的秘密，对男人则守口如瓶。当然，阿绢在这种事情上很不守本分。她去了上游那家妓馆之后，阿雪成了后继者。

可是，对包工头的膳食先下手的却是极少做此事的阿泷，这也就相当于向人们大胆地宣告她可以成为这个男人的女人。

三

早上打扫庭院时，女佣们真切地感受到深秋已至。娇小的阿雪手持着一把大大的竹扫帚，显得非常不协调。不过，这样反而让她显得清纯而又气质高贵。

那边传来了朝鲜女人们说话的声音。阿雪拖着那柄让她魅力十足的大扫帚走了过去。朝鲜女人们租住在温泉旅馆门前的那个空房子里。房屋非常简陋，连隔扇门和窗户都没有。女佣们打扫庭院的时候，她们蹲在水井边刷洗早餐餐具。阿雪向那边望了一会儿，刚一转身，透过古老的罗汉松的缝隙，她看到了发生在旅馆厢房处一个出乎意料的场景。她先是怔在那里，手里的扫把吧嗒一声掉落在罗汉松上，之后又不禁后退了几步。

只见阿泷蹲在厢房门口，正在给包工头绑腿上的黄色带子。她那洁白的脖颈与桃裂式发髻在男人的膝部上下浮动，犹如被人丢弃的物品。

"阿泷她竟然……"

阿雪双颊发冷，呆呆地向后院走去。

她将双肘支在小桥的栏杆上，来回摇晃着一只腿。河水在阳光的照射下闪闪放光，澄澈透明。

泪水从阿雪的眼角滑落。对阿泷那难以言表的依恋之情涌上心头。

她们使用的被子不分铺的与盖的。阿泷从抽屉里拽出一床脏脏的被子，突然对阿雪说道："今天我去看爆破了。你不知道，看到岩石砰砰地碎裂，那感觉真的很不错。"

阿雪一下子笑喷了，抱着并不软和的被子倒在榻榻米上。

"你是不是不闻着硝烟味儿就睡不着啊？"

阿雪说完之后用双手掩住脸伏在床上，像疯子一样哈哈大笑个不停。

"喂！"阿泷转身站起来，用一只脚反复踩踏着阿雪的后背。

"是啊。是又怎么样？"

阿雪好像并没有觉察到自己被踩在脚下，仍然大笑不止。

"快点快点，去打扫浴池吧。阿泷，你还有活儿呢，再磨蹭你明天眼睛又该红了。"

阿芳扑腾扑腾地铺着被子。

女人们抱着用细带绑着的睡衣，起身要去冲刷浴室。

"你们别去了，我一个人去总行了吧。"

甩下这句话之后，阿泷哐的一声拉上门，自己一个人出去了。

阿芳和阿吉立刻就入睡了。浴室那边传来了流水的声音。于是，阿雪穿着浴衣，哆哆嗦嗦地缩着身体下到浴室中。最近几天，她像个小跟屁虫，整天追随着阿泷。

阿泷听到河滩那边有人叫她，打开窗户看了一眼，发现阿绢站在那里。

阿泷跳到晾台上问道："什么事儿？"

"你还好吧。"

"进来吧。"

"好的。不过……"

阿绢走进晾台后向屋里张望了半天。

"诸位都还好吧。"

"还'诸位'，这里没有你说的那么尊贵的'诸位'。"

"我有点事儿想求你。"

"那就进来吧。"

"我呢……"阿绢稍微歪着头，用手摆弄着披肩。

"我借了些钱给工人们。"

"哦？"

"可是，我现在要不回来了。"

"挺不错嘛，就当把钱施舍给穷人了。"

"不是那么回事儿。"

"听说你们家要价是最高的。"

"和这个没关系。我家老板管得很严，不交押金就不能进去。"

"说什么呢。你回去帮我宣传一下，让没钱的人都来找我阿泷。"

"我真的把手头的钱借出去了。"

"'真的把手头的钱'？什么意思？"

"我当初离开这儿就是想多去挣一些钱。我也不想长期做这个行当，明年就打算去东京学习梳头发，所以想多攒点钱。这才把钱借给工人们的。"

"是吗？真是让我震惊啊。你把钱借给他们，就像是他们照顾了你的生意，还要付你利息。"

"可是，很多人连本金都不还我啊。所以想请你和工头说一声，让他们赶快还我钱，或者从他们的工资里面扣下来。"

"你说什么？！还真是你能干出来的。"

说罢，阿泷从晾台上跳回房间，哐当一声关上窗户后放声大笑。阿泷已经好久没这么笑过了。

她确实好久没有这么大笑过了。最近，连高声大笑都会让阿泷睡眠不足。每天晚上她都双脚冰凉地从厢房出来，走过长长的走廊回到宿舍。白天她虽然双眼布满血丝，但还是要忙个不停，就像一头永远不知疲倦的野兽。

从那边回来之后，她在打开宿舍门时还是发出了轻微的响动。

"阿泷。"阿雪温柔地叫了一声。

阿泷一下子呆立在那里。

"阿泷。"

阿泷默不作声地脱下浴衣外面的短褂。

"阿泷，大家都睡了。我给你暖了被窝。给你留的鱼汤都凉透了。"

"是吗？谢谢！"

阿泷突然把自己冰凉的手放到阿雪的胸口处。

"你是不是挺寂寞的？"

这样的夜晚持续了一段时间。

终于有一天，老板娘把睡在仓吉房间里的阿雪摇醒。

她霍地坐起来，两手支地跪坐在那里。

"实在是对不起！"

然后，用手一边揉着双眼，一边走回宿舍。

"过来。"

阿泷从睡铺上起身将阿雪压在身下。

"小雪，你应该挺聪明的啊。你那么珍视的东西，能够让你出人头地的东西，却轻而易举地献给了仓吉那个畜生。小雪，你不能把自己拴在仓吉一个人身上，快点再物色一个，别管是谁，一定要再找一个。我早就说过，女人只委身于一个男人，那是女人的失败。你被那样的男人掌控，你就没有了未来。"

"哭什么？别哭，没有什么可哭的。"

"你不在乎？真的不在乎吗？如果不在乎那就算了。不过，不再找一个，你这辈子就全毁了。"

可是，第二天仓吉就被解雇了，阿雪也和他一起消失了。

半个月之后，阿泷收到了阿雪的来信，不知道发自哪里的一封信。

"啊，那令人怀念的山中温泉啊。如今，我身在羁旅。昨天还在东野，今天已然来到了遥远的西地。"

这应该是阿雪在温泉旅馆时读到的一篇散文中的句子。

后来，有人听说阿雪和那个男人四处漂泊了一段时间之后，被卖到了一个无人知晓的地方。

因为是风闻，真假与否，就不得而知了。

冬　来

一

水车上的冰柱在月光下闪闪发光。结冰的板桥上响起金属般的马蹄声。夜幕中群山的轮廓如利刃般隐约可见。

这是一个寒冷的冬日。

阿咲孤身一人低头坐在马车的一角。她用白色围巾将面颊层层包住，然后又用双袖紧紧掩住自己的面容。

从车站到温泉旅馆大概有十六公里的路程。她先坐火车，又换乘汽车和马车才来到这里。坐着这辆马车快到终点的时候，她看到有一个村民提着灯笼从山谷间走来。他应该是泡了挺长时间的温泉，脸上泛着红光。虽然是月夜，黑沉沉的树影却铺在地上。街上的人家都已经关门闭户。

阿咲从马车上跳下来，缩着脖子快速跑进山茶林中。接着，她又踏着树叶的碎影向竹林跑去。

站住之后，阿咲从怀中掏出一瓶酒，对着瓶嘴就喝了起来。

"啊——"

她颇为满足地喘了口粗气，把两只脚缩进衣摆之下，又重新围了下围巾，将脸埋在双袖之中，仰面躺在地上。

冬天的竹林中不是很冷，加上竹叶厚厚地堆积在一起，竟然让阿咲觉得身下传来些许暖意。她没穿大衣，身上只穿了两层人造丝衬衣。

　　等了不到二十分钟，她就听到了男人的脚步声。

　　"喂，吓我一跳，我还以为你睡着了。"

　　男人弯下腰来。阿咲拉着他的手从肩部滑到胸脯上。

　　男人躺了下来。阿咲拉着他的手在地上不断翻滚着。

　　"太高兴了，你不知道我有多想见你。滚一滚就暖和了。"

　　"没被人看到吧？"

　　"肯定没有。我提前五站上的车，然后又坐了两个小时的马车才抵达这里。你看，我这脚冻的。"

　　微弱的月光下，阿咲脱掉布袜，露出两只脚。

　　"看，这么红。"

　　阿咲抬起腿把双脚放到男人的膝盖上，用冻红的双手不断揉搓着。

　　"就像冰冻后的红辣椒呀。"

　　男人握着阿咲的脚趾时，感觉她的脚趾就像附在他手中的一条条凉凉的蛞蝓。而肌肤的触感又让他想到白色蜗牛之类生物的身体。

　　被抚摸脚趾的阿咲最后将身体完全交给了身边的这个男人。

　　"去村里的温泉中暖暖吧。"

　　"不去，人家像一团火一样从大老远的地方飞奔过来，你也应该热情似火吧。"

　　男人转过身后，她用双手推了一下他的胸口，扭过自己的身子说道："我说不行就不行，我可不能白来一趟，又花火车费，又花马车费。"

　　"钱我会给你的，什么时候都会给的。"

　　"那不行，得先给我，否则我就不当你的女人了。"

　　男人耳边突然响起溪涧中传来的泠泠的流水声。

阿咲来这儿的目的并不是会情人，她是来出卖身体的。

　　这个村子里的娼妇中，只有阿咲有伤风化。村领导们都这样认为。驻地的警官们也屡次勒令她离开村子，可她还是毫不收敛，直到她和议员儿子之间的事儿闹大之后，她才被警官们驱逐出村。人们说她生来就是做这一行的，而且太过于招摇，简直肆无忌惮。

　　可是，只要写一封信，阿咲的老情人们就能把她招至身边。为了避人耳目，她先乘坐火车，后换乘马车，半夜时分来到竹林之中。当然，路费也需要男人们悉数报销。和赚钱相比，或许她真的是为了"卖身"才大老远地连夜赶过来。如传说中那位横渡大海与情人幽会的女子一般。

　　当然，阿咲回到城里之后，也是一直在接待士兵的店里工作。面孔扁平、皮肤白皙的她不停地变换地方，漂泊于世间。只要有男人，她觉得哪里都可以过得舒舒服服。她就是这么知足，连头发都不想那么认真地打理。

　　现在，竹叶沾在她的脖子上，可她懒得动手拂掉它们。

　　两人起身向山谷走去，男人还帮阿咲一片一片地摘掉身上的竹叶。沿着河边的岩石走了一会儿之后，他们偷偷地溜进温泉浴室。

　　阿泷只身一人坐在浴池的边沿。她看到阿咲之后，用湿手巾擦了一下双眼，然后对那个男人说道："昨晚那边的阿清死掉了，你知道吗？"

　　"这事儿我倒是听说了……我以为你们都睡了，所以就没有过去打招呼。我们在这里泡会儿澡。"男人难为情地解着和服衣带。

　　"今晚大家要为阿清守夜，可是，男人们都是胆小如鼠的窝囊废，没有一个人过来。真看不起他们。"

　　"虽说她活着的时候接待过不少人，但是他们也没办法公然露面吧，背地里应该会为她祈福的。"

"真可怜。你是不是也是让阿清短命的男人之一啊？"

"那帮建筑工人不来就好了。阿清挺照顾村里的孩子，所以大家应该会为她做点什么。"

"总之今晚没什么人来为她守夜。我可跟你说，阿清的魂灵会经常光顾那片竹林的，所以去过那边的人就不要来我们这里。我们家的浴池可不给你们这样的人净身。"

阿咲虽然羞红了脸，但她还是低着头一言不发地迈着柔软如面筋般的双脚走下石阶，走进浴池。

二

阿清是娼妇，而阿咲是娼妇中的佼佼者。有人可能认为阿清就是被出类拔萃的阿咲"杀死"的。

从十五六岁时起，阿清就游走于这个深山之中。身子被搞垮的阿清一心想安葬于此。这样的阿清在男人的怀中就像是一具苍白的幻影。尽管这样，她仍旧一次又一次地被玷污、践踏。只要有时间，她就陪村里的孩子们嬉戏玩耍。

从那群建筑工人来到山上、轰隆隆的破岩之声响起之时，她就清楚自己的生命行将终结。

"道路修好之前，我就会被杀死吧。"

不到五天，阿清就病得卧床不起了。幸亏她身边还有四岁的女儿与尚在襁褓中的婴儿，否则她也许早就被扫地出门了。

"看人家阿咲。"

村中的老鸨们经常念叨这句话。

如今，在病入膏肓的阿清耳边回响的也是这句话。

她躺在腌菜房旁边二叠大的小屋里。实际上，这里也常常用来接客。

阿清努力支起身子，她决心自杀。没有比"决心自杀"更触痛心灵的措辞了，是一种自我放弃。

实际上，将自己的身子卖给那帮建筑工人，这件事情本身就相当于自杀。

与她相依为命的孩子们不会了解她的死究竟和建筑工人有何干系。

阿咲走出温泉。

"再见。想找我的话就给我写信。"

阿咲一副若无其事的模样，阿清的死以及阿泷的嘲讽怒骂仿佛和她没有一点关系。

"再见？开什么玩笑，这么晚你能去哪儿呢？"

"我要回去了。天亮之前准能走到车站。"

"要走十六公里呢，而且是山路。"

"没事儿，我不害怕。我太喜欢黑夜了，就像喜欢男人一样。我不会让你送我的。再见！"

"喂，适可而止吧。你也太薄情寡义了，天亮之后再走吧。"

"被人发现了怎么办？"

她头也不回地离开了旅馆，然后沿着月光满地的冰雪之路向街道走去。

男人呆呆地伫立在那里。

可是，阿咲并没有走远。离开男人的视野之后她又小跑着折返回来，缩着身子躲在溪涧旁村庄温泉的后面。她在那儿无声无息地等待着其他老相好的到来。

冬麦的麦芽染上了霜色，山峰之上的天空渐渐明亮起来。不知什么缘故，候鸟不在竹林中停留，而是顺着林边低飞而去。第二个男人用脚踩灭火堆之后，突然蹲下身来说道："哎，好像有人过来了。"

头枕在小臂上躺着的阿咲坐起来看了一下。

"哦，我知道了，是给阿清送葬的。"

"小点声……"

送葬之人爬上梯田，向竹林这边走来。阿咲一下子趴在地上，两只手托着面颊笑嘻嘻地看着那边。

说是送葬的，其实只是两个人抬着漂白布覆盖的棺椁。可能是娼妓馆的老板和领班。棺上放着两把铁锹，也许只是为了让这件事有点仪式感吧。这个村子是实行土葬的。

可是，阿清幻想过无数次的那帮孩子呢？那帮排着长队为阿清送葬的孩子怎么一个都没有出现？这不是阿清的遗愿吗？阿清因它盼活、因它赴死……

那些孩子还在梦乡之中。

两个人抬着阿清的棺木经过竹林，向着山上的墓地攀爬。

"太过分了吧。"

"是啊。"

"趁着天没亮就偷偷地给扔掉了。"

"我也赶快回去吧。现在过去应该还能赶上第一班马车。"

"等一下，拍一拍你身上的竹叶。"

"告辞了。想见我就给我写信吧。"

她捡起酒瓶，用力扔了出去。

酒瓶与眼前的一根竹子相撞，玻璃碎片迸溅于竹林之中。

睡美人

睡美人

其 一

"您不要恶作剧哟，也不能把手指伸到熟睡中的姑娘嘴里。"旅馆的女人再三叮嘱江口老人。

二楼只有两间房，一间是江口和眼前这个女人所在的八张榻榻米大小的房间，还有一间是隔壁用作睡房的房间。楼下十分窄小逼仄，也没有客房，这里几乎不能称之为旅馆。旅馆外没有挂招牌，这家旅馆的秘密想必也无法宣之于众。室内寂静无声，除了把江口老人迎接到上锁的大门处的女人还在喋喋不休外，别无他人。初来乍到的江口老人不知这个女人是旅馆的老板娘还是女佣，无论如何，作为客人还是少问为妙，多一事不如少一事。

女人四十多岁，身材娇小，声音颇显年轻，说话时仿佛刻意放慢语速，薄薄的嘴唇几乎不动，也不看对方的脸。深黑色的瞳仁不仅能让对方卸下心防，而且女人本身仿佛也自带一种波澜不惊的沉稳气度。桐木火盆上坐着铁壶，正在烧水。女人用煮开的水沏了壶茶。女人沏的茶和沏茶的火候皆属上乘，在这样的地方和场合，让人十分意外，这让江口老人的心情很是舒畅。壁龛处挂着一幅川合玉堂①的《深山枫叶图》，上面绘有大片的红叶，让人望之萌生暖意，可惜挂在此处的这幅画是赝品。这间八张榻榻米大小的房间看起来并无任何异常。

"您不要唤醒姑娘。无论您怎么叫她，她也不会睁开眼睛。姑娘睡熟了，什么也不知道。"女人又唠叨了一遍。"姑娘睡得很沉，所以她什么也不知道。就连和谁睡在一起也……对此，您不必有什么顾虑。"

江口老人心里萌生出许多疑问，却没有说出口。

"请问现在几点了？"

"差十五分十一点。"

"转眼就这么晚了。上了年纪的人都睡得早，早上醒得也早。您请自便吧。"说着，女人站起身，把通往隔壁房间大门的锁打开，她像是个左撇子，用的是左手。江口跟着开锁的女人，屏住呼吸。女人只探进头去，看了看里面，无疑她已习惯了这样在门口探头向里张望。她的背影看起来平平常常，但江口却觉得神秘莫测。她的腰带上绘有太鼓的花纹，还有一只叫不出名字的怪异大鸟。为什么给这只装饰风很强的鸟配了如此写实的一双眼和脚呢？当然，这只鸟本身倒不会让人感觉不适，只是样子看起来粗制滥造。然而，这个女人平淡无奇的背影令人观之感到不适的，正是这只鸟。腰带的底色微黄，近乎白色。隔壁房间光线黯淡。

女人照原来的样子关上门，没再上锁，只把钥匙置于江口面前的桌子上，神情仿佛从未看过那间房一样，仍是一副波澜不惊的口吻。

"这是钥匙。您早点休息吧。如果入睡困难，枕头旁边有安眠药。"

---

①川合玉堂：日本画家，生于 1873 年，卒于 1957 年。其创作以花鸟、山水为主，画风稳健。代表作品有《去春》《暮雪》等。

"有没有洋酒什么的？"

"我们不提供酒。"

"临睡前喝一点点助眠的酒也不行吗？"

"是的，不行。"

"姑娘已经在隔壁的房间了吗？"

"已经睡熟，等着您呢。"

"这样啊！"江口有点吃惊。姑娘什么时候进入隔壁这间房的？什么时候陷入深睡之中的？女人把门打开一条缝朝里张望，是为了确认姑娘已经熟睡了吧？有一个从头至尾一直熟睡的姑娘相伴——虽然江口已经从了解这家旅馆的老人那里知道了这件事情，然而，亲自来到这里之后，反而觉得难以置信。

"您要在这里更衣吗？"女人似乎要出手相助的样子。

江口沉默着。

"听见了海浪声呢，风也……"

"这里能听见海浪声呀。"

"请您早点休息吧。"女人说完就离开了。

房间里只剩下江口一个人。他环顾着自己所在的房间，有八张榻榻米大小，一眼望去，一目了然，毫无玄机。他把目光停留在通往隔壁房间的大门上，是一扇杉木做的板门，宽约九十厘米。建房时应该没有这扇门，好像是后面添加的。想到这里，江口忽然意识到两间房的隔断本来应该是纸拉门，但为了做成"睡美人"密室而特意将纸拉门改为普通的墙壁，因而这堵墙虽然比照整个房间的色调做了调整，但是看起来仍然非常新。

江口把女人留下的钥匙握在手中，是那种很常见的钥匙。拿钥匙是为了要去隔壁的房间，但江口一动不动。女人也提及这里能听见汹涌的海浪声，听起来海浪在大力拍打、冲击着高高的悬崖，让人以为这个小小的房子立于悬崖尽头。呼啸的风声预示着冬日的到来。明明房间里的火盆让房间暖洋洋的，这里属于温带，树叶也没有随风飘落的迹象，也许是江口老人的心境，让他听到风声便感受到冬日的萧索。江口深夜才来到这家旅馆，所以对周围的地形还不太熟悉，但能感受到空气中有海水的腥味。穿过大门，看见一个与这所房子不相称的大而疏朗的庭院，种着许多高大的松树和枫树。微暗的天空下，黑松树的叶子根根直立，顽强地向四周伸展。这里以前应该是幢别墅吧。

江口用拿着钥匙的手点燃一支烟，只抽了一两口，便在烟灰缸中将其摁灭，又慢悠悠地抽第二支烟。与其说他在嘲笑自己心中轻微的悸动，倒不如说现在强烈地感受到一种让人讨厌的空虚。往日江口习惯喝一点洋酒再入睡，他的睡眠很浅，又经常做噩梦。江口记得曾有一位年纪轻轻即死于癌症的女性和歌作家在一个不眠之夜写下这样一首和歌：

漆黑的夜
唯有癞蛤蟆、黑狗和溺亡之人

这首和歌给江口留下了极为深刻的印象，以至于他一见难忘。现在，他又想起这首和歌。隔壁房间沉睡着的——或者说被迫陷于沉睡中的姑娘不正如"溺亡之人"吗？思及此处，江口对于走进"睡美人"密室颇为踌躇。虽然没有听闻姑娘是被人用什么办法陷入昏睡的，但姑娘是一种不正常的昏迷不醒的状态。也许她是吸了毒，肌肤呈现出灰暗的铅灰色，眼睛周围有深深的黑眼圈，肋骨根根突出，形销骨立；又或许她是个全身浮肿、冰冷的姑娘；也许她还露出染成紫色的脏污的牙床，打着轻微的鼻鼾酣睡。在江口老人长达六七十年的人生中，自然少不了与女人放浪形骸、丑态百出的夜晚，这样的夜晚让人难以忘怀。这种丑态并不是容貌气质的丑陋，而是源于女性不幸人生的扭曲。到了这个年纪，江口不想在以往的荒唐史上再添一笔。来到这家旅馆，本来是抱着"真到了那时候就这样想"的念头，然而还有比妄想全程在被迫昏睡不醒的年轻姑娘的身旁横卧一夜的老人更加难堪的存在吗？江口不就是为了追求这极致的老后丑态才来到这家旅馆的吗？

女人说他是"让人放心的客人"，来这家旅馆的全是"让人放心"的客人。告诉江口有这样一家旅馆存在的老人也是一个"让人放心"的老人，这个老人已经不再具有男性功能，他想当然地认为江口也处于同样的状况。刚才的女人大概已习惯了和这样的老人打交道，因此，在面对江口的时候，她既没有向江口投去怜悯的目光，也没有显露出探询的神色。然而，江口由于长期以来从未停止与女性交往，因此尚且不是"让人放心"的客人中的一员，尚有余力做男人能做的事情，视乎当时的心情、所处的场所以及对方的情况而定。这样的他，也感知到老后难堪的日渐迫近，距来这家旅馆的老年客人们那种无奈和悲凉境地也渐行渐近，来这家旅馆这件事情本身无疑就是日渐衰老的征兆。由于以上种种，江口完全无意打破来此消遣的老人们的体面，或者说打破这些悲哀的禁锢，他要遵守约定。这家旅馆可称之为"秘密俱乐部"，但是成为会员的老人貌似不是很多，江口来这里，一则不是为了揭露俱乐部的罪恶，二则不是为了破坏俱乐部的规矩。好奇心不那么旺盛，也说明他的年老体衰。

"有客人说，在这里睡觉的时候做了个好梦呢！还有客人说在这里让他想起了自己的年轻时代。"女人的话语浮现在江口老人的脑海中，然而他连苦笑都吝于展现。他面无表情地单手撑着桌子站起来，打开了通往隔壁房间的杉木板门。

"啊！"

映入眼帘的深红色天鹅绒窗帘让江口不由自主地惊呼起来。房间里只有微微的亮光，越发衬得窗帘的颜色深红欲滴。窗帘前有一层薄薄的光，江口如同一脚踏入幻境。房间里的四面墙壁皆帷幔低垂，江口进来时的杉木板门也隐于帷幔之下，此处帷幔的一端已经拉开。江口锁上门拉上帷幔，低头俯看着正在沉睡的姑娘。姑娘不像是装睡，听她的呼吸确实处于深度睡眠状态。姑娘出人意料的美让老人的呼吸几乎停滞了片刻。不只是姑娘的美，姑娘的年轻也让老人感到意外。姑娘脸朝左侧躺着，江口只能看见姑娘的脸，看不见她的身体，估计还不到二十岁呢。江口老人感觉到身体里有另一颗心脏在跳动。

姑娘的右手手腕从被子里伸出来，左手像是从被子底下斜伸了出去。右手大拇指有一半藏在脸颊下面，右手挨着脸置于枕头上。指尖随着轻柔的呼吸稍微向内扣，手指根部的可爱凹陷还能看见，没有因向内微扣的手指而消失不见。皮肤下面粉红的血管从手背延伸到手指，越来越明晰。真是又嫩又白的手啊。

"你睡着了吗？还不起来吗？"江口老人仿佛为了触碰这只手而特意说了这句话。他把姑娘的手握在掌心轻轻地摇晃。他知道姑娘不会醒，握住姑娘的手，凝视着她的脸，他在想，这个姑娘是个什么样的人呢？姑娘的眉毛淡雅，紧紧贴合在一起的睫毛纹丝不乱。他闻到了姑娘头发的香味。

看着眼前的姑娘，江口失了神。过了一会儿，才又听见汹涌的海浪声，然后麻利地换了衣服，意识到房间的灯光是从上面洒下来的，抬头往上一看，天井处开了两个天窗，天窗上糊着日本和纸，电灯的光透过和纸倾泻在房中。到底是深红色的窗帘衬得室内的光线如此美妙，还是天鹅绒衬得姑娘的肌肤美得如梦似幻？江口全然无暇思考，他强自稳住心神，断定天鹅绒的颜色不能将姑娘的脸衬得如此美丽。江口的眼睛已经适应了房间的光线，对于习惯于在昏暗光线中入睡的他来说，房间的光线过于明亮，但天井处透下来的光线似乎没办法遮挡，能清楚地看见床上铺着质量上乘的鸭绒被。

江口有点担心按说不会醒转的姑娘突然醒来，于是悄无声息地钻入被窝。姑娘似乎一丝不挂。对于老人的进入，姑娘完全没有出现任何下意识的诸如耸肩、缩腰的举动。按理来说，就算陷入深睡，年轻的姑娘也多数敏感，应该会有条件反射。江口判断姑娘绝非正常入眠。他将身体伸直，以免触碰到姑娘的肌肤。姑娘的膝头向前，双腿弯曲着，让江口的腿无处可伸。江口一望便知向左侧卧的姑娘右膝没有贴着左膝，没有如左膝一样膝盖向前、小腿呈弯曲状、形成守护的姿势，而是向后打开，右脚竭力向后伸展。因为姑娘的身体是倾斜的，因此左肩和腰不在同一条线上。看起来姑娘身量不高。

江口老人刚才握着并轻轻摇晃的手掌也仿佛陷入沉睡中一般，保持着江口放下时的姿势，静静地落在枕上。老人抽出自己的枕头，姑娘的手从枕上滑落。江口用一只手臂撑在枕头上，凝神看着姑娘的手，嘟囔了一句："真是一只鲜活的手啊！"毫无疑问，这是一只活人的手，如柔荑一般，江口爱慕不已，不自觉地说出这番话来。然而，此言一旦被江口说出来，无端让人觉得心里袭来一阵寒意。被迫陷入昏睡、对外界一无所知的姑娘，就算她的生命仍在延续，也是神志不清，犹如坠入无底的深渊一般。世上并无活着的人偶，因为不能把姑娘称之为"活着的人偶"，但是为了保全那些已经丧失男性功能的老人的体面，她被做成了活生生的玩具。对这样的老人来说，她不是玩具，而是鲜活的生命，是可以安心触摸的鲜活的生命。在江口浑浊昏花的眼里，近在咫尺的姑娘的手柔若无骨，美丽非凡，摸之既柔且滑，嫩滑到看不到肌肤的纹理。

跟由指根延伸到指尖肌肤下暖暖的粉红色一样，姑娘的耳垂也粉红可爱，耳朵从发间露出来。粉红的耳垂无声地宣告着这是一个无比娇艳的姑娘，深深地刺激着老人的心。江口被好事者唆使，开始迷恋上这家秘密旅馆，但是可以想象那些比他更老的老家伙们来到这里，定会感受到更强烈的喜悦和更深刻的无奈吧。姑娘的头发保持着自然的长度，也可能是为了让老人们可以抚弄而特意留长的。江口把头倚在枕上，把姑娘的头发掖在耳后，露出耳朵。姑娘耳根处的肌肤十分白皙，脖子和肩膀的线条秀气利落，完全没有女人特有的圆润感。老人挪开眼睛，环顾四周，房间里只有自己脱下来的衣物放在敞口浅筐里，没有看到姑娘脱下来的衣服，可能被刚才那个女人拿走了吧。一想到姑娘也可能是不着寸缕地来到这里，江口不由得心里咯噔了一下。他上上下下地打量着姑娘，心里明白正因为姑娘赤身裸体，所以才让她陷入昏睡。既然已经来到这里了，心里也就不必再有什么愧疚感了。江口把被子拉上来，盖住姑娘裸露的双肩，闭上了眼睛。空气里浮动着年轻姑娘的味道。他突然闻到婴儿的体香，是还在喝奶的乳儿的奶香味，香甜的味道甚至盖住了年轻姑娘的体香。

"莫不是……"按说这个姑娘不可能是刚刚生产完、乳汁满胀以至于从乳头处溢乳的产妇。江口对姑娘的额头、面颊，从下颚到脖颈处的少女特有的线条重新审视了一番，确定自己判断无误，但还是掀起盖住姑娘肩头的被子看了一眼，很明显不像是哺乳过的样子。用指尖轻轻地触碰，并无一点潮湿迹象。如果姑娘未满二十岁，就算勉强用"乳臭未干"来形容她，身上也不可能带有婴儿般的奶香味。实际上，江口闻到的只是女人独有的味道，然而，当时江口老人的确嗅到了奶香味。是刹那间的幻觉吗？为什么会有这样的幻觉？江口非常诧异，百思不得其解。或许是不经意间闪过的空虚感，让他幻想出奶香味。一念及此，江口陷入了交织着无边的悲伤与落寞的情绪中。这种情绪，更确切地说，是老年人挥之不去的哀伤，又转化成对给自己带来温暖气息的年轻姑娘的怜悯和同情。也许对姑娘的怜悯和同情之心驱赶了心里涌起的罪恶感，老人感觉姑娘的身体仿佛奏起了音乐，一曲温馨的充满爱的音乐。江口老人想要逃离此处，他环顾四周，四面墙都被包裹在天鹅绒的一片深红之中，全无出口。天井透下来的光映照在深红色的天鹅绒上，柔软又坚韧，将昏睡的姑娘和江口老人困于其中。

"起来吧？起来吧！"江口抓住姑娘的肩膀摇晃，又托起她的头，继续喊道："起来吧？起来吧！"

对姑娘的怜悯之心涌上心头，他情不自禁地就这样做了。姑娘昏睡不醒，闭口不言，对老人的脸和声音一无所知，对江口的行为、对这样做的江口本人一无所知，她完全感知不到江口的存在。姑娘的头被老人托在手里，沉甸甸的，她几乎微不可察地蹙了蹙眉，江口真切地感受到姑娘确实是活生生的，他轻轻地住了手。

如果那样做就能唤醒姑娘的话，那么木贺老人介绍的这家旅馆的秘密也早就不成为秘密了，木贺老人说如同与"秘藏佛像"共寝一般。毫无疑问，只有无论如何摆弄都不会苏醒的女人，对于那些"让人放心的客人"而言才是让人放心的诱惑、冒险和享乐。木贺老人只有躺在这样处于昏睡中并且绝不会半途苏醒的女人身边，才能深切体会到自己原来也是真真切切地活着的——木贺老人是这样说的。木贺来江口家拜访时，坐在客厅的软垫上，看着院子里掉落在秋季干枯的苔藓上的红色物体问道："这是什么？"一边说着，一边走到庭院里捡了起来。是桃叶珊瑚的红色果实。木贺一边捏起一颗夹在指尖搓弄着，一边告诉江口这家旅馆的秘密。木贺说："因为不能忍受衰老带来的绝望，所以才去这家旅馆。"

"对女人没有念想了，那种冲动好像是很久以前的事情了。你知道吗？有个地方可以提供一直沉睡不醒的姑娘为我们服务。"

一直沉睡不醒的姑娘，口不能言，耳不能听，对于那些失去男性功能的老人而言，如同一个既可耐心地听自己倾诉，又能毫无保留地与自己聊天的对象。江口是第一次和这样的姑娘共处一室，但是每次有客人来，姑娘必定都要经历这样的相处：把自己毫无保留地交付出去，对周围发生的事情一无所知；在几近假死的昏睡状态下，一脸天真地横卧于床上，安稳平静地呼吸。也许有老人会一寸一寸地抚遍姑娘全身，也许有老人会呜呜大哭，无论他们做什么，姑娘都毫不知情。即便心中明白这一点，江口还是下不了手。就连从姑娘颈下抽出自己的手这个动作，都如同拿着易碎品一般，小心轻放，然而想粗暴地唤醒沉睡中的姑娘这个念头却没有停止过。

随着江口老人的手从姑娘的颈下抽出，姑娘的脸慢慢扭转，肩膀也随之摊平，睡姿调整为脸朝上仰卧。担心姑娘会因此醒来，江口向后退了退。姑娘面朝上躺着，从天井透过来的光照在她的鼻子和嘴唇上，越发显得青春灵动。姑娘抬起手来，放在唇边，仿佛要吮吸食指。江口心想，竟然还有这样的睡眠习惯。谁知姑娘并没有衔住，食指只是轻轻地挨了挨嘴唇，原来紧紧闭着的嘴唇松动了一些，露出了里面的牙齿；本来是用鼻腔呼吸，现在变成了用嘴呼吸，略显急促。江口正想姑娘这样呼吸会不会难受，但看着又不像是难受的样子。因为姑娘的双唇微启，两颊好像浮上了微笑一般。拍打悬崖的海浪声又传入耳中。从海浪退去的声音，大致可以判断悬崖下边有一块大大的岩石，海浪冲到岩石后面，海水退去之后，冲进岩石后面的海浪也随之退去。姑娘用嘴呼吸时的气味比用鼻腔呼吸时重一些，但并不是奶香味。为什么突然闻到奶香味？老人自己也觉得不可思议，心想，这可能是姑娘身上的体香吧。

江口老人家里现在有个还在吃奶的小外孙，脑海里不禁浮现出小外孙的样子来。江口的三个女儿已全部出嫁并且都生了孩子。对于江口来说，不仅小外孙们奶香味十足的时候令他难以忘怀，他抱着奶香味十足的女儿时的感觉也久久不能忘记。这些直系血亲的婴儿时期的奶香味，不经意间从记忆中苏醒过来，似乎要责备江口。也许奶香味是江口怜惜眼前这个姑娘的心情的写照吧。江口也像姑娘一样翻身仰躺，合上双眼，尽量不让身体任何一处碰到姑娘。还是把枕边的安眠药吃了吧，药效肯定没有姑娘吃的强，肯定会比姑娘醒得早，做不到这一点的话，这家旅馆的秘密和魅力也将不复存在。江口打开枕边的小纸包，里面有两片白色的药片。吃下一片，陷入似梦非梦半睡半醒的状态，吃下两片，则会陷入深眠。"这样也不赖。"江口看着药片，想起那些令人不快、令人疯狂的记忆，关于奶水的回忆。

"奶水味，我闻到了奶水味，是婴儿身上的奶水味。"正在把江口脱下来的上衣一一叠好的女人闻之勃然变色，对江口怒目而视："你家里有正在吃奶的孩子吧？你肯定在出门前抱了那个孩子，对不对？"女人的手哆嗦着，嘴里念叨着："讨厌！真是太讨厌了！"

一边站起身来，一边把刚才叠好的衣服朝江口扔过去："我最讨厌人家出门前抱了婴儿之后来我这里！"声音凄厉可怖，眼神更是让人胆寒。女人是艺伎，也是江口的老相好，对于江口有妻有子这件事情完全知情，但是江口身上染上的婴儿的奶香味，引发她满心的嫌弃，燃起了她的嫉妒之情。自那以后江口和她的关系就开始变得尴尬。

令艺伎讨厌的江口身上的味道，是江口幺女所生的宝宝身上的奶香味，当时她还处在吃奶阶段。江口在婚前已有情人，那个姑娘的父母看管得很严，因此，难得的约会就让二人激情难耐。有一次，激情过后，江口不经意间抬起头一看，发现姑娘的乳头四周洇着薄薄的血，他大吃一惊，不动声色地把脸轻轻地贴上去，把姑娘胸前的粉红含在嘴里吮吸。姑娘沉浸在欢愉之中尚未回过神来，对此竟毫不知情。之后，江口向姑娘提起此事，姑娘好像完全不觉得疼。

这两件久远的往事此时涌上心头，让人觉得不可思议。因为心底藏着这样的记忆，所以才感觉到躺在身边的姑娘身上有奶香味？这个逻辑似乎并不成立。虽说这两件事都发生在很久以前，但是人的记忆的清晰与否并不由事件发生的时间是否久远而定，有时候六十年前孩提时代的事情反而比昨天发生的事情更生动、印象更深刻、更容易让人想起，上了年纪尤甚。而且幼年时发生的事情对一个人的性格养成至关重要，可以说它们影响了今后一生的行为。这样说有点无聊，然而在他的人生中，"男性的嘴唇可以让女性身体的任何一处渗出血来"这种事，就是那个乳头周围洇着薄血的姑娘告诉他的。虽然自那以后，江口尽量避免类似的事情发生，但是这个姑娘让他作为男人的一生变得更为丰茂。即使今日的江口已经六十七岁，这件事情也一直印在脑海之中，从未遗忘。

下面这件事情也许会让你觉得更加无聊：江口年轻的时候，一个女人曾对他说过这样的话："晚上临睡前，我闭上眼睛，默数一下那些让我觉得可以与之接吻的男人，扳着手指头数哦，十分有趣。如果少于十人，就会觉得人生索然无味。"这个女人是某大型公司董事的夫人，一个中年美妇，一个被称为贤内助的夫人，还是一个社交广泛的夫人。说这番话的时候，夫人正和江口跳着华尔兹。夫人突然这样剖白心迹，可能江口被夫人认为是可以与之接吻的男人之一吧。年轻的江口想到这里，松开了握住夫人的手。

"只是数数而已……"刚说到这里，夫人又若无其事地转移了话题："江口先生这么年轻，枕边一定不会寂寞吧。就算偶尔寂寞，也还有太太在旁。不过江口先生也可以试试像我这样数一数。对我来说，有时候，这是一剂安眠良方。"夫人的声音干巴巴的，江口无言以对。尽管夫人口里说的是"数数而已"，然而难免不会在数的时候幻想该男性的长相和身体，数上十个人，必定要花费好长时间，这期间夫人难道不是已然春心萌动了吗？眼前的夫人已过盛年，身上的香水犹如媚药一般，突然冲进江口的鼻腔。夫人在临睡前把江口作为可以与之接吻的男性之一，心底是如何描绘江口的模样呢？这纯粹是夫人的自由和秘密，与江口无关，江口也无从阻止，当然也无从告发。但是在自己不知情的情况下，被某个中年女性在心中意淫这件事情，让他觉得污秽不堪，然而，夫人的话让他至今难忘。夫人是在不动声色地勾引他，还是为了故意恶作剧地嘲笑他而编造了这么一段话说给他听？他对此曾经迷惑过，不过，夫人的话他却一直铭记于心。时至今日，那位夫人早已仙逝，江口对夫人的话依然毫不怀疑。那个堪称贤内助的夫人生前到底幻想过和多少男人接吻？

随着年龄的增长，在难以入睡的夜晚，江口偶尔会想起夫人的话，也像夫人一样扳着手指头数过女人。数过之后，思绪就会超出"可与之接吻"的范围，常常就变成与曾经有过关系的女人的回忆录。今晚，沉睡中的姑娘诱发他产生奶香味的幻觉，让他想起过往的情人。也许是情人乳头上洇着的血，让他突然闻到这个姑娘身上不可能有的奶香味。一边爱抚着沉睡不醒的美丽姑娘，一边陷入对以往交往过的、无法重来一遍的女性的回忆——这对于老年人来说也许是一种可怜的安慰，但对于江口来说，倒接近于一种心灵的平静，又寂寞又温馨。他轻轻地碰了碰姑娘的乳头，想确认是否被濡湿。姑娘肯定会比江口晚些醒来，如果姑娘睁开眼，发现乳头被血洇湿，肯定会大吃一惊，但江口头脑中完全没有涌现出要让姑娘大吃一惊的疯狂念头。姑娘的乳房形状很美，老人的思绪完全偏离，他在想，历经漫长的历史，在所有的动物中，为什么独有人类的乳房长成如此美妙的形状？女性的乳房如此之美，难道不应该是人类历史发展的璀璨荣光吗？

女性的嘴唇也是如此。江口老人想起那些睡前化妆的女性和睡前卸妆的女性。有些女性一擦掉唇上的口红，唇色变淡，便呈现出一种衰败的污浊。现在，卧在旁边的姑娘的脸，映着天井投下来的光，衬着四周天鹅绒的红，虽然不能确定姑娘是否化了淡妆，但能肯定她没有化诸如把睫毛特意弄成向上卷翘这种程度的浓妆。双唇以及唇间露出的贝齿都闪着光泽，她应当也没有诸如事先在嘴里含上香料这样的手段，呼吸时带着年轻姑娘特有的口气。江口不爱颜色深、乳晕大的乳房，他轻轻揭起盖住姑娘肩膀的被子，看到她的乳房小小的，呈桃红色。姑娘向上仰躺着，江口尽可以贴着她的胸脯亲吻，她可不仅仅是"可与之接吻"的女性。江口想，像我这样的老人，如果能这样亲吻年轻姑娘的乳房，是不计任何代价的吧，是可以赌上一切的吧？江口甚至想，来到这个旅馆的老人可能会沉溺于这种欢娱不能自拔吧。据说来这里的老人也有贪婪之人，江口大致能想象出老人贪婪的样子，但是姑娘陷入昏睡之中，什么也不知道。那时姑娘的脸如此时江口所看到的一样，不会被玷污吧？江口之所以忍住了这种如恶魔般的荒唐行为，是因为姑娘美丽的睡姿打动了他。江口与其他老人的区别在于江口还保留着男性特有的功能。为了那些老人的体面，姑娘晚上必须长睡不醒。江口老人已经两次想要唤醒姑娘，虽然幅度很轻。万一姑娘醒了该如何？对于这个问题，老人自己也心下茫然。大概是基于对姑娘的爱护之情才让他有此行为，更确切地说也许是源于老人自身的空虚感和恐惧感吧。

"睡着了呀。"老人意识到自己正在嘟囔着毫无意义的事情后又加了一句："又不是长眠不醒。你也是，我也是……"如同平常的每个晚上，在这个与众不同的夜晚，江口闭上的双眼，又会于明朝睁开。姑娘食指抵在唇边，手肘弯曲着，有点碍事。江口握住姑娘的手腕，把手肘拉到她的侧腹部，正好碰到姑娘手腕处的脉搏，江口顺势用食指和中指按住了姑娘的脉搏。姑娘的脉搏轻柔而有规律地跳动着，气息平稳，比江口的要舒缓一些。风不时地从屋顶掠过，此时听起来已经不像预示着冬日萧索寂寥的风，拍打悬崖的海浪声更加高亢，节奏却缓慢了许多。海浪的余音如同姑娘体内奏响的音乐，从海边直传入江口耳中。与姑娘手腕处脉搏的跳动处于同一频率的胸膛的起伏仿佛也加入进来，构成一首优美和谐的乐曲。

和着这无声的乐曲，不经意间，老人脑海中浮现出飞舞着的洁白的蝴蝶。江口松开了姑娘的手腕，与姑娘保持着无接触状态。姑娘口里的气息、身体的芳香、头发的味道都不甚强烈。

江口老人想起当年和那个乳头周围洇着血的情人绕着北陆①私奔至京都的时光。之所以还能历历在目地回忆起当时的情景，也许是隐约感知到眼前这个水灵灵的姑娘的身体传递过来的温度的原因吧。从北陆地区去往京都的火车要钻过许多小隧道，每次火车进入隧道，不知道是否由于恐惧，她醒过来，膝盖紧贴着江口，两手紧握住江口的手。火车一出山洞，就能看见有彩虹挂在前面的小山或海湾上空。

"哇，好可爱呀！""天呐，好漂亮！"每次火车一出隧道，姑娘必定用眼睛左右搜寻并且找到彩虹，每次发现彩虹，都会发出惊叹之声。彩虹的颜色极淡，淡到让人怀疑彩虹根本不存在，现在想来，彩虹多到让人觉得不可思议，岂不正是不祥之兆②？

"我俩不会被他们追上吗？我感觉去到京都会被抓住啊。如果被他们带回去的话，也许他们就不会再放我出来了！"刚踏入社会（参加工作）的江口似乎在京都也毫无生存能力，他十分清楚地明白只要二人不殉情，迟早会被带回东京。但是看着姑娘欢天喜地地观看彩虹，江口脑海中浮现出她隐秘之处的美，并且一直在脑海中盘旋，挥之不去。在金泽一带的沿河旅馆中，江口领略了姑娘的美。那是一个小雪飘飘的夜晚，姑娘美得让他窒息，几欲落泪。之后的几十年，他再未在别的女人身上领略过这种美，愈发觉得当时的姑娘美得惊心动魄。在他心里，姑娘隐秘之处的美就是灵魂之美。现在想来，心里只觉得好笑：怎么老想这种事情？但是当时江口确实

①北陆：一般指日本本州中部、日本海沿岸地区，包括福井县、石川县、富山县和新潟县。——译者注

②不祥之兆：在古代日本，彩虹被认为是不祥之兆。——译者注

对姑娘的美充满了遐想，更成为年老后的他不可磨灭的记忆。在京都，姑娘被家里派来的人抓了回去，不久之后，就被迫嫁了人。

在上野的不忍池①畔，两人偶遇过一次。她背着婴儿在散步，婴儿戴着白色的绒线帽，当时，不忍池的莲花已经开至衰败。今晚在沉睡的姑娘身畔，江口记忆深处有洁白的蝴蝶在翩翩飞舞，可能是当时婴儿头上戴着白色绒线帽的缘故吧。

站在不忍池畔，江口无言以对，只能问候一句："你幸福吗？"姑娘快速地回复了一句："嗯，挺幸福的。"不然，她还能说什么呢？

江口问了一个可笑的问题："那你为什么一个人背着宝宝散步？"姑娘盯着江口的脸，沉默不语。

"男孩还是女孩？"

"哎呀，女孩。你看不出来吗？"

"这个孩子，是不是我的？"

"不是不是。"姑娘眼睛里有了怒意，坚决地摇着头。

"是吗？如果是我的孩子，就算你现在不想告诉我，以后几十年，等你想告诉我的时候，一定要告诉我。"

"真的不是。虽然我不会忘记我曾经爱过你，但你不要怀疑孩子的身世，这会让她难以自处的。"

"这样啊。"江口没有特意去看婴儿的脸，他长久地站在原地，看着姑娘的背影远去。姑娘走了一段后，一度回头，当她看到江口还在原来的地方目送她的时候，骤然加快远去的步伐。自那以后，两人再也没有见过面，江口听闻她十多年前就已经去世了。对于六十七岁的江口来说，亲戚、朋友、知己的死讯已不稀奇，但对于

---

① 不忍池：位于东京上野公园的天然池塘。池内生长着大片莲花。夏天一到，莲花绽放，整个池面都为莲花所覆盖。——译者注

这个姑娘的记忆依然历历在目，定格为婴儿头上的白色绒线帽。姑娘隐秘之处的美以及乳头周围洇着的血渍，时至今日仍鲜明无比。这种美除了江口无人知晓，年迈的江口老人一旦逝去，知晓这个秘密的人也将不复存在。明明她是个极为腼腆的人，却坦然地接受了江口的凝视，也许姑娘本来的性格就是这样，但毫无疑问，姑娘美而不自知，她看不见。

到了京都的两人，清晨漫步于竹林小径。竹叶反射着清晨的阳光，泛着银色光芒，沙沙作响。时至老年回想当时，竹叶又薄又软，如银叶一般，竹身也如用银子打造的一样，闪着银光。竹林一边的田埂上，开着刺儿草和鸭跖草的花。现在和当时虽然不属于同一季节，但是江口头脑中清晰地浮现出这条路。穿过竹林小径，沿着清澈的河流往上走，看见一条瀑布哗哗地飞流而下，溅起串串水珠，在阳光下闪着银光，赤身裸体的姑娘就站在水珠形成的水雾中。这样的事情并没有发生，在江口老人的脑海中，却成了一幅不知道什么时候发生过的真实场景。上了年纪之后，他也曾数度尝试眺望京都周围优美的红松树林，重新回忆起那个姑娘，但从来没有像今晚这样，记忆如此鲜活、深刻。这大概也是身旁躺着的这个青春逼人的姑娘，让他不由自主地回想起过往吧。

江口老人有点兴奋，难以入睡，除了那个一直凝视彩虹的姑娘，他不愿意再想起别的女人，也不想触碰身边这个沉睡不醒的姑娘，更不想赤裸裸地使目光游走于姑娘的每一寸肌肤之上。他趴着打开了枕边放着的纸包，这家旅馆的女人说这是安眠药。这到底是什么药？是否与喂给这个姑娘的药一样？江口犹豫片刻，拿起一颗放入口中，喝了一大口水，把药咽了下去。他虽然平时会在睡前喝点酒助眠，但是没有试过用安眠药。可能是这个原因，他很快入睡，并且还做了个梦。梦中，他被一个女人紧紧抱住，这个女人有四条腿，缠着他，除了四条腿还有手臂。江口迷迷糊糊睁了睁眼，虽然觉得女人的四条腿很奇怪，但也不觉得害怕。醒来时，身上还残留着比两条腿强烈得多的纠缠感，心下一怔：原来这药可以让人做这样的梦啊。姑娘翻了个身，变成背对着江口的睡姿，腰向江口所在的方向斜靠过来。迷迷糊糊中，江口觉得姑娘把头转向一边殊为可怜，在半梦半醒之间，仿佛要为姑娘梳理头发般，他把手指插入姑娘散开的长发中睡了过去。

　　第二个梦让人不甚愉快。在医院的产房中，江口的女儿产下一个畸形儿。醒来的老人已经不记得新生儿是如何的畸形，之所以记不清，是因为不想记住吧。总之是一个畸形很严重的新生儿。新生儿马上被产妇藏在产房的白色窗帘后面。产妇站起身走过去，把新生儿剁碎，剁碎是为了丢弃。江口做医生的朋友就站立在旁边看着，江口也在一旁看着。就在此时，如从梦魇中挣脱出来一般，江口彻底清醒过来，看见四周挂着的深红色天鹅绒窗帘，心里吓得打了个寒战。他用双手捂住脸，揉了揉额头。多么可怕的梦啊！这家旅馆的安眠药里不会潜伏着魔鬼吧！可能是因为自己追求畸形的快乐，才会做这么畸形的梦吧。江口老人有三个女儿，他不清楚梦见的是哪个女儿，也不愿意去回想到底是哪个女儿。事实上，他三个女儿生下的孩子都四肢健全、全须全尾。

　　江口爬起身来，如果现在能回家的话，他想回去了。但是，他为了睡得更沉一些，把枕边残留的另一颗药也吞了下去，冰凉的水流滑过喉咙。熟睡的姑娘与刚才一样，背对他躺着。一想到这个姑娘说不定不久以后也会生出一个蠢笨或者丑陋的孩子来，江口老人把手搭在姑娘丰满柔软的肩上说道："脸朝这边吧。"

姑娘仿佛听见一般把脸转向江口。她出人意料地把一只手贴在江口的胸前，如怕冷一样，颤抖着把脚靠过来。这个全身暖洋洋的姑娘不可能会怕冷。她不知道是从嘴里还是鼻腔里轻轻地呻吟了一声。

"你是不是也做噩梦了？"江口老人问道。

然而说过这句话之后，江口老人很快就沉沉地睡去了。

其　二

江口老人没想过再来"睡美人"之家，至少在第一次留宿的时候完全没想过会再来，第二天早上醒来回家的时候也丝毫没有这个念头。

半个月之后，江口打了一通电话："今晚方便过去吗？"

接电话的好像是那个四十多岁的女人。电话中，她声音清冷，听起来像是从一个非常安静的地方传过来的喁喁私语。

"如果您现在出发的话，大约什么时候到呢？"

"大概九点多一点吧。"

"这么早的话，我们会比较为难。姑娘还没来，就算来了，也还没入睡。"

"……"

老人闻言大吃一惊，顿时失语。

"十一点前我会让她入睡，请您到那个时候再来吧。"女人说话时慢条斯理，反而老人好像怕误事一般快速答道："就那个时间吧。"声音干巴巴的。

姑娘醒着的时候也可以呀，我还想在姑娘入睡前和她见上一面呢——就算半开玩笑，江口也能和对方打趣一下，但这些话堵在喉咙里，说不出口，因为这样就触犯了旅馆的禁律。正因为这个禁律非常神秘，所以必须严格遵守。一旦这个禁律被打破，那么这家旅馆将与外面随处可见的娼妓馆无异，老人们可怜的诉求、那极具诱惑力的梦也会消散无踪。当在电话中被女人告知晚上九点姑娘还没有入睡、十一点前会让她安睡的时候，江口被突如其来的强烈的魅惑所打动，心里悸动了一下，连他自己也深感意外，类似于不经意间被邀请进到一个脱离现实的幻境中般激动与惊讶，这种幻境的成立得益于姑娘的沉睡不醒。

认定绝不会来第二次的旅馆，于半月后再度光临，这件事对江口老人来说，是太早还是太晚呢？总之，江口没有强行压抑自己内心的欲望，他也无须重复一次老年人难堪的无奈之举，毕竟他并不像在这里寻求快乐的老人们那样衰败不堪。在这里度过的第一晚并没有留下什么特别丑陋的回忆。即使他明白来这里显然是某种罪过，但在过去的六十七年间，他从未与女性共度如此纯洁的夜晚。第二天早上醒来也是如此，前一晚喝下的安眠药奏效，睁眼的时候已是早上八点，比平常要晚。老人的身体与姑娘并没有任何接触。在姑娘青春的暖意和淡淡的体香中，他如同赤子一般，满足地睁开眼睛醒过来。

姑娘面朝江口躺着，头略微向前伸出，胸口略往后缩，细长秀气的脖颈处可见若有若无的淡蓝色血管，长长的头发披散开来，铺满了后面的枕头。老人的视线从姑娘紧闭的双唇移至睫毛和眉毛处，毫不怀疑这还是个未经世事的小姑娘。在江口衰老浑浊的眼中，她的睫毛和眉毛近在眼前，近到甚至一条一条看不清楚。姑娘的肌肤闪着柔光，江口看不到她身上的汗毛，从脸到脖颈处干净光滑，痣也没有一颗。看见姑娘可爱之极的样子，老人甚至忘却了昨晚的噩梦，内心深处升起了幼儿般向姑娘撒娇的欲望。他摸到了姑娘的乳房，轻轻地握在掌心，刹那间，他仿佛握住母亲怀着他时的乳房，感受到不可思议的触感。老人缩回手，这种触感从手臂传到肩膀。

他听到隔壁房间纸拉门被推开的声音。

"您醒了吗？"那个女人问道。"已经帮您准备好早饭了。"

"好的。"江口的兴致被打断。从防雨窗的缝隙处漏进来的晨光明亮地照在天鹅绒窗帘上，但是没有照进房间，房间里仍是只有天井洒下来的微弱光线。

"可以给您上早饭了吗？"

"好的。"

江口支起一只手肘，从被窝里钻出来，用一只手轻抚姑娘的头发。

老人知道这里的规矩是在姑娘睡醒前叫醒客人，女人安静地给他备饭。姑娘要睡到什么时候才醒呢？江口知道不该问的不要多问，于是装作若无其事地说："这姑娘真漂亮呀！"

"是啊。您做了个好梦吗？"

"托你吉言，做了个好梦。"

"今天早上风也停了，浪也退了，真是个小阳春的好天气啊。"女人岔开话题。

半个月后重来这里的江口老人，已经没有第一次来时强烈的好奇心，内心更多的是愧疚感和羞耻感，并且感受到强烈的诱惑。从九点到十一点的焦灼等待，更加深了诱惑的力量。

打开门迎接他的仍是之前的那个女人。壁龛处仍挂着上次见到的那幅赝品画作，女人沏的茶也如上次般可口，江口甚至比第一次来时还要激动。他如常客般坐定，看着那幅《深山枫叶图》，有一搭没一搭地说："这里暖和，所以红叶不会红得那么漂亮就干枯了。

不过天黑了，我也没看清院子里的红叶到底怎么样。"

"这样啊。"女人随口答道。"天气变冷了呢。要加个电热毯吗？是双人的，有两个温控开关，您按照您的喜好调节温度就可以了。"

"我还没用过电热毯之类的呢。"

"如果您不喜欢，您把您这边的关掉就行。姑娘这边如果不开电热毯的话……"老人明白她的言外之意——姑娘不着寸缕。

"同一张电热毯，两个人都可以按照自己的喜好各自调节温度，这个设计很别致呀。"

"这是美国制造的。您不要故意关掉姑娘那边的电热毯啊。您知道无论多冷，姑娘也不会醒过来。"

"……"

"今晚这个姑娘比上次的姑娘更适合这个工作。"

"咦？"

"这个姑娘很漂亮。您又不做出格的事，如果不给您准备一个漂亮姑娘的话……"

"今晚的姑娘不是上次那个吗？"

"嗯。今晚的姑娘……换一个姑娘不好吗？"

"其实我不是朝三暮四的人。"

"朝三暮四？您没有朝三暮四啊。"女人慢条斯理的语调中夹杂着不以为然的轻笑。"这里的客人都不会朝三暮四，来的都是我们放心的客人。"薄嘴唇的女人并不直视老人。江口有点尴尬地晃了晃，不知道该如何接她的话。对方不过是个冷漠、凡事见怪不怪、拿钱办事的老婆子罢了。

"您觉得是朝三暮四，但姑娘一直睡着，她甚至不知道与谁共眠。上次的姑娘也是，完全不知道您的存在。所以您用'朝三暮四'这个词是不是有点太……"

"原来如此，我与姑娘之间也不是正常的人际交往呢。"

"为什么这么说？"

来到这种地方，再说什么"丧失男性功能的老人与被迫昏睡不醒的姑娘之间的交往，就不是正常的人际交往"之类的话，听起来未免可笑。

"您朝三暮四也没有关系啊。"女人似乎想安慰老人，特意夹着嗓子用更显年轻的声音笑着说："如果您中意上次那个姑娘的话，下次再给您安排。但我肯定您会更喜欢今晚这个姑娘。"

"你刚才说'今晚这个姑娘更适合'是什么意思呢？明明是个沉睡不醒的姑娘。"

"这个嘛……"

女人站起来，打开隔壁房间门上的锁，向里面张望了一下，又把钥匙置于江口面前："请您早点歇息吧。"

江口独自从铁壶中倒出茶来，斟入小茶壶中，慢慢地啜饮着，本意是悠然地品茶，手里端着的茶碗却不自觉地抖动起来，这可和年龄无关，江口低声嘟囔了一句："我可不是你们放心的客人呢。"就算为给那些来到这里被轻视、受尽屈辱的老人们报仇而小小地破坏一下这里的规矩又如何？这样做对那个姑娘来说不是更人性化吗？虽然不知道姑娘喝下的安眠药到底有多强的效力，但是把她从沉睡中唤醒的爆发力和勇气我还是有的。虽然脑子里转了无数个念头，但江口并没有真正地下定决心要这样做。

来这家旅馆的老人们可怜而丑陋的老态，过几年也会在江口身上显现。在过去的六十七年里，江口接触的与性有关的事情，其范围之广、程度之深，无法估量和细数。老人们周围，如雨后春笋般涌现出肌肤娇嫩的漂亮姑娘。可怜的老人们对未竟之梦的憧憬、对已逝岁月的悔恨，全部凝聚在这家秘密旅馆的罪恶中。江口以前也想过，自始至终沉睡不醒的姑娘，对老人们来说才是摆脱年龄束缚的自由；面对沉睡中口不能言的姑娘，老人们才能畅所欲言。

江口站起身来，打开隔壁房间的门，屋内温暖的气息扑面而来，他忍不住笑道：想那么多干什么呢？姑娘仰面躺着，两只手的指尖从被窝里伸出来，搭在被子上，指甲染成桃红色，鲜红的双唇娇艳欲滴。

"原来你很适合这个工作呀！"江口自言自语道。走近前一看，姑娘不仅双颊绯红，温暖的毛毯让她的整张脸都染上了粉红色，而且浑身散发着浓烈的体香。上眼皮微微凸起，脸颊鼓鼓的，很丰满，衬着房间四面深红色的窗帘，脖颈处愈发显得白皙。她闭着眼睛的模样，恍如一个年轻貌美的妖妇在安睡。江口离开床边，向后转身换衣服的时候，姑娘温暖的体香也随之而来，笼罩了整个房间。

上次面对那个姑娘的时候，江口尚能自持，但这次他似乎有点失控，无论这姑娘是睡着还是醒着，对他来说，都是赤裸裸的诱惑。就算江口坏了这里的规矩，也只能怨这姑娘太魅惑。江口为了准备享受接下来的欢愉而闭上了眼睛，现在他的身体深处已然涌上一股热流。旅馆的女人说今晚这个姑娘更好，真是难为她搜罗了这样的姑娘来，老人越发感受到这家旅馆的神秘莫测。他不舍得触碰姑娘，一直陶醉于香艳浓郁的芳香中。江口虽然不是很懂香水，但是这股芳香无疑就是姑娘身上的体香。如果能这样进入甜美的梦乡，那真是无上的幸福呀。他现在就想这样做。他轻轻地让身体再靠近姑娘一些，姑娘仿佛回应他似的转过身来，一边把手放进被窝，好像要搂住江口。

"哎，你醒了吗？是醒了吗？"江口把身体往后退了退，捏着姑娘的下巴摇了摇。摇的时候可能江口老人的手指尖用了一点力，姑娘似乎要逃脱江口手指的掌控一样，把脸伏在枕上，嘴唇边缘微启。江口食指的指尖碰到了姑娘的一两颗牙齿，江口没有缩手，保持不动，姑娘嘴唇再也没有动静。她当然不会是装睡，是又陷入深眠之中了。

因为今晚的姑娘不是上次那个姑娘，江口觉得意外之余，忍不住向旅馆的女人抱怨了几句。然而毋庸置疑，像这样连续几晚喝下这种让人沉睡不醒的药，姑娘的身体肯定会受到某种程度的伤害——旅馆的女人让光顾这里的老人们"朝三暮四"也是为姑娘的健康着想。但是这个旅馆的二楼不是只能接待一个客人吗？江口不知道一楼是什么情形，就算能用作客房接待客人，最多也只有一间。从这件事情推断，为了接待老人而沉睡的姑娘数量应该不多。这些姑娘应该如江口上次碰见的姑娘，或者今晚的姑娘一样，美得各有千秋吧。

江口的手指头挨着姑娘的牙齿，手指似乎被什么黏糊糊的东西濡湿。老人的食指顺着姑娘依次排列的牙齿摸过去，来回两三次探索着姑娘的芳唇。芳唇外缘有点干燥，但是内侧有湿润的唾液溢出，让外缘也变得柔滑。右侧有一颗虎牙，江口又伸出大拇指，捏着这颗小虎牙，试图把手指伸到里面去。姑娘虽然在沉睡，但是上下牙床紧紧咬合在一起，无法打开。江口收回手指，手指上沾染了红色的印迹。用什么来擦掉沾上的口红印迹呢？如果擦在枕巾上，让姑娘俯卧，就不会让人看出来了。用枕巾擦拭之前，如果不舔湿的话貌似很难擦干净。但是江口莫名地觉得用嘴去舔沾有口红的手指很脏。他把那根手指头在姑娘的刘海上蹭了蹭，在把食指和大拇指蹭在姑娘刘海上的同时，江口老人的五根手指拨弄着姑娘的头发，把手指插入发间，随后又将之揉散，动作渐渐粗暴了起来。姑娘的发梢唑啦唑啦地响着，在老人的手指上释放着静电。头发的芳香越来越浓郁，也可能是电热毯热力的作用，姑娘的体香从下面扑鼻而来，越发馥郁。江口一边玩弄着姑娘的头发，一边看着姑娘的发际线，尤其是后脖颈处的发际线如用笔描绘过一般，清晰明了，非常干净漂亮。姑娘剪短了后面的头发，向上捋得齐齐整整。前额处有长短不一的头发自然垂落下来，老人用手撩起她额前的头发，凝视着她的眉毛和睫毛，一只手的手指深深地插入姑娘的发间，甚至摸到了姑娘的头皮，说："还睡呀。"他抓住姑娘的头顶左右摇晃了几下，姑娘大概觉得有点痛，蹙了蹙眉，重新调整了睡姿，变成俯卧，身体离老人更近了一些，两条手臂伸出来，右手臂置于枕上，右边脸颊正好覆在右手背上，只露出手指。小指在贴近睫毛下方放着，食指在芳唇下面露出来，手指头慢慢地张开，中指从嘴唇下方露了出来。略微下撇的涂着红色唇膏的嘴唇，四个涂着红色指甲油的长长的指甲，齐集于白色的枕巾上。姑娘的左手臂从手肘处弯曲，手指甲全部暴露在江口的眼前。姑娘的脸庞丰满圆润，偏偏手指又细又长，让人无端猜测她小腿伸直的模样。老人用脚掌碰了碰姑娘的脚。她的左手指稍微分开，十分自然和放松。江口老人把姑娘的手背贴在自己的面颊上。感受到江口的力量，姑娘的肩膀甚至动了动，但是她的手无力摆脱江口的紧握。老人保持着这样的姿势一动不动。姑娘的两条手臂都伸了出来，肩膀稍微向上擎举着，肩膀与手臂连接处有一个圆圆的凸起，江口把毛毯拉高，帮姑娘盖住肩，用手掌轻轻捂住那个小凸起，嘴唇从姑娘的手背移到手臂。姑娘肩膀、后颈处的体香都充满了诱惑，肩膀和下背部略微缩了缩，马上又变得放松，诱人无比，令江口着迷。

今晚，为了替那些来到这里受到侮辱和轻视的老人出口气，江口决定要在这个沉睡不醒的姑娘身上实施报复，要打破这里的禁律。他知道这样做的后果就是以后不可能再来这里。刚才，为了唤醒姑娘，他特意粗鲁地对待她。然后，江口很快就感觉到姑娘还是处子之身而停止了复仇行动。

"啊！"他喊了一声并迅速抽离，气息紊乱，心跳加快，突然停止行动导致他气息不稳，更重要的原因是因为惊讶。老人闭上眼，想让自己平静下来。和年轻时的血气方刚不同，要平复情绪并不难。江口轻轻抚了抚姑娘的头发，睁开了双眼。姑娘一直保持着俯卧的姿势不动，江口心里有点儿恼怒：都到这个年纪了，做了妓女却还是个黄花闺女，这算怎么回事！就算你还是黄花大闺女，不也是妓女吗？但是内心深处如暴风雨掠过一般，对眼前这个姑娘的感情、对自己的感情全部改观，再也回不到刚才时的激情万丈。他倒也不可惜。面对眼前这个沉睡不醒的姑娘，无论做出什么样的举动都毫无意义，但是那突如其来的惊讶又是怎么回事呢？

被姑娘妖娆如妖妇般明艳的脸所迷惑，江口差点行差踏错，他重新陷入思考：来这里的老人们应该带着比江口想象中更强烈的可怜的欢愉、程度更甚的饥渴感、更深层次的悲哀吧。即便来到这里，他们轻易地享受到了老年的欢愉，轻松地尝到了返老还童的滋味，但在他们心灵深处，一定潜藏着他们无论多么后悔也回不去的过往，以及如何挣扎也无法疗愈的伤痛。今晚这个被旅馆的女人称为"更适合"这个工作的妖妇仍然保持处子之身这件事情，与其说证明了老人们的自重而使得这里的禁律得以遵守，倒不如说切实地证明了老人们惨不忍睹的衰老，姑娘的纯洁更强烈地反映出老人们的丑态。

不知道姑娘垫在右边脸颊下方的手是否因为疲惫而发麻，她抬起这只手，高举过头顶，手指弯曲又伸直，重复了两三次，碰到了正在抚弄她头发的江口的手。江口抓住她的手，手指凉凉的，细长而优雅，老人宛如要捏碎似的加大了手上的力道，姑娘抬起左肩，又翻了个身，左手臂在空中划过，像是要抱紧江口，但她的手臂柔若无骨，最终没有绕上江口的脖颈。江口与睡着的姑娘面对面，姑娘的睡颜近在咫尺。尽管江口老眼昏花，但姑娘浓密的眉毛、又长又黑的睫毛在眼睛下方投下的阴影、丰满的上眼皮、圆润的脸颊、优美的天鹅颈，使她看起来仍然是一个妖娆的女子，与初次见她时的形象无异。乳房略微下垂，但是非常丰满，跟一般的日本女孩相比，乳晕较大。顺着姑娘的脊梁骨往下，江口一直摸到姑娘的小腿。从腰部开始，姑娘的身体十分紧致，上半部分和下半部分可以这样不谐调地共处于同一个身体中，也许是因为她还是处子之身吧。

现在，江口老人心平气和地望着姑娘的脸和脖颈，她的肌肤在深红色天鹅绒窗帘的映衬下，显现出一种恰到好处的美。她的身体被老人们玩弄，可依然保持处子之身。果然如旅馆的女人所说，她"非常适合"这个工作。这其中既有来这里的老人们已经衰老的原因，也有姑娘一直陷入深眠的原因。这个长相娇媚的姑娘今后会经历怎样无常的人生？江口突然涌起一种类似父母心的感情，这也是江口衰老的征兆。毫无疑问，姑娘是为了钱才躺在这里，对于支付金钱的老人们来说，身边躺着这样一个如花似玉的姑娘，绝对是这世上绝无仅有的欢乐。姑娘全程安睡，不会醒来，年迈的客人不必为自己的风烛残年而感到羞耻，更可以对女人展开天马行空的幻想，肆无忌惮地回忆过往。比起找睁着眼睛的女人，老人们在这里花费更多金钱也不心疼的原因大概就在于此吧。沉睡中的姑娘对于身边的老人是什么样的人一无所知，这也是老人们安心的原因。老人们对于姑娘的生活状况、人品什么的也毫不知晓，甚至姑娘穿什么衣服也不知道——通过衣服能略微知晓姑娘的相关情况。对老人们来说，来这里全无后顾之忧。然而，老人们来这里只是因为这些简单的理由吗？也许还因为这些年轻的姑娘是照亮老人们内心黑暗深渊的一束奇异的光吧。

但是，一则江口尚且不习惯与这种"口不能言、目不能视"的姑娘相处——江口视之为不正常的人际交往，二则与这样的姑娘相处，心里总有不尽兴、不满足的空虚感。他想看看这个美艳姑娘的眼睛，听听她的声音，和她聊聊天儿，只是摸遍沉睡姑娘的全身，对江口诱惑不大，反而伴随着耻辱的感觉。他意外发现姑娘仍是处子之身，大吃一惊，从而中止了破坏这里规矩的行动，最终也遵守了老人们的约定。今晚这个姑娘虽然也沉睡不醒，但确实比上次的姑娘更鲜活、更灵动，无论是姑娘的体香还是触感，以及身体的回应都印证了这一点。

如上次一样，枕边放着为江口准备的两颗安眠药，但江口不想那么快吃下入睡，他想多看看这个姑娘。姑娘虽然睡着了，却有很多无意识的动作，一晚上至少翻了二三十次身。她本来是朝那边睡的，很快又转过身来面朝这边，而且手臂碰到了江口。江口把手搭在姑娘的一只膝盖上，把它朝自己这边拉了拉。

"嗯，不要。"姑娘发出含含糊糊的声音。

"你醒了吗？"老人一边想姑娘是不是要醒过来了，一边更用力地往自己这边拉她的膝盖。姑娘的膝盖软软的，向江口这边弯曲着，江口把手臂伸入姑娘的后颈处，托起姑娘的头，轻轻地摇晃。

"啊，我要去哪儿？"姑娘说。

"快醒醒，快睁开眼睛吧。"

"不要，不要！"姑娘的脸滑向江口的肩膀方向，仿佛要躲避江口的摇晃。她的额头抵在江口的脖子上，几根刘海钻到他的鼻子里，让他觉得有些痛，真是恐怖的头发。头发的香味甚至呛得江口的鼻腔难受，他转过脸去。

"干吗呢？不要。"姑娘又呢喃着。

"什么也没干。"老人答道。姑娘说的都是梦话，可能在睡梦中强烈地感受到江口的动作，并且误解了江口的意图，也可能是梦见了别的老年客人的恶作剧。总之，就算是姑娘梦中的只言片语，江口也欣喜于至少能和姑娘对话。也许到了明天早上，姑娘就会醒过来。但是，此刻只是老人单方面地跟姑娘说话，也许江口说的话完全没入她的耳，她的梦话，可能不是对老人所说的话的回应，而是对老人加之于她身体上的刺激的回应。江口甚至想狠狠揍姑娘一顿，或者把她掰过来，但最终，他只是一点点地抱紧了姑娘。姑娘完全不反抗，也没发出任何声音，她应该感到呼吸困难吧。甜润的气息喷到老人脸上，现在轮到老人呼吸紊乱。被江口抱着的姑娘再次诱惑着他。如果明天醒来，姑娘发现自己不再是处子之身，不知道该有多么难过，这个姑娘的人生又会因此发生怎样的转变？无论如何，在明天早上到来之前，姑娘对于发生的一切都毫无察觉。

"妈妈！"姑娘低声呼唤。

"啊，啊！你要走吗？原谅我吧，原谅我吧……"

"做什么梦了？是做梦，是做梦啊。"姑娘的梦呓，让江口把姑娘抱得更紧了，想让她从梦中醒来。姑娘这一声饱含辛酸的呼唤，深深地打动了江口，他用力把姑娘的胸脯压在自己的胸膛上，让姑娘的胸部变得扁平。姑娘动了动手臂，她在梦中是否错把江口当作妈妈抱着呢？不不不，沉睡的姑娘即使还保持着处子之身，她仍旧是那个魅惑人心的妖妇。在过去的六十七年间，江口从来没有像今晚这样，与如此年轻的妖妇肌肤相亲。如果有香艳的神话，那就是关于这个姑娘的吧。

姑娘不是妖妇，是一个中了魔咒的姑娘，而且她"虽然沉睡，却真切地活着"。她的心处于深深的睡眠中，可作为女性的身体却还保留着清醒的知觉，变成一具没有心、只有形的肉体。正如这家旅馆的女人所言，她已经被迫适应了老人们陪伴对象这样的角色，而且适应得相当不错。

江口松了松紧紧抱住姑娘的手臂，又轻柔地抱住了她。姑娘裸露的手臂，又一次变成如要抱住江口一样的姿势，然后温柔地抱住了江口。老人就保持着这样的姿势不动，闭上了双眼，陶醉在这片刻的暖意中，心无旁骛地沉浸其中，仿佛已体会到来这里的老人们的欢愉和幸福。对于老人们而言，这里不仅有衰老的可悲、丑陋和可耻，还有着青春的朝气与活力。对于风烛残年的老人们而言，还有比与年轻姑娘肌肤相亲更令人忘我的时候吗？然而，老人们对于因自己出钱购买而成为牺牲品的、被迫沉睡不醒的姑娘毫无负疚感吗？或者说他们的内心隐约地有负罪感，但这种隐秘的刺激反而更加深了他们的欢乐？忘我的江口老人似乎已然忘记怀中的姑娘是牺牲品，他用足尖挠了一下姑娘的足尖，两个人紧紧相拥，只有那里没有贴合。姑娘细长的脚趾优雅地动了动，脚趾关节或蜷曲或翻翘的动作与手指关节很像，单凭这个动作，江口已经情难自禁。睡梦中的姑娘用脚趾和江口交换着枕边的私语。在老人眼中，姑娘脚趾的动作不过是一曲幼稚得不成调的香艳之音，他又挠了一会儿姑娘的足尖。

刚才姑娘好像做梦了，不知道她的梦结束了没有。江口甚至想，姑娘也许不是做梦，而是因为老人们颇为用力的抚摸和贴近，让她养成了用梦话来反抗的习惯。这个姑娘口不能言，在睡眠状态下也能用身体与老人们交谈，充满了性的诱惑。但或许因为江口对于这里的秘密还不太适应，一直有一个念头在他的心底盘旋，挥之不去：听听姑娘的声音，哪怕是只言片语的梦呓。他一边思索着要说点什么、触碰姑娘身体的哪个部位她才会说梦话，一边问："你还在做梦吗？做妈妈去别处的梦？"同时，手顺着她的脊梁骨摩挲着上面的一个个小关节。姑娘晃了晃肩，又变成俯卧，看来这是她喜欢的睡姿。脸还是朝着江口的方向，右手轻轻地抱着枕头边缘，左手臂来到老人的脸的上方，但是她仍旧一言不发，温柔的气息暖暖地扑面而来，位于江口脸部上方的手臂如同要抓住什么似的动了一下。老人伸出右手，捉住姑娘的手臂，置于自己的双眼之上。姑娘长长的指甲，轻轻地扎着江口的耳垂，她的手掌根在江口右边眼睑处弯曲，纤细的手臂覆在上面。江口想这样就好，索性把姑娘的手摁在了自己的双眼上面。姑娘的体香透过江口的眼珠，沁入心底，以至于江口产生了全新的丰富联想：与现在季节相仿的小阳春时节，盛开于大和古寺高高石墙根下的三两朵寒牡丹，诗仙堂旁边庭院中遍地盛开的白山茶花，春天奈良的马醉木、紫藤花，盛开于椿寺（京都地藏院）的散椿茶花 [1]。

没错，这些花，承载了江口对三个已出嫁女儿的回忆，这些都是他带着三个女儿或者其中一个踏上旅途欣赏过的花。已经为人妻为人母的女儿们或许已经淡忘了这段往事，但江口记得十分清楚，

[1] 散椿茶花：这是一种比较珍贵的山茶花，凋落时不是整朵凋落，而是一片一片凋落。——译者注

每次想起来就会跟妻子念叨。对于妻子来说，即使女儿们出嫁了，她和她们的关系也不会像江口这个父亲那样感觉到疏远。实际上，作为母亲，她与三个女儿仍旧保持着亲密的来往，因此，与出嫁前的女儿在旅途中欣赏到的花在她心里并没有留下多么深刻的印象，况且有些花还是在她没有一起去的旅途中看到的。

在姑娘双臂覆盖着的江口的眼底，浮现出好多花的幻影，旋即消失不见，倏地又浮现出来。江口听之任之，回想起女儿们刚出嫁的那段时间，他连带着对别人的女儿都稀罕不已的情景，眼前躺着的姑娘，就犹如那时候的别人家的女儿。老人放开了摁住姑娘手臂的手，她的手还盖在江口的眼睛上。

三个女儿当中，只有最小的女儿看过椿寺的散椿茶花，那是女儿出嫁前半个月的一次旅行，算是婚前与父母的分别之旅。那次看见的山茶花，给江口留下了极其深刻的印象，尤其是小女儿虽然面临即将要结婚这件大喜事，但实际上内心却饱受折磨。因为两个年轻男子为了女儿争风吃醋，导致在争夺过程中，女儿被夺去了贞操，失去了处子之身。为了让小女儿散散心，他才邀请她去旅行。

据说如果山茶花整朵从花茎顶部凋落，会被认为是不祥之兆。据说椿寺的山茶树中有一株树龄已有四百年的古树，上面开着五种颜色的山茶花，其中的重瓣山茶花不会整朵花同时凋落，而是一瓣一瓣地凋落，因此得名"散椿茶花"。

"在花瓣凋零最多的时候，一天能扫出五六簸箕的落花来呢。"寺庙年轻的老板娘①对江口说。

据说，立于背阴处看到的满树山茶花，比在向阳处看到的更美。江口和小女儿坐着的回廊正朝着西面，时值太阳西斜，正是背光。

———————————
① 老板娘：日本的寺庙一般都当作家族事业经营，寺庙住持可娶妻生子。

逆着光线看过去，古茶树茂密的叶子、盛开的花朵都显得十分厚重，春日的阳光透不过去，好像被封印在茂盛的古树里，古树投下的树影犹如被晚霞镶了一道金边。椿寺位于喧嚣的闹市，庭院里似乎除了这株古山茶树别无可看之物。而且，江口的心神全部被这棵古茶树夺去，眼睛也看不见别的东西，整颗心被花占据，闹市的各种杂音也不曾入他的耳。

"开得真漂亮啊！"江口对女儿说。

年轻的老板娘接话道："早上起来，有时候会看见落英遍地，整条路都被落花盖住了呢。"说着，撇下二人，站起身离开。这棵参天古树是否真的开着五种颜色的花呢？确实有红色的花，还有白色的花，还间有杂色的花，江口不拘泥于这些细枝末节，全副身心地沉浸于山茶花的美丽之中。这棵树龄四百年的山茶花树开的花又多又美，夕阳的余晖全部被古树吸收殆尽，花木似乎带有些许暖意，明明没有风，绽放着花朵的枝头却会偶尔微微摇荡。

小女儿看起来并没有像江口那样被这棵"散椿茶花"名树吸引，她双眼无神，与其说是在赏花，不如说在想心事。在三个女儿中，江口尤其疼爱这个女儿。她也像一般家庭中的幺女那样极会撒娇，特别是两个姐姐出嫁以后，她更加娇气了，以至于两个姐姐向母亲表达了嫉妒之情：父亲是不是要招一个上门女婿，把妹妹留在家中？江口也从妻子那儿听到了两个女儿的抱怨。小女儿性格十分开朗，异性朋友众多，在父母眼里，虽然觉得有如此众多的异性朋友未免显得有点轻浮，但是女儿身在其中却如鱼得水。女儿喜欢其中的两个——这一点江口夫妻，尤其是在家招待过女儿男性朋友的妻子非常清楚，其中的一个夺去了女儿的贞操。好长一段时间，女儿在家都沉默不语，就连换衣服时也显得极其不安。妻子马上意识到女儿身上发生了什么事情，便故作轻松地问了一下，女儿没有太多犹豫就道出实情。那个年轻人供职于百货商店，住在公寓，女儿受他的邀请去了他的公寓。

"是要和他结婚吧？"妻子问。

"不，绝对不！"女儿的回答让妻子十分不解，妻子以为那个年轻人可能有什么问题，于是把事情的来龙去脉告诉了江口。江口听后，犹如自己的掌上明珠被人祸害了一般心疼，但在听到女儿已经和另一个爱慕者仓促地订下婚约之后感到十分惊讶。

"您是怎么想的？现在这样可行吗？"妻子膝行向前一步问道。

"女儿开诚布公地把这件事告诉了她的结婚对象了吗？"江口的声音不自觉地变得尖锐。

"我没问。我也吓得不轻……要不问问她吧。"

"再想想。"

"虽然大家都认为，犯下这样的错还是不要跟对方明说才好，毕竟沉默是金，但是也要看女儿的心情而定。她这种性格，为了隐瞒这件事情，还不知道心里要忍受多少煎熬呢。"

"首先，我们对女儿的婚约，不是还没同意嘛！"

女儿被一个年轻人侵犯，又仓促地与另一个年轻人立下婚约的做法，江口并不赞同，也不认为这是个好的解决办法。作为父母，他当然知道两个年轻人都钟情于自己的女儿，江口也认识这两个年轻人，之前甚至认为女儿与其中任何一个结婚都不错。但是女儿这样仓促地订下婚约，会不会是受到刺激后的逆反心理作祟？因为其中一个让她感到生气、憎恨、不甘心，转而倾向于另外一个？或者对其中一个的情感幻灭，内心深感彷徨，所以急于抓住另一个？因为被其中一个侵犯，心里憎恨他，从而被另外一个吸引这种事情，很难保证不在身为家中幺女的女儿身上发生，但也不能说这全是女儿的报复心理或者自暴自弃的心理这种不纯的动机作祟。

老实说，江口从没想过有一天，在自己的女儿身上会发生这种事情，可能天下的父母都一样。正因为小女儿在众多男性朋友的簇拥下，活泼开朗，自由自在，是一个要强的女孩子，江口才这么放心。然而发生这样的事情，其实一点也不奇怪。自己万般宠爱的小女儿，与这世界上的其他女人一样，身体构造并无不同，对待男性的霸王硬上弓并无彻底拒绝的能力。女儿被侵犯时丑陋的模样，就这样突然闪现在江口的脑海里，他感到强烈的屈辱和羞耻。前两个女儿去蜜月旅行时，他完全没有这种感受。小女儿的事情，就算是男人擦枪走火，江口也能猜到女儿的身体构造做不到彻底的拒绝。这还真是作为一个父亲非常特立独行的想法呀。

对于小女儿的婚约，江口既没有马上点头，也没有全盘否定。在那件事情发生很久之后，他和妻子才知道两个年轻人为了他们的女儿闹得不可开交，然后，他带着小女儿来京都看开得灿烂的散椿茶花，那时候女儿的婚期已经近在眼前。古茶树中传来若有若无的嗡嗡声，可能是蜜蜂在采蜜吧。

小女儿结婚两年后生下一个男孩，女婿是个特别疼爱孩子的人。周末年轻的夫妇回娘家，如果女儿和江口夫妇在厨房里忙碌，女婿就会很熟练地给婴儿喂牛奶什么的。江口目睹这一幕，内心觉得他们小两口感情很稳定。虽然女儿女婿和他们同住东京，但是结婚之后，女儿回娘家的次数不算多。偶尔一个人回来。

"怎么样啊？"江口问。

"什么怎么样？还好吧，挺幸福的。"女儿答道。夫妻的闺房私话一般都不跟父母说吧，但是江口觉得依女儿的性子，她应该会很大方地和父母讨论丈夫的事情才对。为此江口总觉得不放心，心里总是牵肠挂肚的。但是小女儿作为少妇的美却越发明显，这一点，仅从年轻姑娘到少妇的生理转变这个角度来解释是不够的，如果有心结，女儿不会变得如此明艳。生了孩子的小女儿，身体如同由内而外洗涤了一遍，肌肤通透澄莹，人也变得娴静温婉。

可能是这个原因吧，在"睡美人之家"，江口让姑娘的手臂耷拉在自己的眼睛上，脑海里浮现出的幻影，就是盛开的散椿茶花。当然，无论是江口的小女儿，还是眼前沉睡的姑娘，都没有彼时的山茶花那般丰盈。但是人类年轻女性的身体丰盈与否，只凭眼观，或者只是规规矩矩地陪睡在一旁是不会明白的，与山茶花不可相提并论。姑娘的手臂垂落在江口的眼睛上，生命的交流、生命的旋律、生命的诱惑传导至江口双眼深处，于他而言，这也是生机的恢复。过了一会儿，老人觉得姑娘的双臂有点儿沉，便握住拿了下来。

姑娘的左臂无处可放，沿着江口的胸膛，想要抻直手臂，很明显不够地方，因此姑娘又调整了睡姿，转向江口所躺的方向。两手在胸前弯曲，十个手指头交叉在一起，交叉的手指碰到了江口的胸膛。她的两只手并不是合掌的姿势，而是祈祷的姿势，仿佛在温柔地祈祷。老人合掌握住姑娘手指缠的双手，合上了双眼，如此一来，似乎内心也随着一起祈祷。虽然这不过是老人碰触年轻姑娘的手时泛起的悲哀罢了。

寂静的海面，响起下雨的声音，这声音传到老人的耳中。远处的声响不是车声，似乎是雷声，一时很难辨别。江口把姑娘交叉在一起的手指——除大拇指外，其余的四对手指一一掰开拉直，看着细长的手指，很想放进嘴里轻轻咬上一口。如果在姑娘的小手指上留下一个渗血的牙印，姑娘明天早上醒来时会怎么想呢？江口把姑娘的手臂往胴体方向拉直，看见有着大大的深色乳晕的丰满乳房略微下垂，他托着往上抬了抬。由于盖着电热毯的缘故，姑娘的身体非常温暖，乳房却是微温的。江口想把额头抵在姑娘两个乳房之间的心窝上，刚把脸凑近，姑娘强烈的体香就让他放弃了。江口趴在床上，把枕边早已放好的两颗安眠药全部吞了下去。上一次来这里的时候，他先吃了一颗，因此做了个噩梦，梦醒后又补了一颗。他已知道这就是普通的安眠药。江口老人很快进入了梦乡。

老人被吵醒了，是被姑娘的抽泣声吵醒的。很快，听起来像哭的声音又变成了笑声，笑声持续了很久。江口贴着姑娘的胸膛，用力摇晃着她："是做梦，做梦！做什么梦了？"

姑娘止住了持续的笑声之后，房间里陷入令人害怕的寂静，江口老人的安眠药也开始发挥作用，迷迷糊糊中，他好不容易摸到枕边的手表，看了下时间，时针指向三点半。老人贴着姑娘的胸脯，腰也与她贴合在一起，带着暖意睡着了。

第二天一早，仍是被那个女人叫醒。

"您醒了吗？"

江口没有回答。这个女人是不是把耳朵贴在密室的杉木门板上偷听呢？一想到这个情形，江口觉得毛骨悚然。可能电热毯太热，姑娘的整个肩膀都露在外面，一只手臂伸出被窝，直直地伸举过头顶。江口替她盖好被子。

"您醒了吗？"

江口还是不回答，把头缩回被窝，下巴碰到了姑娘的乳头。感觉身体中涌起一股热流，似要喷薄而出。他抱着姑娘的肩膀，脚也和姑娘的缠在一起。

那个女人轻轻地敲了敲门。

"客人，客人！"

"起来了，正在穿衣服。"如果江口老人再不回答，只怕那个女人就会破门而入。

隔壁房间里已经准备好了洗脸盆，里面盛好了水，并且备好了牙刷等洗漱用具。女人一边准备早饭，一边问道："怎么样？这孩子不错吧？"

"孩子挺不错的。确实……"江口一边点头一边说，"这孩子什么时候会醒过来？"

"我也说不准什么时候。"女人佯作不知。

"在她醒来前我能待在这儿吗？"

"我们这儿没有这种先例呢。"女人有点慌张，"无论多么熟的客人，都没有这样的先例。"

"主要是这孩子太好了。"

"您不要流露这种毫无意义的情意呀。您只和睡着的姑娘打交道不是很好吗？她连与您共寝这件事都丝毫不知呢，绝不会出什么纰漏。"

"但是我记得她呀。如果在路上遇见……"

"哎呀，您是准备和她打招呼吗？请您千万不要这样做，这不是罪过吗？"

"罪过？"江口老人重复着女人的话。

"是呀。"

"原来是罪过呀。"

"您不要破坏这里的规矩。您就把她当成睡着的姑娘，以后请您多照顾她的生意。"

"我还不是那么可怜的老人呢。"江口把这句话咽了回去。

“昨晚好像下雨了。”

“是吗？我完全不知道。”

“确实是雨声。”

从窗口看过去，海岸边涌起细细的波浪，映着朝阳，泛着粼粼波光。

其 三

时隔八日，江口老人第三次来到“睡美人之家”。第一次和第二次的间隔时间是半个月，这次则缩短了一半。

是不是江口也日渐对沉睡不醒的姑娘着了迷？

“今晚是个见习的姑娘，未必称您的意，请您多多包涵。”女人一边沏茶一边说。

“这次又是另外一个姑娘呀。”

“因为您总是来之前临时给我们打电话，所以不得不做权宜之计。如果特别想要哪个姑娘陪伴的话，您提前两三天打电话给我们比较稳妥。”

“也对。你说是个见习的姑娘，什么样的？”

“新来的，年龄偏小。”

江口老人吃了一惊。

“因为还不太适应，她有点害怕，问我：‘两个人一起来怎么样？’如果客人不喜欢的话，我们就不这样安排。”

“两个人？两个人也无所谓。像她们那么昏睡过去，哪儿还知道什么怕不怕的。”

“话是这样说。这孩子还不太适应，请您高抬贵手呀。”

"我又不干什么。"

"我知道。"

"干这一行的还有见习生呢。"江口老人喃喃自语。这世界真奇妙。

像往常一样，女人把杉木板门开了一条小缝，向里面张望了一下："她已经睡下了。您歇息吧。"说着，走出了房间。老人给自己斟了一杯茶，曲肘为枕，侧躺了一会儿，感觉些微的冷清和空虚。他懒洋洋地站起身，轻轻打开杉木板门，朝密室里看了看。

女人所说的"年龄偏小"的姑娘脸庞小巧、精致，看样子姑娘以前是梳辫子的，现在却解开了，乱蓬蓬的头发遮住了半边脸。另一边从脸颊到嘴唇都贴在手背上，愈发显得脸小，是个天真无邪的少女。她的半边脸说是贴在手背上，但手指都放松地舒展着。手背边缘轻触眼睛下方，弯曲的手指从鼻翼一侧轻轻遮住了嘴唇，长长的中指似乎过长，直伸到下巴下面。这是左手，右手则搭在被子边缘，手指轻轻地握着。素面朝天的一张脸，睡前似乎也没有卸过妆。

老人轻轻地钻入姑娘旁边的被窝，小心翼翼地尽量不触碰到姑娘。姑娘一动不动，她的体温有别于电热毯的温度，轻柔地包裹住老人，发香和体香都让江口感觉到姑娘稚嫩的、天然的温暖。她带给他的美好远不止这些。

"十六岁左右吧。"江口老人自言自语道。来过这里两三次的他心中了然：虽然来这儿的都是些已经丧失性功能的老人，但和这样的姑娘静静地共度一晚，也算是抓住生命中已然逝去的欢愉的尾巴，从而得到一点无常的安慰吧。甚至会有老人在心中默默祈祷："就让我长眠在这个沉睡不醒的姑娘身边吧。"在姑娘年轻的身体里，似乎蕴藏着让老人求死之心愈盛的哀伤之情。在光顾这里的老人当中，江口敏感多思，所以能轻易感知到这一点，或许更多的老人是想从沉睡的姑娘身上感染一些青春的气息，充分享受这个不能睁眼的姑娘。

枕边依旧放着两颗白色的安眠药。江口老人用手指把药撮起来，药片上没有任何标记，也不知道是什么安眠药，肯定和姑娘吃的或者注射的不一样。下次来的时候，江口想问女人要一些姑娘服的药试试，虽然拿到的概率很小。如果拿到药吃下去，也像姑娘一样睡死过去会怎样呢？江口突然很想像姑娘一样睡死过去。

"睡死过去"这个词勾起了江口对一个女人的回忆。三年前的春天，在神户，老人把一个女人带到下榻的酒店，因为是在夜总会认识的，到酒店已是后半夜。江口打开酒店房间里的威士忌，让女人也喝一点，女人喝下与江口旗鼓相当的量。老人换上酒店里的睡衣，没有女款，他就抱着只穿着内衣内裤的女人，用手臂搂住女人的脖颈，温柔地抚摸女人的后背，就在他心醉神迷的时候，女人支起上半身说：

"穿着这玩意儿没法儿睡。"说着，把身上所穿一一褪尽，扔到镜子前的椅子上。老人有点吃惊，猜想这是跟西方人学的。然而女人出人意料地十分顺从，江口说要从她的身体里出来时：

"你还没……对吧？"

"你真狡猾，江口先生，真狡猾啊。"女人重复了两次，但还是很温驯。老人喝下的酒开始奏效，很快睡去。翌日早上，江口被女人发出的声响吵醒，女人正对着镜子梳妆。

"你怎么起得这么早啊？"

"家里有小孩嘛。"

"小孩？"

"对呀。两个，都还小。"

在江口还没起身的时候，女人就匆匆忙忙地离开了。

女人皮肤紧致，身材纤细，竟然已经生了两个小孩，这让江口大感意外。看她的身材完全不像是生过孩子的人，乳房看起来也不像哺乳过的样子。

江口打开旅行箱，想拿件出门穿的新的白衬衫。旅行箱被整理得清清爽爽。在神户逗留的这十天，换下的衣服揉成一团，要从箱子里拿点什么得翻个底朝天。在神户买的、别人送的各种特产都扔在里面，乱七八糟，鼓鼓囊囊的，连箱盖也盖不上。可能因为箱盖盖不上，从缝隙处可以看见里面的情形，而且，江口从箱中拿烟的时候，女人看到了里面的杂乱。但她为什么萌生了要帮他整理箱子的念头呢？什么时候整理的？他穿过没洗的内衣内裤也叠得整整齐齐，即便她是个擅长做家务的女人，做完这些事情也要花费一些工夫。昨天，江口睡下后，女人是不是睡不着起来帮他整理箱子了呢？

"嗯？"老人望着被整理得整整齐齐的箱子，心想，"她图什么呢？"

第二天傍晚，女人穿着和服来到约好的日本料理店。

"你还穿和服呢。"

"嗯，偶尔穿穿……我不太适合穿和服吧？"女人羞涩地笑了笑。"白天，朋友打电话给我，她大吃一惊，问我：这样真的没问题吗？"

"你把我俩的事情对她说了？"

"对，我们都不藏着掖着。"

漫步在街道上，江口老人为女人买了一块做和服的衣料。回到酒店，从窗口能看见入港的船上的灯火。江口站在窗边与女人缠绵，随手关上百叶窗，拉上窗帘。又拿起前一晚喝过的威士忌瓶子示意女人喝点儿。女人摇摇头，说不想搞得慌慌张张的，要控制一下。

两个人沉沉地睡去。第二天早上，被江口起身时发出的动静吵醒的女人说：

"啊！睡死过去了，真是睡死过去了！"

女人睁开眼睛，一动不动。眼神如洗过一般清澈透明，眼睛湿漉漉的。

女人知道今天江口要回东京。女人的丈夫是外国商社外派到神户的，在这里与女人结了婚，过了两年，去了新加坡，下个月又要回到神户的妻儿身边。这些事情女人昨天晚上跟江口讲过。在这之前，江口完全不知道这个女人已经为人妻，并且是一个外国人的妻子，他那么轻易就把她从夜总会带回酒店。前一晚，江口老人心血来潮地走进一家夜总会，邻桌坐着两个外国男人和四个日本女人，其中有个中年女人与江口熟稔，彼此打了招呼，好像是她带他们来这里的。在两个外国人都去跳舞之际，她问江口要不要和另一位年轻的女士跳舞。在第二支舞跳到一半的时候，江口邀请女人一起出来，年轻女人似乎对这种小把戏很感兴趣，非常痛快地就跟着江口回到酒店，反而让江口老人回到酒店房间时有点手忙脚乱。

江口与别人的妻子——而且是外国人的妻子乱搞男女关系，女人把年纪尚幼的孩子托付给保姆，彻夜不归，而且也完全没有表露出为人妻的负疚感，因此江口也并没有太多"正与别人的妻子乱搞男女关系"的压力，但到底在内心深处对这样的行为感到不齿。但是当女人对他说她"睡死过去"的时候，她开心的模样如青春的乐章一样，萦绕在他的脑海。那时，江口六十四岁，女人的年纪在二十四五到二十七八岁之间，老人想这可能是他人生中与年轻女人最后一次交欢了。哪怕只有两晚，实际上只有一个晚上，并且那个晚上女人睡得很死，她仍是江口无法忘怀的女人。女人说如果江口再来关西的话，想再见一面。过了一个月，女人来信告诉他，丈夫已经回到神户，但是不要紧，想再和江口见面。同样的信，大约一个月之后又来了一封，之后，就再也没有收到过她的来信了。

"啊，她怀孕了吧，第三次怀孕……肯定是。"江口老人自言自语道。三年后，他在沉睡不醒如睡死过去的姑娘身边，想起了这个女人。在此之前，他从来没有想过她，不知为何今晚不经意间想起了她，江口自己也觉得不可思议。仔细琢磨一下，估计就是这么回事：女人慢慢不写信来是因为她怀孕了。原来如此！江口老人的脸上似乎浮起一丝微笑。女人怀孕，丈夫从新加坡回来，把她和江口出轨一事洗刷得干干净净，她以此让老人安心。江口想到这里，开始想念起女人的身体，没有色情的意味。女人的皮肤紧致、柔滑，身体十分舒展，是典型的年轻女性的身体。女人已经生育这件事情虽然出乎江口的意料，但无疑是事实。

"江口先生，喜欢我吗？"

"喜欢。"江口答，"这个问题每个女人都会问。"

"但是，还是……"女人住了口，没有继续说下去。

"你不问我喜欢你哪里？"江口笑着问道。

"算了，不问了。"

如果有女人问他喜不喜欢她，他会毫不犹豫地回答喜欢，这个女人这样问他，时隔三年，直至今日，他仍然铭记于心。女人生了第三个孩子，是不是还保持着宛如少女般的身材呢？江口突然热切地想念着她。

此时的江口老人仿佛已然忘记身边躺着的姑娘，正是她让自己回忆起在神户碰到的女人。姑娘的手背贴住脸颊，手肘横着往外伸展，很是碍事。老人握住她的手腕，放回被窝。电热毯太热，姑娘的肩胛骨也露了出来，纤弱的肩膀与手臂连接处有一个小而圆的凸起，就在老人眼前，几乎要碰到他的眼睛。看着几乎能置于老人掌中的小而圆的凸起，老人忍不住想摸摸，但最终还是放弃了。肩胛骨瘦削，非常打眼，江口想摸摸她的蝴蝶骨，也放弃了，但是轻轻地把覆在姑娘右边脸颊上的头发撩开了。在四周深红色窗帘的映衬下，天井洒下来的微弱光线照在姑娘脸上，让姑娘的睡颜显得十分柔和。眉毛没有修过，长长的睫毛齐齐整整，仿佛用手指可以捏住。下嘴唇的中间略厚，嘴唇紧抿，看不见里面的牙齿。

江口心想，没有什么比年轻姑娘天真无邪的睡颜更美丽的了，它是世上最幸福的慰藉。无论是怎样的美人，睡颜都会暴露她的年龄；就算不是美人，年轻的睡颜依然十分诱人。也许在这家旅馆，他们只挑选睡颜漂亮的姑娘。只要近距离地看着这个姑娘娇嫩的睡颜，仿佛红尘俗世间的三千烦恼就会烟消云散。带着这种想法，吃下安眠药入睡，无疑是今晚的小确幸。老人静静地合上双眼，纹丝不动。这个姑娘唤起了他关于神户女人的记忆，这个姑娘应该还能让他想起点什么，他舍不得睡。

神户那个少妇，与丈夫分别两年后重逢，随即就怀孕了。这种突如其来的想象，而且笃定为事实的想象，给江口带来一种实实在在的感觉，这种感觉转瞬就盘踞在江口的脑海。她并不认为与江口偷情并且生下孩子这件事情可耻、肮脏。江口真心祝福女人的妊娠和生产，在那个女人身体里孕育着幼小的生命，想到这些，江口愈发感知到自己的衰老。然而，女人为何对于出轨这种事毫不挂怀、毫无负疚感，而一味温驯地依从他呢？

在江口老人年近七十的生涯中，从来没见过这样的女人，看起来不像风尘女，也看不出一点轻浮的样子来，江口和她在一起，感觉自然、放松，毫无罪恶感。反而现在的他，躺在这里，躺在一个喝下不明药物而沉睡不醒的姑娘身旁，隐约感觉有罪恶感。到了次日早上，她利落地起身又匆忙赶回那个有幼儿在等待的家，江口十分满意地躺着目送她。江口因为觉得这是他今生今世与年轻女人最后的交欢而对她久久不能忘怀，也许女人对江口也不能忘情吧。这个事件中，二人都得以周全，就算终生秘而不宣，对二人来说，也是终生难忘的吧。

勾起老人对神户女人种种回忆的，竟然是"睡美人之家"的见习小姑娘，这一点让他觉得不可思议。江口睁开紧闭的双眼，用手指头温柔地碰了碰小姑娘的睫毛，姑娘蹙了蹙眉，把脸扭到一边想要躲开。她张开双唇，舌头抵住下颚，微微蜷曲着，如幼儿般的舌头中间横着一条小小的坑，对江口老人形成了不小的诱惑。他望着姑娘张开的嘴，心想，如果这时掐住姑娘的脖子，这小小的舌头会痉挛吧。老人想起他以前见过比她更小的烟花女。江口本人并没有这种癖好，有人招待他，将一个小姑娘分配给了他。小姑娘用的是舌头，舌头又薄又细又长，湿漉漉的，他觉得了无意趣。从街上传来令人兴奋不已的太鼓声和笛声，那晚正好在办庙会。小姑娘有着细长的眼睛和一张倔强的脸，心思不在江口身上，动作匆匆忙忙。

"今晚有庙会。"江口说："很想早点去吧？"

"哎呀，你知道的还挺多。可不是嘛，明明我和朋友都约好了，却被叫到这里来了。"

"你去吧。"江口一边说着，一边避开小姑娘冷冰冰、水淋淋的舌头，"没事，去吧。是约在敲太鼓的神社见面吧？"

"会被老板娘骂的。"

"没关系，我来打掩护。"

"真的吗？"

"你多大了？"

"十四了。"

姑娘面对男人毫无羞耻感，并没有因为客人对她没什么兴趣而觉得屈辱甚或自暴自弃，而是表现出一副满不在乎的样子，草草整了整衣服，急急忙忙跑去看街上的庙会。江口一边抽烟，一边听了一会儿太鼓声、笛声，以及路边摊贩的叫卖声。

江口已经想不起自己那时候多大年纪。那时，就算他到了毫无留恋地让充满青春气息的小姑娘去看庙会的年纪，肯定也不是现在这样的耄耋之年。跟那个小姑娘相比，今晚的这个姑娘可能大上两三岁，身上有点肉，也有点女人味，当然最大的差别在于今晚这个姑娘陷入沉睡，绝不会半途醒来。就算这里传来庙会的太鼓声，姑娘也绝对听不到。

侧耳倾听，似乎从后山吹来阵阵寒风。从姑娘微启的双唇之间呼出微暖的气息，直扑江口老人的面颊。映着深红色窗帘的薄薄的光，漏进了姑娘的口中。他想这个姑娘的舌头肯定不会像很久以前的那个小姑娘一样冷冰冰、湿淋淋。老人有点心痒难耐，在"睡美人之家"，微露着舌头安睡的，这个小姑娘是第一个。与其说老人想伸出手指头摸摸她的舌头，倒不如说胸中激荡着跃跃欲试的罪恶念头。

但是这种伴随着极度恐怖的残忍做法，现在并没有以一个明确的形式浮现在江口的脑海中。男人对女人犯下的最大的恶到底是什么呢？出轨于神户女人，嫖宿十四岁的少女，这些事在人生的长河中不过是弹指一挥间，转瞬即逝。与妻子的婚姻、抚育女儿长大成人，即使表面上看来是善，然而在很长一段时间里，江口支配着女性的人生，甚至扭曲了她们的性格。从这个角度上来说，这也许是一种恶，但这种恶现在已经与社会习俗、社会秩序混为一谈，"恶"这个概念被淡化了。

作为一个老头子躺在被迫沉睡不醒的姑娘身边，这本身就是恶；如果杀了这个姑娘，那就是恶上加恶。掐住姑娘的脖子，捂住她的口鼻让她不能呼吸，都是一件轻而易举的事，然而，现在小姑娘张开檀口沉睡，露出嘴里如小儿般的舌头，江口老人觉得只要把手指放在上面，她的舌头就会像幼儿喝奶一样噘起、变圆。老人把手搭在姑娘的人中和下巴处，让她的嘴合上，可是他的手一拿开，小姑娘的嘴就又张开了。因为年轻，姑娘即使微张着嘴睡觉，也不影响她的可爱。

姑娘太年轻，反而激发了江口心中的恶。秘密来到"睡美人之家"的老人们，肯定有一部分不仅仅是为了排遣寂寞和怀念那永不再来的青春，还为了要忘却过去所做的恶。把"睡美人之家"介绍给江口的木贺老人当然没有泄露别的客人的秘密，或许成为会员的客人本来就不多，但是可以断定来这里的老人们都是通常意义上的成功者而非失败者。其中有些人，他们的成功是通过作恶而达到，并且通过持续地作恶才得以保住的，这些人内心感到不安，更怀有恐惧和沮丧。挨着沉睡姑娘年轻柔滑的肌肤躺下的时候，从心底涌上来的，不全是对即将到来的死亡的恐惧以及对已逝青春的绝望，也许还有对自己不道德行为的悔恨，以及成功者身上容易出现的对家庭不幸的哀叹。老人们也许没有一尊可以跪拜的佛像进行忏悔，只能紧紧抱住赤身裸体的姑娘，流着冰冷的眼泪，就算他们号啕大哭，身边的姑娘也绝不会睁开双眼，绝不会知晓。老人们也不必感到羞耻，自尊心也不会受到伤害，可以自由自在地忏悔、肆无忌惮地悲伤。从这个意义上来说，睡美人不就是老人们的"佛"吗？而且是有着鲜活身体的佛。姑娘年轻的肌肤，青春的气息，就是原谅和安慰可怜的老人们的一剂良方。

想到这里，江口静静地合上了双眼。在迄今为止的三个姑娘当中，今晚的这个姑娘年纪最小，完全没有经验，却引发了江口的万千思绪，让他略感意外。在这之前，他一直竭力避免触碰到她，现在，老人紧紧地抱着姑娘。姑娘的身体似乎能被老人整个地包裹住，她浑身无力，无任何反抗，身体纤细得让人心疼。姑娘也许在沉睡中感知得到江口的存在吧，她闭上了张开的嘴巴。凸起的腰椎骨硬硬地硌着老人的身体。这个小姑娘以后会经历怎样的人生呢？即便不会出人头地、飞黄腾达，是否真能拥有平安顺遂的人生呢？江口心想。在这里，从今往后，凭着她安慰、挽救老人们的无量功德，希望能保佑她一生幸福。江口老人甚至认为这个姑娘不就是传说中菩萨的化身吗？古代的神话传说中不也有菩萨化身为娼妇和妖妇度人的故事吗？

老人一边轻柔地抓住姑娘的辫子，一边平心静气地准备忏悔自己过去所作的恶以及不道德的行为，但是涌上心头的都是关于过去交往过的女人的回忆。难得的是，老人在意的不是交往时间的长短、脸庞的美丑、头脑聪明与否、口味好坏之类，他念念不忘的是如神户少妇一般的女人，她曾经说过"啊！睡死过去了，真是睡死过去了"，是在江口的爱抚下忘我、敏感地回应着他的撩拨，不知不觉神魂颠倒的女人。与其说这证明了女人爱他的程度，莫如说这是与生俱来的身体的本能反应。这个小姑娘成人以后，又将如何？老人用环抱着姑娘后背的手掌一路抚摸下去，但是仅仅依靠这个动作还不能判断姑娘的身体是否敏感。上次在这里，在那个外表如妖妇般的姑娘身旁，江口回顾了自己六十七年人生中到底接触了多广泛、多深入的性，这种回顾让他深刻地意识到如今的风烛残年。今晚，这个小姑娘反而不可思议地让他生动地回顾了过去的性经历。老人将自己的唇轻轻地贴在姑娘紧闭的嘴唇上，她的唇没有任何味道，干干的，这样反而很好。也许江口再也见不到这个姑娘，等到这个小姑娘的嘴唇变得性感撩人的时候，江口或许已经撒手人寰。这样也好。老人的嘴唇从姑娘的唇上移开，转向姑娘的眉毛和睫毛。不知道是不是觉得痒，姑娘的脸轻微地动了动，额头抵在老人眼睛周围，一直闭着眼睛的江口，更加用力地闭上双眼。

脑海深处浮现出缥缈的幻影，很快又消失不见，转而幻影的轮廓逐渐明晰，是一支金色的箭向他飞来。箭头有一朵深紫色的风信子，箭尾有各种颜色的卡特兰花，非常漂亮。江口老人心想，这支箭飞得这样快，这些花怎么没有掉下来？真是不可思议。兀自担心之际，他睁开了双眼，原来是打了个盹儿。

江口还没吃放在枕边的安眠药，他看了看与安眠药并排放着的手表，已经过了夜里十二点半。老人把两颗安眠药置于掌心。今晚，没有暮年的厌世感和寂寞来纠缠，现在睡下未免可惜。姑娘睡梦中呼吸安稳。她到底吃的什么药？或者注射了什么针呢？看起来毫无痛苦。可能是大量的安眠药，也可能是微量的毒药。江口也想试试陷入如她这般的深度睡眠。他悄悄地爬出被窝，离开四面墙壁挂着深红色天鹅绒帷幔的房间来到隔壁，摁响了电铃，想向旅馆的女人索要这个姑娘服用的那种安眠药。电铃一直响，却无人回应，反倒让他体验到这屋里屋外阴森森的寒气。三更半夜的江口也不想让电铃响个不停。这里气候偏暖，冬天，有的树叶不从枝头掉落而是在树枝上枯萎。即便如此，也能听到若有若无的风扫过庭院落叶的声音，往日高声拍打悬崖的海浪，今晚风平浪静。这里四下无人，一片寂静，让人几乎要把这里当成幽灵出没之地。江口老人冷得双肩发颤，他是穿着睡衣出来的。

回到密室，姑娘双颊绯红，江口老人已经调低了电热毯的温度，到底是年轻啊。老人贴着姑娘，让全身暖洋洋的姑娘焐着自己冷冰冰的身体。因为太暖和，姑娘的胸部露在外面，脚尖也从被窝里伸出来。

"会感冒的。"江口老人说，感受到与姑娘之间巨大的年龄鸿沟。娇小、温暖的姑娘整个人正好蜷缩在江口的怀里。

第二天早上，江口一边让旅馆的女人给他准备早饭，一边问：

"昨天我摁了电铃，你听到了吗？我想向你要这个姑娘吃的安眠药，我也想像她那样沉睡。"

"那不行。首先，这个药对老人很危险。"

"我的心脏还不错，你不用担心。就算因此长眠不醒，我也不后悔。"

"您才来了三次，就说这么恣意的话了呢。"

"在这里能做的最恣意的事情是什么呢？"

女人眼神略带嫌弃地看着江口老人，脸上浮起一丝浅笑。

其　四

从早上起，天空就阴沉沉的，临近黄昏，竟下起了冰冷的小雨。江口老人跨进"睡美人之家"的门之后才发现开始下起了雨夹雪。如往常一样，女人安静地闭门上锁。她手持一个手电筒照亮脚下的路，微弱的光线中，能看见夹杂在雨中稀疏的白色颗粒，看起来软软的，一落在通往门口的脚踏石上，马上就融化了，消失得无影无踪。

"石头被打湿了，您脚下小心。"女人一只手打着伞，一只手作势要来牵江口的手，老人的手套上传来中年女人那令人不适的暖和劲儿。

"我没事。"江口甩开女人的手，"我还不至于老得要让你来扶我。"

"石头滑。"女人说。脚踏石旁边还留有落下来的红叶没有清扫，有的蜷曲着，颜色已经黯淡，不复鲜红，有的淋了雨，如上了一层油般闪闪发亮。

江口老人问："有没有那种客人来？一只手或者一只脚不方便，需要你搀扶着的老不死。"

"您不要打听别的客人的隐私。"

"这种老人危险着呢。立冬了，来个脑出血或者心脏出点问题，死在这里，可怎么好？"

"如果发生这样的事，这里就要关门大吉了。客人说不定倒是往生极乐了。"女人神色冷峻。

"你也脱不了干系哟。"

"嗯。"这女人以前到底经历过什么，说这话的时候，眉毛也不曾动一下。

来到二楼的房间，一切如常。之前挂的那幅《深山枫叶图》终于换成了《雪景图》，这幅画无疑也是赝品。

女人娴熟地泡着好茶。

"您还是临到跟前才给我们打电话呀。之前的三个姑娘都不入您的眼吗？"

"哪里，说真的，我对三个姑娘都极其满意。"

"如果是这样的话，您提前两三天给我们打个电话，确定由哪个姑娘陪您就好了呀。您还真是朝三暮四呢。"

"这还称得上朝三暮四？对着一个沉睡不醒的姑娘？她什么也不知道，跟谁在一起不都一样！"

"就算她睡着了，也是个活生生的人呀。"

"有没有姑娘问过你们前一晚的客人是什么样的老人？"

"在这里，这个问题绝对不能问，这是她们必须遵守的规定。您大可放心。"

"如果我对某个姑娘动了情，你们很难办。你之前是不是说过这样的话？我刚才对你说的那番朝三暮四的话，都是你以前对我说过的，你还记得吗？今晚和上次不同，完全颠倒过来了，真是奇妙呀。你是不是也终于暴露出一点身为女人的本性来了？"

女人薄薄的嘴唇边浮现出一丝讽刺的微笑。

"年轻的时候，您大概伤了不少女人的心吧。"

江口老人惊讶于女人话题转变之快，说："哪里哪里，这可不能乱说。"

"您还当真了！这才奇怪呢。"

"如果我是你说的那种男人就不会来这里了。来这里的都是些对女人十分迷恋的老人吧？是那些无论怎么后悔、无论怎么努力都无济于事的老人吧？"

"谁知道呢。"女人表情严肃，不为所动。

"上次来的时候，我曾问过你，在这里老人们被允许做的最放肆的事情是什么？"

"怎么说呢，姑娘反正是不会醒的。"

"你能给我一些姑娘服用的安眠药吗？"

"上次我已经拒绝您了吧。"

"那老人们能做的最恶的事情是什么呢？"

"在这里，没有恶。"女人压低了仍显年轻的声音，语气坚定，气势上像要压倒江口一般。

"没有恶吗？"老人自言自语道。女人黑色的瞳仁一如古井无波。

"如果您想掐死姑娘，也不过如拧断婴儿的胳膊那样易如反掌。"

江口觉得这个女人无比讨厌："就算要被掐死了，姑娘也不会醒？"

"我想是的。"

"倒真适合做个临死垫背的。"

"如果您想自杀又觉得寂寞的话，您可以这样做。"

"比自杀还要寂寞的时候呢？"

"大概也有的吧。"女人仍然不动声色，"今晚您是不是喝酒了？尽说些不着调的话。"

"我喝了比酒还糟糕的东西。"

女人终于神色微动，偷偷看了看江口的脸，又摆出一副不屑一顾的神色。

"今晚这个姑娘全身上下暖洋洋的，晚上这么冷，可不正合适嘛。您暖和暖和。"说着，就下楼离开了。

江口打开密室的门，从里面传来的女人的体香似乎比以往都要浓烈。姑娘面朝里躺着，鼻息深沉绵长，倒没有打鼾，看起来身材高大。不知道是不是衬着深红色窗帘的缘故，一头茂密的秀发微呈茶色。从肥厚的耳朵到粗粗的脖颈处的皮肤非常白皙，如刚才那个中年女人所言，看着确实很暖和。姑娘这张颇有特点的脸，不如前几个姑娘那般绯红。老人从姑娘的背后滑进被窝。

"啊！"江口忍不住叫出了声。姑娘的身体暖融融的，最重要的是肌肤滑腻得如同要吸住江口一般，散发的体香里带着一股湿气。江口老人合上双眼，一动不动。姑娘也纹丝不动，腰部以下的身体十分丰满。她身体的热量不是沁入老人身体，而是温柔地包裹住老人。胸部鼓鼓的，乳房大而扁，乳头却小得出奇。一想到刚才那个中年女人说的"掐死"，他就兴奋得浑身颤抖，谁让姑娘的身体那么美呢。如果掐死她，她的身体会散发出什么样的味道呢？江口在脑海里想象着姑娘白天走路时的笨拙姿态，努力想驱赶走脑海里的歹念，思绪很快平稳了下来。笨拙地走路的姑娘是什么样子呢？能走出高雅步态的漂亮的腿又是什么样呢？对于已经六十七岁的老人来说，在一个只能共同度过一个晚上的姑娘身上，幻想什么女人聪明与否、教养的高低，又有什么意义呢？今晚只不过摸摸姑娘而已，难道不是吗？然而沉睡不醒的姑娘，连被又老又丑的江口抚遍全身也全然不知，明天醒来也是一样。她是个纯粹的玩物，还是个牺牲品？江口老人来此不过第四回，今晚他清楚地意识到随着来这里次数的增多，自己已变得越来越麻木。

今晚这个姑娘应该也被迫适应了这里的工作吧？她可能完全不把可怜的老人当回事吧，对于江口的触碰，姑娘毫无反应。无论多么不合理的行为，只要成为习惯，就变得理所当然。阴暗角落里隐藏着的不道德行为不知道有多少。但是江口与来这里的老人略有不同，甚至可以说是完全不同。木贺老人错误地以为江口和他们一样，所以把这个旅馆介绍给江口，岂知江口还没有丧失性功能。因此可以认为他还不能切身体会来这里的老人们的悲伤和欢乐、寂寞和哀愁。对江口而言，其实不必非要让姑娘沉睡不醒。

比如，来这里的第二次，为了那个外貌如妖妇般美艳的姑娘，他几乎破坏了这里的规矩，在得知她还保有处子之身时，才控制住

278

了自己的情欲。之后，他发誓要遵守这里的规则，或者说要守护这些纯洁的姑娘们，守住来这里的老人们的秘密。这里只招未经人事的姑娘，居心何在？或者这正是老人们可怜的愿望？想到这里，江口心下了然，又不以为然。

但是，今晚这个姑娘有点奇怪，江口老人有点不太相信。老人抬起胸膛，靠在姑娘肩上，近距离地凝视着姑娘的脸。如她的身体一样，姑娘五官不够端正，却意外地给人以天真无邪之感。鼻头有点宽，鼻梁有点塌，脸又大又圆，额前的发际线正好露出一个美人尖。短短的眉毛非常密，并无特别之处。

"真可爱呀！"老人嘟囔着，把脸贴近姑娘的脸，这里的肌肤也十分柔滑，姑娘不知道是不是感知到肩膀上的重量，翻身变为仰卧。江口缩回身体。

江口就此闭上双眼，除了陶醉于姑娘娇嫩的肌肤，还因为姑娘的体香特别浓郁。人人都说这世上只有气味最能唤醒沉睡的记忆，可能姑娘的体香太过于香甜和浓郁，他只忆起婴儿的奶香味，明明这两种味道天差地别。也许这两种味道都是人类起源的味道吧，自古以来就有老人把少女散发的体香当成长生不老之药，这个姑娘的体香似乎不是馥郁的芳香。如果江口为这个姑娘破坏了这里的规矩，姑娘身上肯定会有一股令人不快的腥臭味儿——江口这样想，更加证明他真的老了。这个姑娘散发出的浓烈的体香和腥臭味儿可不就是人类诞生时的味道吗？姑娘看起来是容易受孕的体质，即使现在沉睡不醒，身体的机能却并未丧失，明天一定会醒来。就算让她怀孕，现在的她也一无所知。江口老人已届六十七岁高龄，如果留下一个孩子孤零零地存活于世上，于心何忍？让男人堕落到魔界的，似乎就是女人的身体。

然而，姑娘全无抵抗之力，为了这些高龄客人，为了这些可怜可叹的老人，不着寸缕，沉睡不醒。江口觉得自己也变得无情无义，变得心理异常，他自言自语地说着莫名其妙的话："老人之死犹如青年之恋爱，然而老人只能死一次，青年却能恋爱很多次。"说着说着，江口渐渐冷静下来，本来他兴致也不高，耳边隐约能听到外面雨夹雪的声音，大海似乎也悄无声息。老人脑海中浮现出一个场景：雨夹雪飘落到海面上，转瞬间融化，复归于黑暗无边的大海。一只如雕一样身形巨大的野鸟衔着一块往下滴血的东西，擦着黑色的海浪上下翻飞。那块滴血的东西不就是婴儿吗？显然这种事情不可能发生，难不成是人类不道德的行为折射出的幻象？江口在枕头上轻轻摇头，努力把幻象赶走。

　　"啊，真暖和呀！"江口老人说。不单单是因为铺了电热毯的缘故。姑娘把被子往下拽，露出一半的胸脯。她的胸脯虽然又大又鼓，但是一躺下去，似乎胸部变得一马平川，无甚高低起伏。深红色的窗帘微映着姑娘细瓷般白亮的肌肤，老人注视着姑娘美丽的胸部，用一根手指沿着姑娘的发际线游走。姑娘仰面躺着，呼吸安稳绵长，樱桃小口里面藏着怎样的编贝呢？江口撮起姑娘下唇中间的地方，提起她的嘴唇，虽然小却不甚娇俏的嘴里藏了一口细密整齐的好牙。老人松开手指，姑娘的嘴唇没有像刚才那样合拢，还能看见里面细白的牙齿。江口老人捏住姑娘厚厚的耳垂，把沾上口红的手指尖放在上面擦拭，没擦干净，又擦在姑娘的脖颈处。白皙的脖颈上隐约划出一道红线，可爱极了。

　　江口估计这个姑娘也是处子之身。第二次来这里时，他对那个姑娘起了疑心，差点做出无耻的行径。对自己当时的行为感到震惊和后悔之余也无暇去做详细调查。这件事情对江口意味着什么呢？

只要一想到事情可能并非如此，他就仿佛能听到内心深处有个声音在嘲笑自己。

"喂，你要嘲笑我？你是魔鬼吗？"

"魔鬼才不会那么轻易放过你。你不过是夸大了自己老而不死的感伤和憧憬而已，不是吗？"

"才不是，我是替比我还可怜的老人们着想而已。"

"哼！你这个不道德的人。没有比推卸责任更令人不齿的行为了。"

"我不道德？就算是吧。处子之身纯洁，那些不是处子之身的姑娘怎么就不纯洁了？我可没在这里期望什么处女来陪我。"

"你是真不了解耄耋老者真正向往的东西啊！你不要再来了。万一，我是说万一，就算姑娘半夜睁开双眼，老人也不会感觉到有多羞耻，难道不是吗？"

江口兀自自问自答。当然也不是因为这个原因才让还是处子之身的姑娘们沉睡不醒。江口老人虽然只来了四次，但还是讶异为什么这里的姑娘还保有处子之身，这真的是老人们的愿望和期许吗？

此时，"如果姑娘睁开眼睛"这个假设深深地撩拨着他，要给这个姑娘多大的刺激、什么样的刺激才会让她睁开双眼？哪怕是似醒非醒、迷迷糊糊也行啊。如果砍掉她的一只手臂或者深深地刺入她的胸腹，恐怕她就不能一直沉睡下去了吧？

"恶念起来了！"江口老人告诫自己。来这里的老人们的衰朽无力，对江口而言，估计也不过是几年间的事情。他心底涌起个暴虐的念头：让这里毁灭吧！让我的人生毁灭吧！然而这一切，不过是由于今晚的姑娘不算是个标致的美人，而是个可爱的美人，并且露出雪白、丰满的胸脯，观之可亲罢了。产生这样的想法不过是他忏悔之心对立面的显现而已。在即将窝窝囊囊终结的一生中也不乏忏悔之事，他甚至不具备和他一起去看椿寺散椿茶花的小女儿身上的那种勇气。江口老人合上双目。

庭院脚踏石的旁边，有一片剪得十分低矮的灌木丛，两只蝴蝶在其间嬉戏。它们时而飞入灌木中隐而不见，时而擦着枝条翩翩飞过，欢乐无比。两只蝴蝶飞上略高于枝条的地方，轻快地上下翻飞，不一会儿又有一只蝴蝶从灌木丛中飞出来，接着又飞出来一只。啊，这是两对蝴蝶夫妻啊。刚这样想着，蝴蝶又变为五只，让人看得眼花缭乱。原本以为他们是在争夺伴侣呢，不料从灌木丛中又不断有蝴蝶飞出来，院子里有许许多多蝴蝶在翩翩起舞，他们并不往高处飞。垂下来的红叶枝条随着若有若无的风微微摇曳，红叶的树枝细细的，叶片却很大，敏锐地感知到风的存在。白色的蝴蝶越来越多，聚在一起犹如一片白色的花海。江口看着满是枫树的地方，脑海中浮现出的这些幻象可与"睡美人之家"有何关联？幻象中的红叶有的发黄，有的变红，点缀在白色的蝴蝶群中，煞是好看。真实的"睡美人之家"的红叶俱已落尽，只剩少数枯萎的叶子还残留在树枝上。屋外又下起了雨夹雪。

江口似乎忘却了屋外雨夹雪带来的寒气。之所以出现白色蝴蝶群翩翩起舞的幻象，是因为旁边的姑娘露出她丰满白皙的胸脯的缘故吗？这个姑娘驱散了老人心里的恶念。江口老人睁开双眼，看着姑娘宽阔胸前立着的小小的粉红乳头，这是良善的象征，他把半边脸贴到姑娘的胸部，眼窝深处变得暖和起来，他想在姑娘身上留下自己的印记。如果坏了这里的规矩，明天姑娘醒来定会烦恼、难过。江口老人颤抖着在姑娘的胸口留下几处沁着血色的痕迹。

"越来越冷了。"他帮姑娘把被子拉高。枕边像往常一样放着两颗安眠药，他毫不迟疑地吞了下去："你真沉呢。下半身胖嘟嘟的。"

江口垂下手，抱住姑娘，让她翻了个身。

第二天一早，女人叫了江口老人两次。第一次，女人咚咚咚地叩着杉木板门："先生，已经九点了。"

"嗯。已经醒了，正准备起来。隔壁房间冷吧？"

"早就生了火炉，暖好了房间。"

"还下着雨夹雪吗？"

"停了。不过是阴天。"

"知道了。"

"早饭刚才已经准备好了。"

"嗯。"江口含糊地回应着。他闭着眼睛，还觉得有点迷糊。他一边贴近姑娘美妙无比的肌肤，一边说："地狱里的鬼婆子来催了。"

还没过十分钟，女人又来了。

"客人，"她大声敲着门："您还没起吗？"声音也尖锐起来。

"门没锁。"江口说道。女人走了进来。老人慢腾腾地坐起身。女人帮着还迷迷糊糊的江口换衣服，连袜子也帮着穿，但从她的动作明显看出十分不耐烦，感到厌恶。来到隔壁的房间，茶一如既往的可口。江口老人慢慢品着茶，女人用怀疑的眼光冷冷地问江口：

"昨天晚上的姑娘，可还称您的心意？"

"还行吧。还不错。"

"那就好。您有没有做个好梦？"

"梦？我可没做梦。我睡得可香了。最近都没睡得这么香。"江口想打个哈欠，又打不出来："现在还没彻底醒过来呢。"

"看来昨天您是累着了！"

"这要怪昨晚的姑娘。这个姑娘，很受欢迎吧？"

女人低下头，表情变得僵硬。

江口老人郑重其事地说："我是认真的。早饭后，能不能给我那种安眠药？我再次拜托你，我给你报酬。虽然我不知道这个姑娘什么时候醒来。"

"瞧您说的。"女人阴沉的脸色变得煞白，肩膀也不由自主地变得僵硬："您说什么呢！开玩笑也得有分寸。"

"分寸？"老人想笑，却又笑不出来。

女人大概怀疑江口对姑娘做了什么，匆匆起身去往密室查看。

其　五

正月一过，海上风大浪急，观之令人胆寒，陆地上的风没那么猛。

"哎呀，在这么冷的夜晚，难为您光临本店……""睡美人之家"管事的女人打开门迎上前来。

"天冷了才来嘛。"江口老人说，"在这样寒冷的夜晚，依偎着年轻温暖的肌肤，如果就此撒手而去，岂不是老人的至乐！"

"瞧您，怎么说这么不吉利的话。"

"老人嘛，一只脚踏进棺材了。"

与往日一样的客房里生着暖炉，暖融融的，女人也一如既往地泡着好茶。

江口问："这里怎么阴风阵阵？"

"咦？"女人环顾四周，"我们这里可没有缝隙漏进风来。"

"会不会是房间里闹鬼？"

女人吓得一哆嗦，脸色变得煞白，紧张地望着老人。

"再给我满满地倒上一杯茶吧。不要等它放凉，我要喝热的。"

女人依言给他倒茶，声音冷冰冰的："您是不是听说什么了？"

"唔，听到一些传闻。"

"是吗？您都听说了，还来我们这儿？"女人可能觉得既然江口已经知情，似乎也没必要再隐瞒，但神色着实尴尬。

"虽然您难得来一趟，但还是请回吧。"

"我事先知道不也挺好的嘛。"

"呵呵呵……"听起来简直就是恶魔的笑声。

"这种事迟早会发生吧。冬天，老人的身体很容易出问题。你们可以考虑隆冬季节暂停营业。"

"……"

"虽然我不清楚来的都是些什么样的老人，但是如果接二连三发生这样的事，你也脱不了干系吧。"

"这样的话您对老板说吧。我何罪之有？"女人的脸色又变得煞白。

"当然有罪。你们不是在夜色的掩护下趁四下无人，把老人的尸体偷偷搬到了附近的温泉旅馆吗？你肯定也在旁协助了吧。"

女人的两只手掌用力按在两个膝盖上，姿态十分僵硬。

"我们这么做是为了老人的名誉。"

"名誉？死去的人还谈什么名誉？当然还是要忌惮一下社会舆论。也许不是为了老人，而是为了老人家人的体面吧。真是无聊透顶啊。那个温泉旅馆和这里是一个老板吗？"

女人一言不发。

"就算在这里被发现老人死在赤身裸体的姑娘身旁，估计报纸也不会披露得这么详细。如果我是那个老人，希望你们不要把我搬出去，就让我躺在这里，我反而会感到幸福。"

"如果留在这里的话，还要尸体解剖什么的，各种调查很麻烦，而且我们这里与别的旅馆不一样，一旦被曝光，可能会给其他的客人带来麻烦。对姑娘们也……"

"姑娘一直躺着不知道老人死去了吧？而且即使客人有少许挣扎，她也不会醒过来吧？"

"是的。但是，如果让老人在这里去世，就得把姑娘转移走，总之得把她藏起来。这样一来，总会有蛛丝马迹让人知道死去的老人身边躺着一个姑娘这件事。"

"哎呀，还要把姑娘转移走吗？"

"当然了，如果让她在现场，就是很明显的犯罪呀，不是吗？"

"老人死后身体变凉这些细微的变化不会把姑娘弄醒吧？"

"不会。"

"姑娘完全不知道睡在身边的老人去世了呀。"江口又重复了一遍。那个老人死了之后，陷入深眠的姑娘依旧偎着那具冰冷的尸体有多久？姑娘甚至连尸体被运出去一事也全然不知。

"我血压正常，心脏也没问题。但是万一我有个三长两短，不要把我搬到什么温泉旅馆去，就让我待在这里，待在姑娘身边，可以吗？"

"您说什么呢！"女人一脸惊慌，"既然您说出这样的话，还是请回吧。"

"开个玩笑嘛！"江口老人笑了笑。正如他对女人所说，他还不觉得自己哪天会猝死。

报纸上刊登了两则关于在这里去世的老人的讣告，上面只说是猝死。在葬礼上，江口碰到木贺老人，木贺老人把嘴凑到江口耳边，小声且详细地把事情的原委告诉了他：老人死于心绞痛。

"那个温泉旅馆啊，不像是那个人会住的房间，他常订的旅馆不是这家。"木贺老人对江口说："因此有人嘀咕说，福良董事是不是安乐死呢？那些家伙啥也不懂。"

"唔。"

"可能是假装成安乐死。又不是真的安乐死，估计看起来没有安乐死那么安详。我和福良董事走得比较近，因此我隐约知道内情，马上就去调查。但是我没有对任何人说，家属好像也不知道。那个报纸刊登的讣告也蛮有意思，对吧？"

讣告共有两则，一则以福良妻儿的名义，一则以公司的名义刊登。

"福良啊，是这种身形。"木贺把福良粗大的脖子、肥胖的胸脯，尤其是大腹便便的样子比画给江口看，"你也要注意身体哟。"

"我可没有这种担忧。"

"总之，福良那么笨重、庞大的尸体，半夜被运到温泉旅馆去了。"

谁运出去的？不知道。怎么运出去的？当然是用汽车。细想起来，江口老人不免觉得毛骨悚然。

在葬礼上，木贺老人对江口咬耳朵："这次的事情没有曝出来还好，但是出了这档子事，那家旅馆估计也快关门了。"

"可能吧。"江口说。

今晚，女人估计江口已经知道了福良老人的事情，虽然不打算遮遮掩掩，但还是小心翼翼地应对。

"那晚的姑娘当真什么也不知道？"江口老人问了一个不无恶意的问题。

"她不可能知道。那个老人临终之际估计有点痛苦，把姑娘从脖颈到胸口的地方挠了好几道。姑娘也不知道发生了什么事，第二天醒来时，还抱怨说真是个讨厌的老头子。"

"她说是讨厌的老头子啊。可能是临终前感到痛苦吧？"

"姑娘也没被抓伤，就是好几处好像要渗出血来，又红又肿。"

女人仿佛对江口毫无隐瞒，这样一来，江口反而失去了刨根问底的兴致。不过是一个在某处猝死的老人罢了，也许这种幸福的猝死正是老人所求呢。然而，木贺告诉他的"老人庞大而笨重的尸体被运往温泉旅馆"这件事还是深深地刺激到了江口老人。耄耋老人的死相真是难看啊，不过也算是接近幸福的极乐之境。不对不对，那个老人死后会堕入恶鬼道。

"……"

"那晚的那个姑娘我认识吗？"

"无可奉告。"

"唔。"

"从脖子到胸口的地方留下几道红印子，所以，现在让她休息，直到红印子彻底消失为止。"

"能给我沏一杯茶吗？我渴了。"

"好的。帮您重新沏一杯。"

"发生这种事情，就算神不知鬼不觉，这里也开不长久了吧？你不这样认为吗？"

"可能吧。"女人缓缓地说，埋头沏茶。

"先生，今晚可能会闹鬼哦。"

"我正想和鬼聊个痛快呢。"

"聊什么？"

"比如男人可悲的晚年。"

"我和您开玩笑呢。"

老人啜着醇香的茶。

"我知道你在开玩笑，但我身体里住着鬼，你的身体里也住着鬼。"江口老人伸出右手指着女人。

"当时你们怎么知道那个老人死了？"江口老人继续问道。

"我仿佛听到奇怪的呻吟，就上楼看了一下。当时他的脉搏也不跳动了，呼吸也停止了。"

老人又说："姑娘不知道，对吧？"

"我们不会让姑娘因为这点小事醒过来的。"

"这点小事？那老人的尸体被运出去的事，她也不知道？"

"是的。"

"这么说来，姑娘最了不起啊。"

"有什么了不起的。客人您不要说些有的没的，早点去隔壁房间安歇吧。您之前有觉得沉睡的姑娘了不起吗？"

"可能姑娘蓬勃的青春，对老年人来说就是一件很了不起的事情。"

"瞧您说的。"女人带着一丝浅笑站起身来，将通往隔壁房间的杉木板门轻轻地推开一条缝，"姑娘已经熟睡，正等着您呢，您请吧。这是钥匙。"说着，从和服的腰带夹缝中掏出钥匙递给江口。

"对了，刚才忘记说了，今晚是两个姑娘。"

"两个人？"

江口老人吃了一惊，看来福良老人的猝死，姑娘们已经有所耳闻了。

"请吧。"女人站起身离开。

打开门的江口，已没有第一次来时的好奇心和羞耻感，但看到眼前的一幕，仍然忍不住"咦"了一声。

"这个姑娘也是来见习的吗？"

和上次"见习"的年龄偏小的姑娘不同，这次的姑娘可说是长相豪放、粗野。她野性十足的模样甚至让江口老人忘记了福良老人的死。两个姑娘挨在一起，离门口较近的地方躺着这个充满活力的姑娘。不知道她是不习惯使用电热毯这种老人用品呢，还是身体里积攒了很多御寒的能量，她把被子蹬到心窝处，仰面躺着，身体睡成一个"大"字，两条胳膊舒展地摊开，乳晕很大，呈紫黑色。天井透下来的光线映着窗帘的深红色，让乳晕的颜色看起来不那么漂亮，从脖子到胸脯的肤色也称不上美，但是又黑又亮。姑娘仿佛有轻微的狐臭。江口自言自语道："真是生机勃勃啊！"对已经六十七岁的老人来说，这样的姑娘能给他注入无限的生机。江口有点怀疑这个姑娘不是日本人，十来岁的小姑娘，胸部很丰满，乳头却还没有膨出。身材不显得肥胖，而是十分结实。

　　"唔。"老人抓起姑娘的手，手指长长的，留着长长的指甲，身材估计也是这般修长吧。她的声音是怎样的？说话方式又是怎样的呢？有几个女艺人的声音江口十分喜欢，听收音机或者看电视的时候，如果她们出来，江口有时候会闭上眼睛，专心聆听。老人被"想听姑娘的声音"的念头深深地吸引，绝不会睁开眼睛的姑娘当然没办法像正常人那样说话，要怎么做才能听到她的梦呓呢？梦呓和正常说话的声音还是不一样，更何况日本女人在不同的场合说话的声音各不相同。这个姑娘估计无论什么场合，说话的声音都一样吧。从她睡觉的姿势可以看出这是一个不拘小节、大大咧咧的姑娘。

　　江口老人坐下来，摆弄着姑娘长长的指甲。原来人的指甲可以这么硬！这才是健康、年轻的指甲吧。指甲盖下血色红润，清新逼人。此时江口才留意到姑娘脖子上挂着一条细线般的金项链，老人忍不住微笑起来。这么冷的夜晚，姑娘不但把被子蹬到心窝以下，而且额头发际线处还沁着些微汗珠。江口从口袋里掏出手绢，帮姑娘擦了擦汗，手绢沾染上姑娘浓烈的体味，他又擦了擦姑娘的腋下。擦过的手绢不好带回家，他将其团成一团，扔在房间的一个角落里。

"哎呀，还涂了口红呢！"江口喃喃自语。虽然年轻姑娘涂口红是理所当然的事情，但是这个姑娘涂口红还是让江口忍不住微微一笑，他凝神注视着姑娘。

"她是不是做了兔唇修复术呀？"

老人捡起刚刚扔掉的手绢，擦了擦姑娘的嘴唇，没有做过兔唇修复手术的痕迹。姑娘上唇中央向上拱起，犹如富士山一样，十分漂亮，让姑娘看起来楚楚动人。

江口老人蓦然想起四十多年前的接吻。他站在姑娘面前，手臂轻轻地搭在姑娘的肩头，不经意地贴近姑娘的芳唇，姑娘左右躲闪着说道："不要，不要！"

"好了，亲到了！"

"我才不亲你呢！"

江口用手绢擦拭自己的嘴，给姑娘看手绢上沾染的淡淡的红色。

"这不亲到了吗？瞧这儿……"

姑娘夺过手绢，看着那抹淡淡的红色，沉默不语，把手绢塞进自己的手提包里。

"我才不亲你呢！"说着，姑娘低下头，眼里含着泪，一言不发。自那之后，两人再也没见过。后来姑娘是如何处理那条手绢的呢？哎呀，手绢什么的不重要，重要的是：四十几年后的今天，那个姑娘还在人世吗？

江口老人看着"睡美人"漂亮的富士山似的唇形，才想起四十几年前跟自己接吻的那个姑娘。这段往事在他的记忆中被尘封了多少年？如果把手帕放在沉睡的姑娘枕边，手帕上沾染了口红印，并且姑娘自己唇上的口红褪了色，那她明天早上醒来时，一定会认为自己的香吻被偷走了吧？当然，在这里，接吻之类的行为无疑是客人的自由，并不在被禁止之列。无论多么风烛残年的老人都能接吻，只不过这里的姑娘绝不会躲闪，也绝不会知晓。她的唇也许冰冷、湿润。亲吻死去的心爱女人的嘴唇不是更能传达情感的悸动吗？一想到来这里的老人们悲惨的晚年，他就完全提不起兴致。

但是今晚这个姑娘罕见的唇形引起了老人的一点点兴致，他不知道女孩子还有这样的唇形。老人用小指的指尖轻轻触碰姑娘上唇的唇珠，很干爽，嘴唇上的皮看起来厚厚的，然而，姑娘开始舔她的嘴唇，直舔到十分湿润。江口缩回手指。

"这孩子，睡着了还能接吻？"

但是老人只是摸了摸姑娘耳朵周围的头发，她的头发又粗又硬。老人起身换上睡衣。

"就算你身体好，这样也会感冒哟。"江口说着，把姑娘的手臂放进被窝，把被子拉上来盖住姑娘的胸部，并紧贴着姑娘躺下。姑娘转过身来，唔地叫了一声，抻直了双臂，一下子把老人推开。这个场景实在好笑，老人笑得停不下来。

"啊，这真是个勇猛无比的见习生。"

姑娘陷入深眠，绝不会中途醒来，她的身体已经麻木，可以任人摆布。然而，面对这样的姑娘，江口完全丧失了与之大战三百回合的兴致，他总是在荡漾的春情与海誓山盟中与对方水乳交融；他总是在女人的温柔体贴中与对方渐入佳境，他已不会为冒险和斗气而勉为其难。刚才不经意间被黑姑娘推出老远，老人觉得好笑，又忍不住百感交集地叹息道：

"到底是年岁不饶人呐！"他没有像其他来这里的老年客人那般丧失性功能，论理，他没有来这里的资格，但是看着这个通体又黑又亮的姑娘，他真切地感受到自己离成为他们中的一员也为期不远了。这是他以前从未有过的感受。

似乎只有用粗暴的方式对待身旁的姑娘，才可唤醒体内的荷尔蒙。现在，江口对于"睡美人之家"已经有点厌倦，然而，来的次数不降反增。内心有一股热流，让他不断涌现出这样的念头：对这个姑娘施以暴力，打破这里的禁忌，毁掉老人们见不得光的丑陋情欲，然后和这里一刀两断！其实要达到这个目的，并不需要暴力和强制。无论怎么对待她，沉睡的姑娘也不会有任何反抗，勒死她大概易如反掌。江口老人泄了气，灰暗的空虚感在心底滋生、蔓延。外面没有风，附近海域的巨浪声，听起来倒像是从远方传过来一样。老人想象着夜幕下乌漆漆的海面，海底黑沉沉的，犹如锅底。他支起一只手肘，把脸凑近姑娘的脸，姑娘气息浊重。老人放下手肘，放弃了要亲吻姑娘的念头。

江口老人保持着被这个黑姑娘的手臂推出去的姿势，胸膛向前挺着。他被推到了旁边姑娘的一侧。姑娘原本背对着他，此时却扭转身体，虽然仍处于沉睡中，柔软的身体却在迎接他，不是吗？这是一个温柔、性感的姑娘，一只手放在老人身旁。

"你可真会配合啊。"江口摆弄着姑娘的手指，合上双眼。姑娘手指骨架很细，弯曲自如，似乎怎么掰也不会断，江口甚至想放进嘴里轻轻咬上一口。乳房小小的，又圆又挺，江口老人用手掌刚好可以握住。腰身也是细细的，不盈一握的样子。"女人真是有无限可能啊！"这样想着，江口略感悲伤地睁开双眼。姑娘有着优美的天鹅颈，身体纤瘦，也不是传统日式古风女子的样子，紧闭的双眼，是浅浅的双眼皮，也许睁开就变成单眼皮；或者有时候是单眼皮，有时候是双眼皮；也可能一只眼睛是单眼皮，一只眼睛是双眼皮。因为房间四周挂着深红色的窗帘，姑娘肌肤的颜色看不真切，脸偏小，呈麦色，脖颈白皙，颈项处也稍带一点儿小麦色，前胸则如透明般白皙。

又黑又亮的姑娘身材高挑，这个姑娘也大致不差。江口伸直脚尖探了探，首先碰到的是黑姑娘粗糙的脚底，而且是汗脚。老人慌忙收回脚。黑姑娘那潮乎乎的汗脚反而对他构成了极大的诱惑，他的脑子里闪过一个念头：莫非福良老人死于冠心病的那晚，就是这个黑姑娘陪伴在身边，所以今晚才让两个姑娘一起来？

按理说不存在这样的可能性。刚才听旅馆的中年女人说，福良老人临终之际，将陪伴他的姑娘从脖颈到胸脯挠了好几道红印子，旅馆让那个姑娘休养到红印子消失为止。江口老人再次用足尖轻搔着黑姑娘粗糙的脚底，并沿着她黑亮的肌肤一路向上。

轻触着姑娘的肌肤，一种"赐予我生命的魔力吧"的悸动仿佛从姑娘身上传遍江口全身。姑娘与其说是蹬掉了被子，不如说是蹬掉了垫在身下的电热毯，她把一只脚伸到电热毯外面摊开。老人尝试着把姑娘推回到有电热毯的榻榻米上去，同时看着姑娘的胸腹部，把耳朵贴到姑娘心脏所在的位置，聆听她的心跳。原来以为心跳声强劲有力，没想到声音竟然小得可爱，而且似乎有一点不规律。也许是老人的听觉不灵敏了。

"会感冒哟。"江口给姑娘盖好被子，关掉她这边电热毯的温控开关，感觉女人的生命也并没有多么柔韧坚强。如果在此时掐住姑娘的脖子又当如何？脆弱如琉璃，对老人来说也是轻而易举之事。江口拿起手绢，擦了擦刚才贴在姑娘胸前的那半边面颊，仿佛沾染了姑娘肌肤上的油一般。她心脏跳动的声音还残留在耳鼓深处，老人把手贴在自己胸前，可能是自我感知的原因吧，自己的心跳声倒比姑娘的强劲有力。

江口老人背对着黑姑娘，转向温柔的姑娘，调整姿势躺好。姑娘美得恰到好处的鼻子，在江口昏花的老眼中显得雅致可爱，又细又长的天鹅颈横在眼前，让他忍不住把手臂从姑娘脖颈下面绕过来，把姑娘的脖颈朝自己这边搂近一些。随着脖颈的微动，散发出一阵甜香。这股甜香与黑姑娘充满野性的浓烈的体香混合在一起。老人紧紧地贴着这个肌肤胜雪的姑娘，她的气息变得急促，但不用担心她会醒来。江口好一会儿一动不动。

"原谅我吧。我一生中最后的女人……"背后的黑姑娘仿佛在引诱他，老人伸直手臂向下探索，那儿也和姑娘的乳房一样美妙。

"冷静！听听冬天的浪涛声，冷静下来！"江口老人努力克制自己。

"姑娘睡得如同不省人事一般，肯定是吃了什么毒药或者药效很强的药物。""图什么呢？""肯定是为了钱吧。"老人左思右想，仍然不得其解。虽然他知道女人各有不同，但这个姑娘是否真的与众不同到让他不惜给姑娘留下凄凉的忧伤、无法愈合的伤口也非要侵犯她的程度？对于已经六十七岁高龄的老人来说，女人的身体大同小异。这个姑娘不迎不拒，毫无反应，与尸体唯一的不同就是体内还流淌着温热的血，呼吸还没有停止。当然到了明天，这个活生生的姑娘又会睁开眼睛，但现在的她与一具尸体又有多大的差别呢？现在的她，没有爱，没有羞耻感，没有发抖、战栗，醒来后，空余恨与悔。她不知道谁夺去了她的贞操，只知道是一个老人。这件事姑娘可能也不会对旅馆的人说。就算江口打破了这里的禁忌，姑娘肯定也会隐瞒到底，最终除了姑娘和他，恐怕无人知晓吧。旁边白姑娘的肌肤吸引了江口。可能因为老人关了黑姑娘那边电热毯的温控开关、黑姑娘觉得冷的缘故，她的身体从江口后面一直往前挤过来，一只脚甚至已经和白姑娘的脚缠在了一起。江口笑得有点喘不上气来。他摸索着拿到了枕边的安眠药。被两个姑娘夹在中间，手好像也不听使唤了。他把手掌摊开在白姑娘的额头上，看着与以前无异的白色药片，自言自语道：

"今天不吃了吧。"

无疑是药效偏强的安眠药，吃下很快就会沉沉地睡去。江口老人第一次起了疑心：来这儿的老年客人果真都按照旅馆女人的吩咐，吞下了这些药片吗？如果真有客人舍不得睡、没有吃安眠药的话，其丑态岂非更甚？江口自忖自己还没有步入"又老又丑"的油腻老人的行列。他吞下安眠药，想起自己曾经向旅馆管事的女人索要姑娘吃的那种药，女人告诉他：这种药对老人而言十分危险。因为女人的这句话，他没有强行索要这种药。

但是，女人所说的"十分危险"就是指"在睡梦中死去"吧。江口虽然只是一介平庸老者，但既然是人，总有偶尔因孤独、空虚、寂寞而感到厌世的时候。这里，可不就是难得的离世之所？死后，撩起世人的好奇心，承受世人厌弃的目光，不正是"遗臭万年"、轰轰烈烈的死法吗？想必认识自己的人们会大吃一惊吧。虽然不能估量这样做会给家人带来怎样的伤害，但是，像今晚这般，于睡梦中死于两个如花似玉的年轻女人中间，不正是耄耋老者们的夙愿吗？哎呀，根本行不通，最终也只能如福良老人那样，尸体被运到温泉旅馆某间破旧的房间里，然后落得个被伪装成吞安眠药自杀的结果。没有遗嘱，死亡动机不明，最终会以老后厌世自杀而收场吧。江口老人已经想象到旅馆女人浮在脸上的那抹浅笑了。

"我在胡思乱想什么呢？真是晦气。"

江口老人笑了笑，并不是心情愉快的笑。安眠药慢慢起作用了。

"就这么办，把那个旅馆女人叫起来，让她给我拿一些姑娘们吃的药。"他嘴里嘟囔着，当然女人不会拿给他。江口觉得爬起来太麻烦，况且他也没有真心想要这么做。老人仰面躺下，两条手臂分别搂着两个姑娘的脖颈，一边又香又软，一边又硬又油腻，老人身体深处升腾起一股欲望，他凝视着左右两边深红色的帷幔，忍不住惊呼道："啊！"

黑姑娘如同回应江口一般也短促地"啊"了一声，她的手抵在江口的胸膛。是不是感觉不舒服？江口收回一条手臂，背对着黑姑娘，松开的手臂又伸向白姑娘，搂住了白姑娘纤细的腰肢，闭上了双眼。

"这是我一生中最后的女人了呀。为什么和最后的女人，就算是暂时也……"江口老人思索着这个问题："我人生当中的第一个女人是谁呢？"老人的头脑似乎变得混沌，他全身心地沉浸在这样的思绪中。

江口老人灵光一闪：最初的女人是母亲。除了母亲还能是谁？这个意想不到的念头浮现在脑海中。母亲是自己的女人？六十七岁的江口躺在两个不着寸缕的年轻姑娘中间，内心真实的想法就这样突然从心底跳了出来，这是对母亲的亵渎还是依恋？江口老人如驱散噩梦般睁开双眼，又眨了眨眼睛，但是安眠药似乎颇具效力，他已不能完全睁开双眼，头也开始感到钝痛，迷迷糊糊中，他努力追逐着记忆中母亲的面容，最终还是无奈地叹了一口气。他将两只手的掌心分别覆在两个姑娘的乳房上，一边光滑细腻，一边油腻粗糙，江口老人保持着这个姿势，合上了双眼。

母亲死于江口十七岁那年的冬天。父亲和江口一左一右握住母亲的两只手。长期饱受结核病折磨的母亲，手臂有如皮包骨，但握住江口的这只手的力量却大得出奇，让江口的手指感到生疼。母亲手上冰凉的气息甚至蔓延到江口的肩膀。给母亲轻轻按摩着脚的护士悄然站起身离开，大概是去给医生打电话了。

"由夫，由夫……"母亲断断续续地喊着，江口心领神会，就在他轻抚母亲因急促喘息而上下起伏的前胸的瞬间，母亲咯出一大口血，血从鼻腔咕嘟咕嘟地往外冒，瞬时气绝。他用枕边的纱布和手巾擦拭着这些血，却怎么也擦不完。

"由夫，用你的汗衫袖子擦。"父亲说，又喊道："护士，护士，请打盆水来……对，是的，还有新的枕头、睡衣，床单也要……"

江口认为自己生命中最初的女人是母亲，脑海中自然就浮现出母亲的模样——母亲死去时的模样。

"啊！"对江口来说，笼罩在密室四周的深红色的帷幔色浓如血，就算用力紧紧地闭上双眼，留在眼睛深处的红色却无法消退。然而，安眠药的效力让他的脑袋昏昏沉沉，他的两只手掌分别覆在两个姑娘清新可爱的乳房上，此时此刻，老人的良心也好，理性的挣扎也好，都处于半麻木状态，眼角仿佛含了一包泪。

江口心下讶异："在这种地方，为什么会产生'母亲是自己的第一个女人'的想法呢？"但是既然把母亲当作自己人生中最初的女人，自然而然，他也想不起之后那些逢场作戏的女人，而且事实上，他人生中的第一个女人应该是妻子吧。这样最好不过，只是已经把三个女儿顺利嫁出去的老妻，在这个冬夜里形单影只。也许现在孤枕难眠。家里不像这里能听到海涛声，但是晚上比这里还要寒气逼人。老人想，自己手掌下覆着两个姑娘的乳房到底算怎么回事呢？就算自己死去，姑娘的乳房仍然流淌着温热的血，仍然鲜活无比。但这又算怎么回事呢？老人手上稍微用了一点力，握紧了姑娘的乳房。姑娘也好，姑娘的乳房也好，都已沉沉地睡去，没有丝毫反应。母亲临终时，江口为母亲按摩胸口，自然也触碰到母亲衰老的乳房，衰老到甚至让人不认为那是女人的乳房。时至今日，他已想不起母亲衰老的乳房的样子，留在记忆中的是年幼的自己摸着母亲年轻的乳房安睡的情景。

江口老人感到一阵阵袭来的睡意，为了让自己睡得舒服些，他把放在两个姑娘胸前的手收了回来，身体转向黑姑娘这边。这个姑娘的体味十分浓烈，气息浊重，直喷到江口脸上。姑娘嘴唇微启。

"哎呀，好可爱的小虎牙！"老人用手指揪住那颗牙。姑娘的牙齿都比较大，唯独这颗虎牙小小的。如果不是她的气息扑面而来，江口说不定已经对着小虎牙的地方亲了下去。她浊重的气息让江口不得安眠，他翻了个身，姑娘的气息又喷到了江口脖颈处。她粗重的呼吸不是打呼噜，倒像是睡梦中的呓语。江口略微缩了缩脖子，把额头贴在白姑娘的脸颊上，白姑娘似乎咧了咧嘴角，看起来像是在微笑。紧贴江口后背的黑姑娘的油性肌肤又凉又滑，让他一直略感不安。江口老人终于沉沉地睡去了。

不知道是否因为夹在两个姑娘中间睡不安稳的缘故，江口老人噩梦连连。他断断续续地做着不相干的梦，都是令人生厌的春梦。梦的最后，江口与妻子结束蜜月旅行回到了家。家门口，像红色大丽花一样的花开得灿烂，在风中摇曳，整栋房子几乎被埋在花下。江口有点怀疑这不是自己的家，在门口迟疑着不肯进去。

"哎呀！欢迎回家！怎么在这个地方站着呢？"原本已经故去

的母亲站在门口迎接："是不是新娘子害羞呀？"

"妈妈，这些花是怎么回事？"

"没什么。"母亲神色平静地说，"赶快进来吧。"

"我还以为进错了家门呢。当然不可能走错，只是这么多花……"

客厅里摆放着迎接新婚夫妇的丰盛料理，新娘子向母亲问了安，母亲便起身走入厨房去热汤。客厅里弥漫着烤鲷鱼的香味。江口走到门口的走廊上看着那些花。新婚妻子也跟了过来："呀，好漂亮的花！"

"嗯。"江口为了不让新婚妻子害怕，没有把"我们家没有这种花"说出来。江口凝视着大朵的花，突然从一片花瓣上落下一滴血色的水滴。

"啊！"

江口老人睁开眼睛，摇了摇头，因为吃了安眠药，到现在还有点迷糊。他翻了个身，脸朝向黑姑娘，姑娘的身体变得冰凉。老人心里一惊，姑娘没有呼吸！把手放在心脏的位置一摸，没有任何起伏和跳动！江口飞速站起身，脚步跟跄，倒在地上，又哆嗦着爬起来走到隔壁房间，他环视四周，看见壁龛旁边有呼叫铃。他手指用力按住铃，久久不放手。不知道过了多久，楼梯上传来脚步声。

"我是不是在睡着时无意识地掐了姑娘的脖子！"

老人几乎爬着回去察看姑娘的脖颈。

"您怎么了？"

"这孩子快死了！"江口牙齿打着颤。女人不动声色地揉了揉眼睛。

"快死了？不可能发生这种事情。"

"快死了！呼吸停止了！脉搏也没了！"

女人终于变了脸色，在黑姑娘枕边跪坐下来。

"是不是快死了？"

"……"女人把姑娘身上盖的被子掀开，察看姑娘的身体。

"客人，您对姑娘做了什么？"

"我什么也没干！"

"还没死呢。您完全不用担心……"女人尽可能用冷静、不动声色的语调说。

"快死了！快叫医生！"

"……"

"你到底给她吃了什么？有人是特异体质，吃了会出人命的！"

"客人，您少安毋躁。我们绝不会给您添任何麻烦。您的名字也不会被曝出来。"

"她快死了！"

"她不会死的。"

"现在几点了？"

"刚过四点。"

女人抱起赤身裸体的姑娘，脚步踉跄。

"我帮你！"

"不用，下面有男用人。"

"这孩子很重吧？"

"客人，您不必有什么顾虑，您请安歇吧。还有一个姑娘在呢。"

这句话深深地刺痛了江口：隔壁房间确实还躺着另一个姑娘。

"怎么还可能睡得着！"江口老人的声音中夹杂着愤怒，更多的是害怕和恐惧，"我现在要回去了！"

"请您不要回去。这个时间回去，反而会引起怀疑，倒不好了。"

"怎么还能睡得着！"

"我再拿点药过来。"

江口听到女人下了一半楼梯后，把黑姑娘放在楼梯上拖着往下拽。老人只穿了一件单薄的睡袍，此时才感觉到寒气逼人。女人手里拿着白色药片上来了。

"给您。吞下这个，请您一觉睡到大天亮吧。"

"噢。"老人打开隔壁房间的门，里面还保持着刚才匆忙中掀掉被子时的情形，白姑娘赤裸着身体躺在那里，她的玉体散发着光芒，美得令人心醉。

"啊……"江口凝视着这一切。

他听到好像是搬运黑姑娘的车子开走的声音，越来越远。福良老人的尸体死后被运到那个可疑的温泉旅馆，黑姑娘是不是也会被运到那里呢？

附录：川端康成年表

1899 年

6 月 14 日生于大阪市北区。父亲荣吉，医生，爱好汉诗文、文人画。母亲阿源，是黑田家出身。川端康成是长子，有一个姐姐，叫芳子。

1901 年，2 岁

1 月，父亲去世，川端康成跟随母亲迁居黑田家。

1902 年，3 岁

1 月，母亲去世。返回原籍，由祖父、祖母抚养。

1906 年，7 岁

进入大阪府三岛郡丰川普通小学读书。9 月，祖母阿钟辞世，跟随祖父生活。

1909 年，10 岁

7 月，姐姐芳子去世。

1914 年，15 岁

5 月，祖父辞世，川端康成孤苦无依。9 月，由舅舅黑田秀太郎收养。他开始写《十六岁的日记》，把祖父弥留之际的情况记述了下来。

1915 年，16 岁

1 月，开始寄宿生活。他不仅阅读了谷崎润一郎、上司小剑、德田秋声等日本本土作家的作品，还阅读了外国作家陀思妥耶夫斯基、契诃夫等人的作品。

1916 年，17 岁

春天，开始给《京阪新闻》投稿，发表了《致 H 中尉》《淡雪之夜》《紫色的茶碗》《电报》等短文。

1917 年，18 岁

3 月，中学毕业后，进入东京投考第一高等学校（大学预科），寄居在浅草藏前的表兄田中岩太郎家。

1918 年，19 岁

7 月，返回大阪，寄宿在蒲生的秋同家。10 月末，初次去伊豆旅行，与巡回演出艺人一行邂逅。此后差不多十年间，他几乎每年都会去伊豆汤岛旅行。

1919 年，20 岁

这一年，认识了今东光，受到今东光父亲的影响，对心灵学（神智学）开始产生兴趣。经文艺部委员冰室古平推荐，他在第一高等学校《校友会杂志》上发表了小说《千代》。

1920 年, 21 岁

7月, 从第一高等学校毕业。同月, 进入东京帝国大学英文系, 翌年转入文学系。

1921 年, 22 岁

一度住在浅草、菊池宽家, 经菊池宽介绍认识了芥川龙之介等人。

1922 年, 23 岁

2月, 开始写文艺月评。夏天在伊豆汤岛创作了《汤岛的回忆》(未发表), 这是《伊豆舞女》和《少年》的雏形。

1923 年, 24 岁

2月, 加入菊池宽创办的《文艺春秋》编辑部。9月1日, 关东地区发生大地震, 他与今东光、芥川龙之介一起到受灾现场了解情况。

是年, 发表《林金花的忧郁》(1月)、《精灵祭》(4月)、《参加葬礼的名人》(5月)、《南方的火》(7月)等作品。

1924 年, 25 岁

3月, 从东京帝国大学国文系毕业。

7月, 同石滨金作、片冈铁兵、今东光、佐佐木茂等人筹备创办《文艺时代》, 10月由金星堂发行创刊号。他和片冈铁兵负责编辑, 并负责与发行者金星堂的联络事宜。他们以《文艺时代》为阵地发起新感觉派运动。

1925 年，26 岁

是年，发表《新进作家的新倾向解说》（1 月）、《新感觉派辩》（3 月）、《十六岁的日记》（8 月）等作品。

1926 年，27 岁

是年，发表《伊豆舞女》（1 月—2 月）、《第四短篇集》（4 月）、《感情的装饰》（6 月）等作品。

1927 年，28 岁

3 月，金星堂出版了他的小说《伊豆舞女》。8 月，在《中外商业新报》上发表新闻小说《海的火祭》。12 月，迁居热海。

是年，发表《招魂节一景》（2 月）、《梅花的红蕊》（4 月）、《柳绿花红》（5 月，后与前者合成《春天的景色》）等作品。

1928 年，29 岁

是年，发表《三等候车室》等长篇小说。

1929 年，30 岁

9 月，开始经常去浅草，拜访了日本最早的轻松歌舞剧场，还结识了舞女们，做了大量采访笔记。12 月，开始连载他的第二篇新闻小说《浅草红团》，社会反响强烈。

1930 年，31 岁

是年，发表《我的标本室》《针、玻璃和雾》等作品。

1931 年，32 岁

12 月 2 日，与秀子正式办理结婚手续。是年，送舞女梅园龙子学习西方舞，认识了古贺春江。

是年，发表《水晶幻想》《浅草日记》《仲夏的盛装》等作品。

1932 年，33 岁

3 月，伊藤初代拜访川端康城。

是年，发表《致父母的信》（1 月）、《抒情歌》（2 月）、《慰灵歌》（10 月）等作品。

1933 年，34 岁

9 月 10 日，古贺春江逝世，川端康成为其写下散文名篇《临终的眼》。

是年，发表《禽兽》（7 月）、《临终的眼》（12 月）等作品。

1934 年，35 岁

9 月，开始连载《浅草红团》之续篇《浅草节》。12 月，去汤泽，开始创作《雪国》并在报刊连载。

是年，发表《虹》（3 月开始连载）、《文学自传》（5 月）、《水上情死》（8 月—12 月连载）、《浅草祭》（9 月—翌年 2 月连载）等作品。

1935 年，36 岁

1 月，担任文艺春秋社创设的芥川奖、直木奖的评委。第一次评选，与落选的太宰治发生了矛盾。1 月，《雪国》开始分期连载。9 月，赴新潟县汤泽收集《雪国》续篇的素材。12 月，迁居镰仓。同月，赴上诹访，搜集写作《花之湖》的素材。

是年，发表《雪国》（1 月—翌年 12 月连载）、《纯粹的声音》（7 月）等作品。

1936 年，37 岁

是年，发表《意大利之歌》(1 月)、《花之湖》(1 月—6 月)、《花的圆舞曲》(3 月—4 月)、《芭茅花》、《火枕》、《雪国》续篇等作品。

1937 年，38 岁

6 月，对《雪国》各章进行修订，由创元社出版单行本。7 月，《雪国》获得了第三届文艺恳话会奖。

是年，发表《少女的港湾》(6 月—翌年 3 月)、《牧歌》(6 月—翌年 12 月)、《高原》(11 月)等作品。

1938 年，39 岁

6 月，观看"本因坊秀哉名人围棋引退战"。8 月，探望吴清源。

是年，发表《我写围棋 < 观战记 >》(10 月)等作品。

1939 年，40 岁

1 月，赴热海观看木谷、吴清源三轮大棋战第一回合的比赛。去伊东探望本因坊名人。在伊谷奈与对局间隙来到此地的吴清源进行了两天推心置腹的交谈。其间写下了围棋《观战记》，并以下围棋、下象棋和搓麻将等形式，与本因坊名人、木谷以及吴清源等人交往。

是年，发表《故人之园》(2 月)、《观战记》、《美之旅》(7 月开始连载)等作品。

1940 年，41 岁

是年，发表《母亲的初恋》(1 月)、《雪中火场》(12 月，《雪国》续章)等作品。

1941 年，42 岁

是年，发表小说《银河》（8 月，《雪国》续章）。

1942 年，43 岁

是年，发表《名人》（8 月）、《日本的母亲》（10 月）等作品。

1943 年，44 岁

是年，发表《故园》（6 月开始连载）、《父亲的名字》（8 月—12 月）等作品。

1944 年，45 岁

4 月，以《故园》等文章获得二战结束前最后一届菊池宽奖（第 6 届）。

是年，发表《夕阳》（3 月）、《一草一木》（7 月）等作品。

1945 年，46 岁

8 月 15 日，与夫人、女儿一起在家中收听了日本天皇宣布无条件投降的广播。

1946 年，47 岁

10 月，迁居镰仓长谷，随后一直住在这里。

是年，发表《重逢》（2 月）、《感伤之塔》（2 月）、《雪国抄》（5 月，《雪国》续章）等作品。

1947 年，48 岁

10 月，在《小说新潮》上发表《续雪国》，至此历经 13 年的艰苦创作，完成了《雪国》最后的定稿工作。

是年，发表《哀愁》、《续雪国》（10月）等作品。

1948 年，49 岁

是年，发表《再婚的女人》（1月—8月）、《未亡人》（1月）、《少年》（5月—12月）、《东京审判的老人们》（11月）、《雪国》（定稿本）等作品。

1949 年，50 岁

4月，担任恢复的芥川奖评委。5月，开始连载《千羽鹤》。8月，开始连载《山音》。

是年，发表《千羽鹤》（1949年5月—1950年12月）、《山音》（1949年5月—1954年4月）等作品。

1950 年，51 岁

12月，开始在《朝日新闻》上连载《舞姬》。

是年，发表《天授之子》（2月—3月）、《虹》（3月—翌年4月）、《舞姬》（12月—翌年3月）等作品。

1951 年，52 岁

8月，《舞姬》由新藤兼人改编，拍成电影（山村聪、高峰三枝子等主演，东宝株式会社出品）。

1952 年，53 岁

10月，赴近畿参加文艺春秋30周年纪念讲演会。前往近畿地方（姬路、神户、和歌山、奈良）旅行，随后应大分县的邀请，去九州旅行，漫步了九重高原。翌年6月又重游，决定把九重作为《千羽鹤》续篇《波千鸟》的背景，但存放采访笔记的旅行包丢失了，因此《波千鸟》没有写完就结篇。

是年，发表《日兮月兮》（1月—翌年5月）、《新文章论》（4月）等作品。

1953年，54岁

是年，发表《河边小镇的故事》（1月—12月）、《水月》（11月）、《吴清源谈棋》（8月—12月）等作品。

1954年，55岁

1月，开始连载《湖》。4月，《山音》出版，并于12月获得第七届野间文学奖。

是年，发表《湖》（1月—12月）、《东京人》（5月—翌年10月）、《离合》（8月）等作品。

1955年，56岁

是年，发表《青春追忆》（1月—1957年1月）、《彩虹几度》（1月）等作品。

1956年，57岁

1月，出版《川端康成选集》（10卷，新潮社出版，11月出齐）。

是年，《生为女人》（3月—11月）发表。

1957年，58岁

是年，发表《风中的路》（1月—4月）、《东西方文化的桥梁》（1月）等作品。

1958 年，59 岁

3 月，获战后复办的第 6 届菊池宽奖。

是年，发表《弓浦市》（1 月）等作品。

1959 年，60 岁

5 月，在法兰克福举行的第 30 届国际笔会上荣获歌德奖章。

1960 年，61 岁

8 月，获法国政府授予的艺术文化军官级勋章。

是年，发表《睡美人》（1 月—翌年 11 月）等作品。

1961 年，62 岁

11 月，获第 21 届文化勋章。

是年，发表《美丽与悲哀》（1 月—1963 年 10 月）、《古都》（10 月—翌年 1 月）等作品。

1962 年，63 岁

11 月，《睡美人》获第 16 届每日出版文化奖。

是年，发表《落花流水》（10 月—1964 年 4 月）、《秋雨》等作品。

1963 年，64 岁

1 月，《古都》由权藤利英改编后拍成电影。6 月，《伊豆舞女》由三木克己改编后拍成电影。

是年，发表《一只胳膊》（8 月—翌年 1 月）、《喜鹊》等作品。

1964 年，65 岁

是年，发表《蒲公英》（6 月—1968 年，未完）、《久违的人》

等作品。

1965 年，66 岁

11 月，出席了在伊豆汤岛温泉建成的《伊豆舞女》文学碑的揭幕仪式。《美丽与悲哀》（筱田正浩导演）、《雪国》（大庭秀雄导演）分别被拍成电影。

是年，发表《玉响》（9 月—翌年 3 月，未完）等作品。

1966 年，67 岁

8 月，《湖》由石堂淑郎改编并拍成电影《女人的湖》。

1967 年，68 岁

是年，发表《一草一花》（5 月—1969 年 1 月）等作品。

1968 年，69 岁

10 月 17 日，成为第一个获得诺贝尔文学奖的日本人。12 月 10 日，出席在斯德哥尔摩举办的诺贝尔文学奖授奖仪式。12 日，在瑞典科学院作纪念演讲《我在美丽的日本》。

是年，发表《我在美丽的日本》（12 月）等作品。

1969 年，70 岁

4 月起，开始第五次出版他的 19 卷本全集（生前最后一次亲自整理的版本）。

是年，没有发表小说。

1970 年，71 岁

是年，发表《长发》（4 月）、《竹声桃花》（12 月）等作品。

1971年, 72岁

12月, 任日本近代文学馆名誉馆长。12月24日, 出席题为《日本人变了吗？——冲破"脱"现象》的电视讨论会。

1972年, 73岁

3月8日患盲肠炎入院做手术, 17日出院。4月16日夜, 在公寓含煤气管自杀身亡。